KB078276

내 5급 연예인 8

고고33 현대 판타지 소설

초판 1쇄 찍은 날 § 2022년 4월 22일
초판 1쇄 펴낸 날 § 2022년 4월 29일

지은이 § 고고33
펴낸이 § 서경석

총괄팀장 § 황창선
편집책임 § 김우진
디자인 § 스튜디오 이너스

펴낸곳 § 도서출판 청어람
등록번호 § 제387-1999-000006호
등록일자 § 1999. 5. 31
어람번호 § 제1-3180호

본사 § 경기도 부천시 부일로 483번길 40 서경B/D 3F (우) 14640
편집부 § 서울시 구로구 디지털로 272 한신IT타워 404호 (우) 08389
전화 § 02-6956-0531 팩스 § 02-6956-0532
http://www.chungeoram.com
E-mail § chungeorambook@daum.net

ⓒ 고고33, 2021

ISBN 979-11-04-92429-3 04810
ISBN 979-11-04-92386-9 (세트)

목차

제1장

—

전조 증상

"문득 그런 생각이 들더라고. 환생이 정말 다행인 걸까."

그동안 많은 이의 생의 계획을 보면서 전생에 새긴 업과 덕은 다음 생에 영향을 끼친다는 것을 알게 되었다.

내가 S급 스타를 몇 명 더 만들었다고 해도 결국 업은 그대로 남을 것이다.

그렇다면 내 다음 생은 어떻게 될까.

"최악이지 않겠냐?"

나는 지금 진지하다.

악덕 매니저의 업으로 어쩌면 다음 생은 C급, 아니, F급 인생으로 태어나게 될지도 모른다.

되는 일 하나 없고, 뭐만 하면 실패하는 암담한 인생.

금수저는 바라지도 않지만 흙수저, 아니, 플라스틱 수저도 못 들고 태어나는 최악의 상황이 올지도 모른다.

[이야… 그 상황에 거기까지 생각하다니. 역시 아저씨는 계획이 있는 사람이군요.]

저승이가 혀를 내두른다.

당연히 계획이 있지. 안 그러면 내가 미쳤다고 환생을 포기하겠냐.

"조금 더 시소를 기울여야 해."

그것이 내 결론이다. 그러려면 열심히 해야 한다.

주먹을 꽉 쥐는 나를 저승이가 경이롭다는 듯 바라본다.

아무튼 이유는 설명했고, 이제는 상황을 돌아봐야 했다.

다시 돌아오면서 변화된 것이 있는지를 말이다.

일단 방 국장이 준 대본부터 손에 들었다.

"천재 여배우와 신입 매니저의 로맨스."

신가영 시인이 쓴 인생 첫 대본.

잡음이 있던 작품이지만 시청률 면에서는 성공한 작품이었다.

한쪽 눈을 지그시 감고, 대본을 살폈지만 빛은 보이지 않았다.

"안 보이네."

[지금은요?]

이번에는 저승이가 내 어깨에 손을 얹었다.

그러자 은은한 빛이 퍼져 나온다.

[이제야 정상으로 돌아왔네요.]

저승이와 접촉하지 않아도 김유리의 기억을 보고, 작품의 운명선을 볼 수 있었던 것은 역시 오류였던 모양이다.

그럼 모든 게 원래대로 돌아온 건가.

그런데 이 찝찝한 기분은 뭘까.

찝찝해. 너무 찝찝해.

$$*\qquad*\qquad*$$

「서울 강남」

좌르륵!

정치 시즌이 되면 국회의원들의 발길 때문에 문턱이 남아나질 않는다는 점집의 주인은 오늘도 작은 찻상 위에 쌀알을 흩뿌렸다.

신을 섬긴 이후로 하루도 빼먹지 않고 아침마다 해오는 의식이었다.

남들 눈에는 무의미한 행동으로 보이겠지만, 찻상을 내려다보는 그녀의 눈은 마경을 들여다보듯 진지하고 깊었다.

한참 만에야 고개를 끄덕인 그녀는 찻상을 정리했다.

그러다가 문득, 그놈의 근황이 궁금해졌다.

이곳에서 밥상을 엎은 쌍놈.

그리하여 쌀알을 한 줌 더 쥐고 흩뿌려 봤다. 내려다본 순간, 그녀는 화들짝 놀랐다.

"이, 이럴 수가!"

지난번 그놈을 봤을 때, 그놈에게 붙은 정체 모를 기운은 이상하리만치 요동치고 있었다.

꺼지기 직전의 촛불 같다고 할까.

그래서 가만두면 알아서 떨어져 나가겠거니 싶었는데, 지금 보니 요동치던 기운은 잠잠해지고, 흩어지기는커녕 더욱 강해졌다.

"이게 대체 어떻게 된 일이야?"

놀라서 더 들여다보려던 무당.

그러나 다음 순간 그녀는 찻상을 걷어차 버렸다.

"헉, 헉, 헉!"

숨을 헐떡이는 그녀에게 제자가 다가왔다.

"괜찮으세요?"

"누, 눈이 마주쳤어!"

반대편에 있던 기운이 그녀가 보고 있음을 눈치챈 것이다.

잠깐의 마주침이었지만 생에서 절대 느낄 수 없는 것들을 느껴야 했다.

흡사 지옥을 보고 온 것처럼 말이다.

그녀가 모시는 신조차 놀라서 잠깐 떨어져 나갔을 정도.

"호, 혹시, 오늘 그 쌍놈 예약돼 있냐?"

입술을 바르르 떨면서 묻자, 제자가 아니라고 대답했다.

철저한 예약제이기 때문에 무당을 보려면 오래전에 미리 예약을 해둬야 한다. 또한 하루에 볼 수 있는 손님도 다섯 명을 넘기지 않는다.

"다시는 그놈 받지 마! 알았지? 아니다, 아예 그쪽 업계 사람들은 다 받지 마!"

신신당부하자, 제자가 당황하다가 물었다.

"화음의 민대용 대표님께서 다음 주에 예약이 잡혀 있으신데,

이건 어떻게 할까요?"

"민 대표?"

성난 멧돼지처럼 앞만 보고 돌진하는 상.

그 얼굴이 떠오르자, 무당은 마지못해 입을 뗐다.

"그놈까지만 받아."

제자가 나가고, 무당은 몸서리를 치며 속삭였다.

"앞으로… 연예계가 요동치겠구만."

*   *   *

[건방진 것이 어딜 들여다보고 있어.]

저승이는 시선을 거두었다.

한낱 귀신들을 신이랍시고 떠받드는 무당 주제에 감히 누굴 들여다본단 말인가.

성질 같아서는 당장 가서 요절을 내줄까 싶지만, 지금은 관리자의 신분이기 때문에 참아야 한다.

[근데, 아저씨는 그새 또 어딜 갔어?]

요즘에는 제사를 낮에 하는 집이 간혹 있어서, 거기 가서 밥한 끼 먹고 오는 사이 최고남은 또 어디를 싸돌아다니고 있었다.

물론 어디에 있든 한 걸음이면 당도하겠지만, 어느 누가 일을 찾아서 하고 싶을까.

그냥 여기서 낮잠이나 한숨 자고…….

[응?]

저승이의 왼쪽 눈썹이 치켜 올라갔다.

고양이 한 마리가 도도한 발걸음으로 그의 옆을 지나가고 있었다. 고개를 들더니 그를 슥 쳐다본다. 양쪽 눈의 색이 달랐다.

[오드 아이군.]

고양이는 그 자체로 영물이지만, 그중에서도 조금 더 특별한 놈이다.

웬만하면 사자 주변에는 오지 않는 놈들인데, 요즘 퓨처엔터 주위에 생기가 넘쳐서인지 찾아온 것 같았다.

생기…….

얼마 전부터 퓨처엔터 앞에 팬들이 자주 출몰한다.

새들이 지저귀는 소리는 듣기라도 좋지, 팬들의 수다는 소음 수준이라서 영 마음에 들지가 않았다.

방금 전에도 릴리시크가 들어올 때 난리가 났었다.

그렇게 한뜻으로 뭉쳐 있고 즐기고 있으니 생기가 넘칠 수밖에.

[야, 어디 가?]

고양이는 지하 연습실 쪽으로 향하고 있었다.

그곳에서 릴리시크가 연습을 하는 중이었다. 방해될까 봐, 쫓아가 봤더니 계단 아래에서 박은혜가 쪼그려 앉아 있었다.

금발로 염색한 긴 머리가 그녀의 어깨와 등을 덮고 있었다. 멀쩡한 머리카락에 헤어피스인지 뭔지를 붙여서 연습생 때보다 훨씬 길어진 탓이었다.

[인간들은 참 기발해.]

근데 또 그게 예쁘단 말이지.

눈썹까지 같은 색으로 물들여서 완전 딴사람이다.

다만 예전에는 청초한 느낌이 있었는데, 지금은 그런 점이 사라져서 다소 아쉽다.

[내가 지금 뭐라고 그러는 거야. 아쉽긴 뭐가 아쉬워?]

인간사에 관여했다고 문책당한 게 엊그제다. 정신 차려야 했다.

저승이가 고개를 세차게 젓는 사이, 고양이는 박은혜에게 다가가 그녀의 엉덩이에 머리를 들이밀었다.

[저, 저자식이 지금 어디에 얼굴을 비비는 거야?]

팬들이 보면 기겁할 일이다.

간사하게 야옹 소리를 내면서 저런 짓을!

저 고양이, 수컷임이 분명하다.

"야옹아, 내가 너 주려고 간식 사 왔다?"

박은혜가 캔 사료를 꺼냈다. 딸칵 소리에 뚜껑을 열자 고양이는 더욱 크게 울면서 그녀의 앞에서 재롱을 떤다.

[저저, 간악한 행동 보게!]

저승이가 분개하든 말든, 고양이는 그녀가 준 캔 사료를 허겁지겁 먹어 치웠다.

흐뭇하게 지켜보던 박은혜가 고양이의 머리를 긁어준다. 시원한지, 고양이가 그르렁거린다.

그런데 이때, 연습실에서 권아라가 나왔다.

저 녀석은 기가 세서 동물들이 좋아하는 타입이 아니다.

아니나 다를까 고양이가 경계하며 하악거린다.

"괜찮아. 아라는 안 위험해."

박은혜가 진정시키려고 손을 내밀 때였다. 고양이의 발이……

[그러지 마!]

저승이는 저도 모르게 소리를 질렀다. 그 순간이었다. 박은혜가 고개를 돌린 것이.

놀란 저승이는 서둘러 자리를 피했다.

.

.

.

[정말이라니까요? 분명, 눈이 마주쳤어요.]

그래서 뭐 어쩌라고?

상갓집 가서 정종이라도 퍼마시고 왔는지 저승이가 헛소리를 남발하고 있다.

박은혜가 자신을 본 것 같다나 뭐라나.

'네가 생각해도 말이 되는 소리 같냐?'

[아니요.]

'근데 왜 자꾸 얘기해?'

[그냥 그랬다는 거죠.]

저승이가 어깨를 으쓱한다.

그래서 나도 어깨를 으쓱하고, 고개를 돌렸다.

오늘은 상희예술제를 위해 드레스를 예약하러 왔다.

시상식을 환하게 밝힐, 레드카펫의 백미인 여배우의 드레스 패션을 위해서 말이다.

하지만 모든 여배우들이 마음에 드는 드레스를 선택할 수 있는 것은 아니다.

유명 디자이너의 옷은 급이 안 되면 넘볼 수도 없거니와, 운 좋게 예약을 해도 중간에 주인이 바뀌는 일이 허다하다.

만약 윤소림이 작년 공서를 찍은 직후 여기에 왔다면 아무도 고르지 않은 드레스가 그녀가 예약할 수 있는 유일한 드레스였을 것이다.

물론 그래도 예뻤겠지만, 또 물론 나와 차가희가 어떻게 해서든 마음에 드는 것을 찾아냈겠지만.

아무튼 그만큼 경쟁이 심한 것이 시상식 드레스.

윤소림이 갈아입고 나오길 기다리는 동안 나와 직원들은 한편에서 수다를 떨며 대기하고 있었다.

"글쎄, 저보고 왜 놀고 있냐고, 일당 받고 싶으면 가서 망치 들고 세트장에 못이나 박고 있으라고 그러더라고요."

"크크, 내가 뭐랬냐. 승권이 너는 딱 현장 일 하게 생겼다니까?"

"선배님, 잘생기셨다고 너무 막말하시는 거 아닙니까?"

"그래, 잘생기면 막말해도 돼. 좋아, 잘생긴 게 너무 좋아. 잘생긴 게 최고야!"

요즘 김승권이 캐스팅에 열을 올리고 있는데, 얼마 전부터 드라마와 영화 촬영장을 기웃거리는 모양이었다.

근데 성지훈은 왜 여기 따라와서 저렇게 외모 예찬을 하고 있는 걸까.

"병재야, 지훈 선배 스케줄 없냐?"

"오후에 행사 하나 말고 없습니다."

〈플레이리스트〉 약발이 떨어져 가는 모양이다.

"슬슬 활동 접고 싶은 눈치더라고요. 이제 정말 은퇴해야겠다는 말도 가끔 하는 거 보면 마음 굳힌 것 같습니다. 오성식 매니저도 그만두실 생각인 것 같고."

생각이 그렇다면야 존중해야지.

나는 고개를 끄덕이고 나서 김승권을 바라봤다.

"촬영장에는 네가 가보라고 한 거야?"

"아니요. 원석은 현장에서 캐 오는 거라나 뭐라나. 지 나름대로 소신이 있더라고요."

유병재가 쿠키를 또각 씹으며 중얼거린다.

"캐지 말고 물어 오라고 해."

"그러다 진짜 톱스타 물어 오면 어떻게 하죠?"

어울리지 않는 유병재의 농담에 나도 모르게 피식 웃었다.

캐스팅도 매니저 일이니까 두고 보는 거지, 설마하니 대어를 물어 올까.

그래도 혹시 모르는 일이다.

보는 눈이 없으면 이 일 오래 하기 힘드니까. 의욕이 넘치는 것도 보기 좋고.

"대표님은 어디 가셨었죠? 신입 때?"

"나야 대학로 극단 돌아다녔지. 거기 완전 양식장이잖아."

일은 쉽게 해야 하는 법이다.

그 시절 생각에 흐흐 웃는데, 마침 스튜디오 직원이 눈짓으로 준비가 끝났음을 알려왔다.

이어서 가려져 있던 커튼이 걷히고 윤소림이 나타났다.

"훗."

후훗.

그냥, 웃음이 나온다.

내 마음은 벌써부터 상희예술제를 떠올리며 들뜨고 있었다.

기자들의 스포트라이트, 팬들의 환호, 시상식 무대에 오른 윤소림의 모습이 그려진다.

그리고 또 한 사람.

"아줌마, 빨리 나와!"

성지훈이 외치고.

조금 뒤에 드레스를 입은 강주희가 투덜거리면서 나왔다.

"죽을래? 누구보고 아줌마래?"

툭툭 쏘아붙이는데, 정작 아줌마 소리를 외쳤던 성지훈은 멍한 얼굴로 강주희를 뚫어지게 쳐다본다.

그래서 강주희가 되레 눈을 피했다. 빨개진 얼굴에 손부채질을 하면서.

오성식 매니저가 능구렁이처럼 운을 뗐다.

"승권아, 어디서 두근두근거리는 소리가 계속 들리는데 너냐?"

"저는 아니고, 옆에 계신 분인 것 같습니다."

그러자 오성식 매니저가 한숨 쉬며 성지훈에게 기댄다.

"지훈아, 너무 티 내지 마라. 또 스캔들 터질까 봐 최 대표 걱정이 이만저만이 아니니까."

"내, 내가 뭐?"

"어. 티 나."

"이 양반이 노안이 왔나? 안경 맞춰, 안경!"

두 분, 아예 동네방네 광고하시죠.

에휴.

한쪽에서 티격태격하는 동안 오늘의 마지막 주인공이 드레스를 뽐낸다.

드레스라기보다는 예쁜 치마지만, 앙증맞은 플랫슈즈에 손가방까지 걸치고 있어서 내 심장이 녹아든다.

스튜디오 직원들도 예쁘다고 난리 치면서 핸드폰을 꺼내 든다.

그래서 내가 엄지를 척 내밀고.

"은별이 최고!"

큰 소리로 외치자, 동그랗고 맑은 눈이 나를 담으며 역시 큰 소리로 외친다.

"대표님도 최고!"

*   *   *

곤혹스럽다.

내 앞에서 세 명의 여자가 눈을 깜빡이면서 날 쳐다보고 있어서.

"누구야. 말해봐, 화 안 낼게."

강주희가 웃으면서 날 살살 구슬린다.

윤소림은 빙긋 웃고 있지만 은근히 기대하는 눈치고.

은별이는 턱을 받치고 날 쳐다보면서 주문을 외우고 있다.

은별이를 뽑아라, 은별이를 뽑아라.

"저는 은별이가 제일 예쁘네요."

은별이가 아싸를 외치고 부리나케 화장실로 달려가지만, 아직 끝난 것은 아니다.

역시, 모든 일은 끝날 때까지는 끝난 것이 아니다.

"그래, 나도 첫 번째는 기대 안 했어. 항상 이런 상황에서는 2등이 중요한 거니까."

"에이, 요즘 시대가 어느 땐데 외모 품평을 해요. 그만합시다."

"이게 무슨 품평이야? 누가 제일, 그날 시상식에서 예쁘게 나올지 대표의 시선으로 봐달라는 거지. 그게 대표의 자세 아니야?"

"대표님, 괜찮아요. 저 3등이어도 상관없어요."

윤소림이 손사래를 친다. 근데 전혀 안 괜찮아 보이거든?

그래서 나는 웃으면서 두 팔을 활짝 벌렸다.

"제게는 두 분 다 아름답습니다."

"개소리하지 말고."

역시, 강주희구나.

"빨리 한 명 골라라."

"저 진짜 진짜 괜찮아요, 대표님."

'괜찮으면 옆으로 좀 빠져!'라고, 처음으로 윤소림에게 소리치고 싶었다.

에이, 모르겠다.

"윤소림!"

윤소림이 어깨를 살짝 들썩이면서 만족해하는 동안, 강주희가 목을 뚝뚝 꺾으면서 주위를 돌아본다.

"빗자루 어디 있냐? 병재야, 빗자루 찾아와라. 못 찾으면 네가 죽는다."

"찾아오겠습니다!"

"근데… 아무리 그래도 소림이가 전성기 때의 강주희를 이길 수는 없지."

이어진 내 말에 강주희가 그윽하게 쳐다본다. 천천히 다가오더니, 손을 뻗는다.

강주희 손이 내 구레나룻을 붙잡았다.

"장난하냐? 결국에 나보고 늙었다는 거잖아?"

"나 대표예요, 대표!"

"그래서 뭐? 코찔찔이 자식이!"

"선배! 누님! 누나!"

한창 투닥거리고 있을 때, 숍의 주인인 양여희 디자이너가 또각또각 소리를 울리며 다가왔다.

강주희와는 언니 동생 하는 사이인데 강주희가 잘나갈 때 그녀의 옷을 입으면서 디자이너로서 이름을 알린 케이스다.

"퓨처엔터는 사이들이 왜 이렇게 좋아? 그리고 최 대표는 해가 지날수록 어떻게 더 잘생겨지니?"

"그러게요. 저도 멈출 수가 없네요."

디자이너가 코를 찡긋하면서 내 팔을 툭 친다.

그러자 차가희가 슬쩍 말을 붙인다.

"선생님, 저도 남는 드레스 하나 빌려주시면 안 돼요? 시스라인 드레스 저거 주인 있어요?"

"저거 넌 안 돼. 소림이나 주희 언니 바스트면 모를까."

"바스트야 채우면 되는 거고요!"

"채우면 푸석하잖아. 스펀지! 스펀지!"

"으으!"

차가희가 주먹을 바들바들 떤다. 양 디자이너가 낄낄 웃으며 말했다.

"난 진짜, 주희 언니처럼 가슴 라인이 저렇게 예쁜 사람을 본 적이 없어. 크기도 좋고."

그 말에 강주희가 은근히 가슴을 내밀며 목을 갸우뚱한다.

"예쁘면 뭐 해. 무거워서 평생을 어깨가 결리는데."

그러더니 옆을 향해 눈을 찡긋.

성지훈이 잘 마시고 있던 홍차를 뿜었다.

아이고.

"저기 여러분, 방금 전까지 은별이 이 자리에 있었거든요? 우리 항상 11세 수위 유지합시다."

"이 정도 장난도 못 치냐? 나 퓨처엔터 들어오고 나서 입이 근질거려서 못 살겠어!"

"차 팀장이랑 맨날 쓸데없는 소리 하고 있더구만 새삼스럽게."

"대표님, 저는 저 언니 비위 맞춰주는 거예요. 정말 일이, 너무 힘들어요~"

"왜 말꼬리에 바이브를 넣어? 징그럽게."

"징그러워요? 그런 의미로다, 퍼프의 신 한번 출연합시다!"

어, 그거 아니야.

밑도 끝도 없는 전개에 바로 휙 돌아서 윤소림에게 다가갔다.

녀석이 고개를 든다. 나도 모르게 또르르 구른 시선이 녀석의 얼굴부터 발끝까지 훑어본다. 그리고 안도한다.

500살 마녀를 위해서 줄였던 체중을 잘 유지하는 것 같아서 안심이었다.

관리를 잘하고 있다는 얘기니까.

"대본 읽어봤어?"

"예."

"어때? 재밌을 것 같아?"

"캐릭터에 이입하기는 좋을 것 같아요. 여주인공이 연예인이니까."

윤소림의 표정이 조금 묘하게 바뀌었다.

"그런데?"

"음… 뭐라고 해야 할까. 여주인공에게서 자꾸 다른 배우들이 보이는 것 같다고 할까요."

윤소림이 아랫입술을 매만지며 고민하자, 옆에서 듣던 강주희가 끼어들었다.

"그거 왜 그런지 알아? 천재 여배우의 캐릭터가 꼭 윤소림이 아니더라도 다른 여배우도 할 수 있을 것 같아서 그런 거야."

주이래도 할 수 있고, 김솔이도 할 수 있다.

"오로지 자신만의 연기, 자신만의 캐릭터를 완성하고 싶은 배우에게는 흥미가 떨어지는 캐릭터라고나 할까. 특히 너처럼 생각이 많은 애들은 더."

답에 근접했지만 정확한 답을 모르던 윤소림이 깨달은 듯 고개를 끄덕인다.

그러자 강주희가 씨익 웃으며 계속 말했다.

"근데, 나라면 할 것 같아."

"왜요?"

"키스씬 많잖아! 비비7이 상대역이라며? 내가 언제 또 우차빈이랑 뽀뽀를 해보겠어?"

"이 아줌마가 못 하는 말이 없네. 비비7 팬들이 그 소리 들으면 퓨처엔터는 피난 가야 해."

성지훈이 핀잔하자, 강주희가 기가 찬 듯 헛바람을 뱉는다.

"누가 지금이래? 나 10년만 젊었어도 했을 거라고!"

"아이고, 젊을 때 키스씬 때문에 출연한 적이 많았나 봐요?"

"아니, 내가 왜? 상대 배우들이 나랑 키스씬 찍으려고 줄을 섰는데 굳이?"

저 말, 사실이다.

예전에 강주희가 톱이었을 때는 잘나가는 남자 배우들이 출연을 자처하기도 했었다.

어처구니없는 소리지만, 캐스팅 과정에서 실제로 상대 배우가 마음에 들어서 출연하는 경우도 적잖이 있는 편이다.

"어휴, 대단하십니다."

"스케줄 없어? 왜 여기서 아까부터 할아버지처럼 꿍얼거려."

"나도 코디하려고 온 거야. 플레이리스트로 상희예술제 예능 부분에 노미네이트 됐으니까."

…그랬나?

어쩐지 아까부터 옷을 들었다 놨다 하더만.

대표라고 모든 것을 아는 건 아니다. 스케줄은 매니저팀이 관리하는 거니까.

병재야, 근데 왜 아까 그런 얘기를 안 했… 유병재의 눈동자가 지진 난 듯 흔들린다.

몰랐구나. 아, 팀장이 그걸 모르고 있었나 보네. 저걸 확 그냥.

"근데 작가가 원래 시인이라며?"

성지훈이 넌지시 물었다. 윤소림이 고개를 살짝 든다.

"혹시 장산의 여인 엔딩씬에서 제가 내레이션 했던 시, 기억나세요?"

"기억나지."

넷플렉스에 〈장산의 여인〉이 올라온 날, 사무실에 모두 모여서 영화를 감상했다.

"그 시 쓰신 분이세요."

"진짜? 본 적 있어?"

"마지막 날 촬영장에 잠깐 오셨대요. 저는 그날 못 뵀지만, 스태프들은 보셨다고 하더라고요."

"병재 넌? 봤어?"

유병재가 흠 소리 내며 기억을 떠올리고 속삭인다.

"본 사람들 말로는 이목구비 또렷하고, 눈도 크고, 성격도 시원시원하대요."

"그래?"

궁금해하는 성지훈의 모습에 강주희가 콧바람을 싸하게 흘린다.

"왜? 관심 있니?"

"야, 왜 반말해? 나 오빠야."

"그래? 오빠~"

"하지 마."

"오빠아~"

그냥 내일 보도 자료 내버릴까.

성지훈하고 강주희는 곧 사귈 거라고. 아니면 이미 사귀고 있는지도.

나는 고개를 절레절레 흔들다가 숍 입구를 바라봤다.

손님들이 유리문을 열고 들어온다.

그중 여자 손님 한 분이 날 보더니 놀란 얼굴로 멈춰 섰다.

누구지? 어디서 본 듯한데.

잠깐 기억을 떠올리려고 시도하는데, 유병재가 말했다.

"이제 가시죠."

"어, 그래."

나는 여자에게서 눈을 뗐다.

아는 사람이었으면 알은척을 했겠지. 아마도 TV나 신문에서 내 얼굴을 본 사람인 것 같았다.

그렇게 차가희가 들 짐을 나눠 들었다.

저승이의 힘을 살짝 빌려서 옷가지들을 한 번에 들고 갈 때였다.

"선배."

들려온 누군가의 목소리는, 오래전 기억 속에 남은 목소리였다.

나는 뒤를 돌아봤다.

날 부른 사람과 눈이 마주친 순간, 낯선 풍경이 펼쳐졌다.

.

.

.

"인마, 그거 카메라 선이야! 눈 똑바로 안 뜨고 다녀?"

"앗, 죄송합니다!"

"아, 쟤는 또 수상 소감을 왜 저렇게 길게 해? 진짜 돌겠네."

"피디님, 부조에서 빨리 끊으라는데요?"

"야, 누가 앞에 가서 사인 좀 보내!"

정신없이 분주한 사람들과 소음이 주변에 가득했다.

누군가의 목소리가 마이크를 타고 들린다.

수상 소감인가? 시상식? 그럼 여기는 미래야?

아무래도 내가 지금 시상식 무대 뒤에 서 있는 것 같았다.

문제는 시선 처리를 내 의지대로 할 수가 없다는 것이었다.

멋대로 흔들리고 제멋대로다.

고개를 숙였을 때는 하마터면 기겁할 뻔했다. 드레스가 보였으니까.

손가락을 꼼지락거리는 느낌, 숨을 길게 내쉬는 동작도 내 의지와 상관없었다.

나는 그저 관찰자 신분이었다.

"시상자님 두 분, 이제 올라가시면 됩니다!"

FD 명찰을 단 남자가 신호를 준다. 그러자 이 몸의 주인은 크게 심호흡을 한 번 하고 옆을 돌아봤다. 그곳에는 엇비슷한 키의 중년 남성이 서 있었다. 그 역시 긴장됐는지 숨을 파르르 떨고 있었다.

그래도 리허설에서 합을 맞췄는지, 둘이서 실수 없이 무대에 올라갔다.

우레와 같은 박수갈채가 쏟아지더니 이내 멈췄다.

─예, 안녕하십니까, 상희문화예술재단 이사장 조창원입니다.

　─안녕하세요, 신가영입니다.

　아, 이 몸의 주인이 신가영이었구나.

　장산의 여인 유복희가 읊었던 시의 주인.

　그 한 장면 때문에 30만 부가 넘는 판매고를 올렸다는 시집의 주인.

　방 국장이 건네준 대본의 작가.

　그리고 내 고등학교 후배.

　반갑기도 하고 당황하기도 해서 머릿속이 어지러운 사이 신가영과 재단 이사장은 준비한 멘트를 주고받았다.

　─올해 여우주연상 후보님들은, 작품이나 연기나 우위를 가릴 수가 없을 정도로 작년 한 해를 빛내주셨습니다.

　─예, 정말 치열했다는 표현이 나올 정도로 심사 위원분들이 마지막에 마지막까지 고민을 하셨다고 하는데요.

　─그럼, 발표해 볼까요?

　이사장이 손에 든 봉투를 열려고 한다. 그런데 자꾸 손을 떨자, 신가영이 옆에서 도움을 주었다. 종이 카드가 나왔고, 그 안에 적힌 이름이 아주 빠르게 스쳐갔다.

　─제15회 상희예술제 여우주연상! 수상자는……

　이름이 호명되는 순간 주위가 무너지고 내 앞에는 다시 숍의 풍경이 들어왔다.

　그리고 미소를 띤 신가영의 모습이 보인다.

　"잘 지내셨어요? 선배."

*　　　　　*　　　　　*

　신가영과 긴 얘기를 주고받지는 못했다.

　그녀가 숍에 피팅을 예약해 둬서 나중에 다시 보기로 하고 명함만 교환한 뒤 나왔다.

　아무튼 먼저 밖으로 나와 주차장을 서성이다가 눈살을 찌푸리고 옆을 쳐다봤다.

　"어떻게 된 거야?"

　[뭐가요.]

　"분명 상희예술제 시상식이었어."

　[전에 시(時)와 공(空)은 상대적인 개념이라고 얘기했잖아요. 아저씨 기준에서는 미래가 미래가 아닌 것처럼. 모두 다 과거지.]

　그건 맞는 얘기지만, 시상식 결과는 분명 내가 모르는 미래다.

　[어쩌면, 윤소림이나 릴리시크의 존재가 아저씨의 미래에 없던 변수였기 때문이지 않을까요?]

　나는 그동안 예견된 사건 사고를 이용해서 내 잘못된 선택들을 바꾸었다.

　그래서 윤소림의 성공이나 릴리시크의 존재는 내 미래에 없던 변수.

　"아, 그리고 눈만 마주쳤는데 그런 걸 봤다는 건……."

　[혹시, 업그레이드 아닐까요?]

저승이의 진지한 표정을 보면서, 나는 머리 쓰는 것을 관뒀다.

고민한들 머리만 아플 뿐이다.

하지만 이번에는 다른 의미로 신경이 쓰인다.

"근데 여우주연상이 누구였더라."

종이 카드가 너무 빨리 스쳐가서 제대로 못 봤다.

"넌 봤냐?"

저승이가 어깨를 으쓱한다.

숍에서 기다렸다가 신가영 한번 더 보고 갈까, 하는 생각을 잠간 해봤다.

[근데 진짜 예쁘던데, 연예인인 줄.]

"원래 걔가 학교 다닐 때도 인기 많았어. 하나도 안 변했네."

[아저씨는요?]

"나야 뭐. 딱 봐도 감이 오지 않아? 편지하고 초콜릿 많이 받았을 것 같은, 느낌적인 느낌이랄까."

오만상을 찌푸리는 저승이를 뒤로하고 성지훈, 강주희, 은별이가 차례로 떠나고 마지막으로 유병재가 키를 흔들며 말했다.

"저희 먼저 들어가 보겠습니다!"

나는 고개를 끄덕이고 윤소림에게 다가갔다.

"소림아, 수고했어. 가서 쉬고."

"예."

왠지 윤소림의 목소리가 착 가라앉았다.

"너 감기 걸린 거 아니야?"

혹시 몰라서 이마에 손을 대봤다.

열이 있는 거야, 없는 거야. 미지근한 것 같기도 하고.

잠깐 고민을 끝내고 결론을 내렸다.

"감기네, 감기. 병재야, 소림이 감기약 챙겨서 보내라."

"예!"

유병재의 대답을 들으면서 나는 윤소림을 마지막으로 한 번 더 살피고 말했다.

"소림아, 이런 세심한 대표가 어딨냐?"

흐흐 웃었더니, 윤소림이 나직이 한숨을 내쉰다.

뭐야. 감기가 아닌가.

아하…….

피팅룸에서 씨름하느라 누적된 피로가 한 번에 몰려온 모양이네.

"소림아."

속삭여 부르자, 윤소림이 턱을 살짝 치켜든다.

맑은 눈동자에 씨익 웃는 내 얼굴이 비친다.

"피로에는 박카수가 최고야. 차에 남은 거 있지? 꼭 마셔!"

오늘도 좋은 대표의 길에 한 걸음 다가간 기분이다.

업보 해결이, 머지않은 것 같다.

*   *   *

─지우, 너 고모 창피하게 계속 이럴래? 백은새 조카가 퓨처엔터에서 일하는 게 말이 되니?

"저 계속 여기서 일할 거예요."

백지우는 편의점 구석에서 고모의 전화를 받았다.

간식거리가 담긴 무거운 장바구니 탓에 그녀의 팔이 축 늘어졌다.

―고모한테 섭섭해서 그래? 고모가 말실수 몇 번 한 것 가지고 애가 진짜.

"아니요. 여기서 일하는 게 재밌어서요."

퓨처엔터는 하루가 다르게 변화하고 있으니까.

무엇보다 소속 가수와 배우들의 관계가 너무 좋았다.

엊그제는 소풍도 다녀왔는데, 성인이 되고 그렇게 재밌는 하루는 처음이었을 정도였다.

그리고 대표님.

'너무 멋있지.'

고모는 다시 전화하겠다는 말을 끝으로 전화를 끊었다.

"5만 8천 원입니다."

퓨처엔터 법인카드를 당당히 내밀어 계산을 마치고, 편의점을 나왔다.

회사 바로 앞이라서 횡단보도만 건너면 금방이었다.

그런데 어제도 그렇고 오늘도.

제법 많은 팬들이 줄지어 서 있었다.

릴리시크가 데뷔한 지 얼마 되지 않아서 하루가 다르게 사람이 늘고 있었다.

"허허, 양갱이네?"

목소리에 고개를 돌려보니 고석천 이사가 서 있었다.

스타두 엔터테인먼트의 창립 멤버였지만 현직에서 물러나 대학에서 강의도 했던 그는, 지금 퓨처엔터에서 하회탈처럼 항상 웃는 얼굴로 일하고 있었다.

"애들 간식 사 오면서 이사님 것도 사 왔습니다."

"양갱이 내 거야?"

"예. 요즘 치과 다니시는 것 같아서 부드러운 걸로 골랐는데⋯⋯."

"지우 씨는 관찰력이 좋네, 허허."

신호가 바뀌고, 두 사람은 횡단보도를 건넜다.

팬들의 시선이 모인다.

매니저를 알아보는 팬들도 많기 때문에 백지우 역시 사진 찍히는 일쯤은 항상 각오해야 했다.

"큰일이네. 이거 건물주가 뭐라고 하겠는데?"

"그러지 않아도 다른 층 사무실에서 뭐라고 하시더라고요. 아직 정식으로 민원 들어온 건 없지만."

팬들이 모여서 꽤 소란스럽지만, 답이 없어 보였다.

싸움이나 안 일어나면 다행인데⋯⋯.

"진짜라니까! 대박 잘생겼다니까?"

"그러니까, 퓨처엔터에 그런 남자애가 어딨냐고."

"네가 못 봐서 그래. 존나 잘생겼어."

"이상하네. 퓨처엔터에 그런 연습생 없는데. 윤환 오빠 보고 착각한 거 아니야?"

"아니라니까! 윤환 오빠보다 더 어렸다니까! 우리랑 몇 살 차이 안 날걸? 분위기 완전 쩔었다고!"

"어어? 저 사람 아니야?"

안경을 쓴 팬이 손을 쭉 내민 곳에서 청바지를 입은 남자가 뛰어오고 있었다.

　그 사람을 보고 백지우는 미소를 지었고, 팬들은 수군거렸다.

　"에이, 저 사람은 최고남 대표잖아!"

　"와, 근데 무슨 대표가 저렇게 젊냐. 우리 오빠보다 어려 보이네. 그리고 청바지가 뭐 저렇게 잘 어울려?"

　"내가 N탑 때부터 봐서 아는데, 그때도 유명했지. 청바지 핏이 멋있는 매니저로."

　그 유명한 매니저가 환하게 웃으며 외친다.

　"이사님, 지우 씨!"

　·

　·

　·

　"소림이가 가영이를 신경 써?"

　[그런 것 같던데요?]

　"대본 작가니까 신경이 쓰였겠지."

　배우는 작가를 신경 쓸 수밖에 없다.

　연기를 아무리 잘해도 작가가 극 중에서 교통사고 한 번 내면 끝이니까.

　[뭐랄까. 묘하게 경쟁심이 느껴지는 시선이었는데.]

　"두 사람이 경쟁할 게 뭐 있어?"

　[그냥 그렇다고요! 근데, 아저씨 되게 친근감 있게 부르네요? 가영이, 가영이.]

　별걸 가지고 트집이다.

[그 사람 꽤 미인이던데. 마음에 살랑살랑 봄바람이라도 부시나 보죠?]

"불면 안 되냐? 나 일해야 하니까, 너나 봄바람 좀 쐬고 와."

나는 손을 휘휘 저었다. 그러자 창문턱에 앉아 있던 저승이가 그대로 몸을 뒤로 젖혔다. 저런 모습을 불시에 보면 나도 모르게 흠칫한다.

사람이면 저대로 추락사니까.

"유 팀장, 스케줄표."

사무실을 나와서 유병재한테 스케줄표를 건네받았다.

현재 퓨처엔터에서 가장 바쁜 아티스트는 릴리시크.

인터뷰 촬영, SNS 영상 촬영, 콘텐츠 촬영, 음방 스케줄을 소화하다 보면 하루 3시간도 발 뻗고 자기 힘들다.

여기에 예능 출연과 팬 사인회까지 시작하면 차가 곧 침대가 된다.

"무리해서 스케줄 잡지 마. 하루 4시간 이상은 누워서 재워."

"예."

유병재가 대답하다가 하품을 참으려고 입을 가린다.

그래서 두꺼운 목을 꾹꾹 눌러주고 권박하에게 다가갔다.

"박하 씨, 릴리시크 팬들 움직임은 어때?"

"예상보다 빠르게 팬들이 뭉치고 있습니다. 이번 주에 팬클럽 명칭 투표 예정에 있습니다."

"소림이 팬클럽은?"

"지금 가장 큰 두 곳의 운영진들이 합치려고 얘기 중인 것 같습니다."

"통합하면 바로 팬클럽 1기 모집하고 팬 미팅 준비해."

"예!"

"수고하고, 서희 씨!"

바로 옆에서 의상 정리 중인 배서희가 고개를 돌린다.

요즘 가장 바쁜 직원 중 한 사람이다. 아무래도 짐 들고 현장을 오가야 하니까.

"애로 사항 있어?"

"많은데요. 다 말해요?"

넣어둬, 넣어둬.

"스타일팀 파이팅!"

이마에 슬쩍 나온 식은땀을 닦고 김승권 곁에 갔다. 모니터에 스케줄표가 떠 있다. 그런데 자세히 확인해 보니 지난달 윤소림의 스케줄표다. 나는 어깨를 주물러 주면서 말했다.

"왜 당당하지 못해? 인터넷 하고 있었다고 왜 말을 못 해?"

"인터넷 하고 있었습니다!"

"죽을래?"

직원들이 낄낄 웃는다.

김승권이 스케줄표를 내렸다. 가만 보니 상희예술제 온라인 투표창이었다.

"지금 누가 1위야?"

"현재 〈회장님 커플〉이 1위입니다. 하지만 〈마녀 커플〉도 기세가 만만치 않아서 어떻게 될지는 모르겠습니다. 〈공서 커플〉은 상대적으로 약하고요."

〈장산의 여인〉에서 호흡을 맞춘 윤소림과 윤환이 압도적인 숫

자로 1위 행진 중이다.

무려 30만 표 이상을 받고 있었다.

그 바로 아래 윤소림과 박신후의 〈마녀 커플〉이 25만 표로 바싹 뒤쫓아 오고 있고.

500살 마녀 쫑파티 현장을 뒤집어놓은 박신후와 주선희 대표를 생각하면 얼음처럼 아작아작 씹어 먹어도 시원찮지만, 드라마를 재밌게 본 팬들은 아직 여운이 남아 있는 모양이다.

"대표님, 소림 씨가 여우주연상을 탈 수 있을까요?"

김승권이 나직이 속삭인다.

"그거야 지켜보면 알게 되겠지."

나는 고개를 돌려 달력을 바라봤다. 얼마 안 남은 상희예술제 날짜에 누군가 빨갛게 동그라미를 쳐놨다.

정말 얼마 남지 않은.

*   *   *

「엔코어 엔터테인먼트」

"업체는 뭐래?"

"투표 천 건당 오만 원으로 계약하기로 했습니다. 입금만 하면 1위 차지하는 건 순식간입니다."

10만 건이면 오백만 원이다.

음원차트도 대놓고 조작하는 시대에 이 정도는 수단일 뿐.

"근데, 최고남 그 인간이 가만히 있을까요?"

본부장의 눈동자가 흔들거리는 모습에, 주선희 대표가 콧방귀를 끼었다.

"투표 결과가 그렇다는데 지가 뭘 할 건데?"

"하긴, 그렇죠?"

"그래, 최고남이 뭐라고."

"그건 그런데, 신후가 그 사건 후로 일이 딱 끊기는 거 보니까… 아무래도 엮이지 않는 것이 좋지 않을까 싶기도 해서요."

"그거는, 신후가 심리치료 받는다니까 일이 끊긴 거고."

그때, 종방연에서 박신후가 느닷없는 사랑 고백을 한 것을 배역에 몰입해서 실수한 걸로 마무리했었다.

"그렇다고 이렇게 일이 확 끊기는 건……."

"재수 없는 소리 그만하고, 업체한테 연락해서 티 안 나게 하라고 해. 걸리면 우리는 모르는 거고."

"그건 걱정 안 하셔도 될 겁니다. 우리야 이벤트 회사라서 계약했다고 하면 되는 거죠. 저쪽에서 조작을 했는지 안 했는지는 모르는 거고요."

본부장이 물러나고, 주 대표는 미간을 꾹꾹 누르며 속삭였다.

"무조건 우리가 1위 해야 해."

지난번 최고남에게 시달리느라 살이 확 빠진 그녀에게 남은 것은 이제 독기뿐이다.

그 인간과 엮이고 나서 모든 것이 엉망이 됐다.

소속사 톱티어 배우인 김솔이도 떠나고, 박신후는 스케줄이 뚝 끊겼다.

500살 마녀는 대박을 터뜨렸는데, 그래서 해외에서 러브 콜이 끊이질 않았는데, 최고남 그 인간은 박신후와 그 어떤 프로모션도 할 생각이 없다고 선을 그어버렸다.

화음의 민 대표도 처음에는 설득을 하려는 눈치였지만, 이후로는 손을 놓아버렸다.

남녀 주인공의 프로모션이 필요 없어졌기 때문이다.

윤소림이 워낙 잘나가고 있어서.

그러니 어떻게 해서든 이번에 베스트커플상을 받아서 둘이 한 무대에 올라가야 한다. 그걸 발판 삼아서 박신후가 다시 살아나야 한다.

"드라마 팬들도 원하고 있잖아?"

어쩌면 조작할 필요가 없을지도 모르겠다.

아무것도 안 해도 2위 아닌가.

"아니야, 이런 일일수록 확실히 해야지."

인기상을 노리는 또 다른 존재가 없다는 보장이 없으니까.

·
·
·

「인기상 부문 베스트커플상」

1위 〈회장님 커플〉 1,123,689표

2위 〈마녀 커플〉 982,137표

3위 〈한밤 커플〉 772,135표

4위 〈촉 커플〉 714,932표

송연우의 시선은 투표 순위를 찬찬히 훑다가 9위에서 멈췄다.

9위 〈공서 커플〉 90,612표

기적이 일어나지 않는 한 절대로 1위로 올라갈 수 없는 숫자.

체념한 그는 하늘을 바라봤다.

새 한 쌍이 다정하게 날아간다.

"일 년인가."

옆에서 나직이 속삭이는 목소리. 매니저였다.

"그러게. 그렇게 됐네."

꼬박 일 년 전, 송연우는 윤소림과 처음 만났다.

신인이었고, 풋풋했던.

그렇기에 출발선은 되레 송연우가 앞섰다.

하지만 일 년이 지난 지금은 윤소림의 뒷모습도 안 보일 정도로 격차가 나버렸다.

"윤소림 참 예뻤는데."

"지금도 예뻐. 사진 보니까 되게 예쁘더라."

"형, 나 윤소림이랑 다시 작품 할 수 있을까?"

"못 하지."

"…그게 소속 배우에게 할 말이냐?"

"네가 생각해도 못 할 것 같잖아?"

"……."

"얼마 전에 비비7 매니저 우연히 만났는데, 우차빈이 윤소림이랑 차기작 할 것 같다더라."

"부럽다."

미치도록 부럽다. 비비7 우차빈이…….

"졸라 부럽다!"

*　　　　*　　　　*

「지앤유 엔터테인먼트」

"차빈아, 괜찮아? 응급실 가서 링거라도 맞고 올까?"

숙소 앞까지 태워준 강유나 실장이 걱정스럽게 물었다.

"괜찮아요."

"정 못 버티겠으면 말해. 쓰러지는 것도 민폐야. 드라마도 들어갈 애가 몸 관리 해야지."

우차빈이 고개를 살짝 끄덕인다.

"가사는 녹음 전까지는 계속 수정할 거지?"

"예, 싸비는 그대로 둘 거고요, 브릿지 가사만요. 계속 걸리네요."

"너무 집착하는 것도 좋지 않아. 적당히 넘길 수 있으면 넘겨. 가사는 상대가 어떻게 느끼느냐가 중요한 거야."

"알아요."

우차빈이 씁쓸히 미소 지었다. 그게 어디 마음대로 될까.

"우리가 아직은 꽉 잡아주고 있지만, 너희도 이제는 비비7의 스타일을 가져야 해. 내가 말하는 스타일이 어느 하나만 뜻하는 것이 아니란 거 잘 알지? 흔들리지 마."

"예!"

"좋아, 올라가서 쉬어. 내일 스케줄 있으니까 빨리 자고."

"예."

대답은 했지만, 아무래도 빨리 자기는 쉽지 않을 것 같았다.

오늘 상희예술제가 방송되기 때문이다.

다들 그거 보겠다고 벼르고 있었는데, 빨리 잘 리가 있나.

아니나 다를까.

숙소에 들어가자 멤버들 모두 맥주를 하나씩 들고 거실에 모여 있었다. 매니저들도 공범이다.

"차빈아, 빨리 와! 빨리, 빨리!"

"윤소림 나왔어?"

"아직 아직!"

우차빈도 가방을 아무렇게나 내려놓고 합세했다.

시상식의 꽃 레드카펫 현장에서 MC가 배우들과 인터뷰 중이었다.

"와, 김솔이 대박 예쁘다!"

〈형사의 촉〉에서 인생 연기를 펼친 김솔이에 이어서, 〈한밤의 엽서〉에서 시공간을 초월한 로맨스를 보여준 주이래가 등장했다.

"와, 진짜 여배우들은 장난 아니네."

하지만 비비7이 애달게 기다리는 여배우는 따로 있었으니.

"윤소림은 왜 안 와? 현기증 나게!"

"너희들, 베스트커플상 투표했냐?"

"난 회장님 커플!"

"그건 아니지, 달달한 건 마녀 커플이었지."

"저는 공서 커플에 투표했어요! 뭐니 뭐니 해도 풋풋한 게 제일 아니겠어?"

멤버가 일곱 명이다 보니 한시도 조용해지는 순간이 없다.

'이젠 뭐, 적응됐지만.'

우차빈은 피식 웃었다. 올라간 입꼬리를 본 멤버들이 먹잇감을 발견한 하이에나처럼 달려든다.

"그래, 너는 윤소림이랑 드라마 찍는다 이거지?"

"졸라 부럽다! 차빈이 형이 졸라 부럽다!"

"나도 드라마 찍고 싶다."

"아직 확정 난 거 아니야."

그런 말이 귀에 들릴 리 없는 멤버들.

"차빈이 너는 아주 나쁜 놈이야!"

"젠장, 윤소림이 상대역이라니!"

"아, 그만 좀 해."

"그만? 넌 욕을 먹어야 해."

"다들 적당히 좀 해라. 차빈이 드라마 들어가면 잠도 제대로 못 잘 텐데."

그나마 메인보컬이자 누나가 넷인 최영웅이 우차빈의 편을 들었지만, 멤버들이 즉각 반격한다.

"윤소림이랑 키스씬을 찍는데, 지금 잠 못 자는 게 무슨 상관이야!"

"영웅이 너는 윤소림을 보고도 그런 말을 하냐?"

생방송으로 진행됐던 〈미혼모에게 희망을〉 프로그램에서 윤소림을 만난 적이 있던 비비7.

"영웅이 그날 렌즈 잃어버려서 눈 뜬 장님이었잖아."

"아, 그랬었지!"

"영웅이가 그때 윤소림을 제대로 봤어야 했는데, 그래야 욕을 하지! 차빈이하고 윤소림이 키스씬 찍을 생각 하면 절로 욕이 나온다니까?"

"아휴, 그만들 좀 해. 무슨 영웅이가 욕을 해? 순둥이가 욕하는 거 봤냐."

우차빈이 고개를 내젓는 사이 레드카펫 앞에 하얀색 밴이 한 대 도착했다.

그 안에서 천천히 내린 여배우.

그 순간 비비7 멤버들과 매니저들은 다들 넋을 놓고 말았다.

그리고 최영웅의 속삭임이 꽤 크게 들렸다.

"…씨발."

*　　　　*　　　　*

타타타.

기계식키보드의 현란한 타건음이 울려 퍼지는 이곳.

닉네임 '소림아널좋아해' 님은 시상식이 열리는 직전까지 베스트커플상 투표에 온 열정을 바치고 있었다.

인터넷 창 1 [아우라] 윤소림 팬카페에 오신 것을…….

인터넷 창 2 HAPPY 소림! 오늘도 소림이로 시작…….

인터넷 창 3 Sorim_official

인터넷 창 4 We support Jangsan couples…….

인터넷 창 5 구글 검색창

"절대로 마녀 커플은 안 돼!"

윤소림 팬들은 박신후가 무슨 짓을 했는지 잊지 않고 있었다.

어떻게 잊는단 말인가.

하마터면 윤소림의 연기 인생이 말도 안 되는 스캔들로 무너질 뻔했는데.

그런데도 500살 마녀가 워낙 재밌었던 탓에 드라마 덕후들은 아직까지도 마녀 커플을 그리워하는 상황.

지금도 500살 마녀 갤러리에는 블루레이 감독판 발매를 요구하는 팬들의 게시 글이 하루 수십 개씩 올라올 정도인데.

그래서 〈마녀 커플〉이 베스트커플상 투표에서 2위에 올라온 것을 처음에는 누구도 이상하게 생각하지 않았었다.

하지만 며칠 전, 팬이 이상 현상을 발견했다.

새벽에 〈마녀 커플〉의 투표수가 비정상적인 수치와 패턴으로 급상승한다는 사실을.

윤소림 팬카페 운영진은 이 사안을 중대하게 여기고 신중히 관찰했고, 그 결과 '기계'들의 소행이라고 잠정적으로 결론을 내렸다.

500살 마녀의 관련자 누군가가, 가짜 계정을 생성해서 투표를 조작하고 있는 것이다.

발등에 불이 떨어진 윤소림 팬들은 급기야 서로 힘을 합쳐 대동단결한다.

하여, 이번 일을 계기로 초창기 우후죽순 생겼던 팬카페들은 마침내 하나가 됐다.

한마디로 총공격이 시작된 것이다.

운영진들의 진두지휘 아래 팬들은 일사불란하게 〈장산 커플〉에 투표를 올인 했다.

전 세계 해외 팬들을 위해서 왜 장산 커플이 베스트커플상을 받아야 하는지를 설명하는 배포문도 만들었다.

또한 워낙 윤소림 팬들의 직업과 능력이 다양했기 때문에, 팬들의 힘이 더해질수록 총공은 더욱 강력해졌다.

급기야 CG까지 덧붙인 영상과 투표 독려 포스터, 오프라인에서는 전광판 광고가 화력을 더하면서 〈장산 커플〉은 압도적인 표 차이로 1위를 수성하고 있었다.

타타타.

—끝까지 긴장을 늦추면 안 됩니다!
—기계들은 우리를 이길 수 없다!
—아우라는 위대하다!
—갤주를 위하여!

투표 종료 시간이 임박할 때까지 표 차이는 계속 벌어졌다.
그리고 마침내… 투표가 종료.

"하아… 하아……."

'소림이널좋아해' 님은 마우스와 키보드에서 손을 떼고 천천히 의자에 등을 묻었다.

"힘겨운… 전투였어."

역사에 남을 총공이었다.

딸칵.

타버린 연탄처럼 심력을 쏟느라 방전된 체력을 충전시켜야 할 때 마시는 박카수.

한 번에 박카수를 마신 '소림이널좋아해' 님은 TV에서 들린 이름에 재빨리 고개를 돌렸다.

천사, 그래.

천사의 날개를 걸친 윤소림이 레드카펫에 들어서고 있었다.

그 모습에서 눈을 떼지 못하고 있을 때, 방문이 열리고 '소림이널좋아해' 님의 인생 동반자가 들어와 신경질적으로 외쳤다.

"여보, 밥 먹어! 부르면 대답 좀 하고!"

지금 밥이 문제인가.

팬카페 회원 모두가 저 장면을 보고 있을 것이다.

윤소림은 알까.

오직 단 한 사람, 당신을 위한 총공에 수많은 팬들이 참여했다는 사실을.

'소림이널좋아해' 님은 눈물을 글썽였다. 가슴이 벅차서.

그래서 코를 훌쩍이는데, 순간 엉덩이에 운동에너지가 실린 강한 발길질이 느껴졌다.

철퍼덕 엎어진 그에게 아내가 눈을 흘긴다.

"지랄하고 있네."

* * *

"소림 씨, 여기 좀 봐주세요!"

"여기요, 여기! 얼굴 왼쪽으로 좀 돌려주세요!"

"이쪽으로 손 좀 흔들어주세요! 드레스 잘 보이게!"

레드카펫 포토존에 선 윤소림은 순식간에 내 시야에서 사라져 빛 속으로 숨어버렸다.

쏟아지는 카메라 플래시가, 가뜩이나 하얀 그녀를 더 하얗게 만들어 버렸기 때문이다.

빛은 다시 카메라 렌즈를 통해 들어와 이미지센서에 기록되고, 그녀의 지금 순간을 기록할 것이다.

하지만 사람의 눈은 조금 다르다.

때로는 지금 순간이 아닌, 과거를 보기도 한다.

.

.

.

여름 더위에 익어버린 땅에서 아지랑이가 피어오를 때.

이런 날은 밖에 안 돌아다니고 사무실에 틀어박혀 있는 것이 최고다.

에어컨이라는 세기의 발명품이 있는데 밖을 왜 나갈까…….

라고, 생각한 게 불과 10분 전이었다.

하지만 창가에서 내려다본 주차장에 신경 쓰이는 녀석이 앉아 있는 게 보여서 말이지.

그래서 작열하는 태양에게 기꺼이 한 몸 바친 나는 근처 슈퍼마켓에서 단단하게 언 아이스크림 두 개를 사 왔고, 굉장히 우연하게, 그냥 지나가던 길에 들른 것처럼 주차장의 그늘로 슥 들어왔다.

그러자 앉아 있던 녀석이 고개를 추켜들고 날 쳐다본다.

"먹을래?"

녀석은 추켜든 고개를 끄덕거리고 아이스크림을 받아 갔다.

"매미 소리 엄청나네."

여름 매미 소리는 한낮에 쏟아지는 폭우 같았다.

가만히 듣다 보면 정신이 멍해질 정도다.

"앗, 뜨거!"

나는 주차된 차에 등을 기대다가 화들짝 놀랐다.

차가 마치 인덕션 같았다. 열기가 그냥.

"후훗."

녀석이, 윤소림이 그런 내 모습에 키득거린다.

나도 피식 웃고 말했다.

"오랜만이다. 너 내 앞에서 웃는 거."

"요즘 무서워지신 것 같아서요."

윤소림이 아이스크림을 깨작거리며 속삭였다.

"전에는 안 무서웠다는 거야?"

나는 괜히 퉁명하게 말했고, 윤소림은 되레 웃으면서 말했다.

"승진 축하드려요."

"축하하면 500원 줘. 아이스크림 500원이야."

"재미없어요."

유머 코드가 안 맞는 것 같았다.

재밌기만 한데.

"……."

"……."

우리는 아무 말 없이 아이스크림을 깨작거렸다.

고작 몇 분짜리 행복이지만, 여름에 아이스크림 먹을 때만큼 기분 좋은 순간이 있을까.

그 행복을 만끽하는데, 윤소림이 조금 삐진 목소리로 물었다.

"안 물어보세요?"

"뭘?"

"저 왜 여기 있는지."

뭐, 원하면.

"왜 여기 있는데?"

"지쳐서요."

"연습실 가면 에어컨 바람이 빵빵한데, 왜 지쳐?"

윤소림이 미간을 찌푸린다. 꼬맹이 주제에.

"더위 때문이 아니라……."

"힘들다고?"

뾰로통 나온 입술을 끄덕거린다.

"그래도 주인공이 그렇게 힘 빠져 있어서 되냐."

"주인공이요?"

"너. 네 인생의 주인공은 너잖아. 지금 이 순간도."

드라마의 주인공은, 영화의 주인공은 힘이 들어도 웃는다, 이 말이거든.

"윤소림이라는 드라마는 새드 엔딩인가 보죠."

아하, 그래서 청승맞게 있는 거다?

"그럼 재미없겠네. 그 드라마. 주인공이 아깝다… 예쁘던데."

윤소림이 알 수 없는 눈빛으로 날 쳐다본다.

"근데 소림이 넌 왜 연습하는 거냐? 왜 연습실에서 힘들게 춤추고 노래하는 거야? 열심히 학교나 다니지. 공부 잘한다며?"

"꿈이니까요."

"스타 되는 게?"

윤소림이 고개를 끄덕이는 대신 눈꺼풀만 깜빡인다.

"스타가 되는 게 꿈이면, 그다음은?"

이번에는 눈꺼풀을 올리고 눈동자를 흔든다. 볼이 이유 없이 빵빵해졌다.

"성공하는 거요."

그 말을 하고 나서 아이스크림을 합 하고 입에 문다.

"더럽게 재미없게 사네. 인마, 사고도 치고 문제도 일으키고 그래야 스타지. 고작 성공하는 게 목표야?"

"앵? 팀장님은 사고 치는 거 제일 싫어하시는 분이잖아요."

"그거야 사고 칠 게 뻔한 놈들이 사고 치니까 그렇지. 그런 애들은 반전이 없잖아? 너같이 얌전한 애들이 사고 치면, 그게 재밌는 거지."

"그럼 저 진짜 사고 쳐요? 나중에, 막, 시상식 같은 데서 폭탄 고백 하고 그럴까요?"

나는 피식 웃고 말했다.

"그래, 그런 날이 올 때까지 열심히 해봐라. 언제 올지는 모르겠지만."

윤소림이 콧잔등을 찌푸린다.

입에서는 아이스크림 나무 막대가 쏙 빠져나온다.

나는 피식 웃었고, 손을 내밀었다.

"아이스크림값 500원."

＊　　　＊　　　＊

「엔코어 엔터테인먼트」

주선희 대표는 TV를 보며 손톱을 잘근잘근 씹었다.

옆에서는 본부장이 눈치를 보며 앉아 있었다.

"몇 표 차이라고?"

"50만 표 이상……."

이어진 주 대표의 싸늘한 시선에 본부장이 차마 말을 잇지 못했다. 마치 된서리 맞은 것 같은 표정이다.

"그놈들은? 1위 책임져 준다며?"

"연락도… 안 됩니다."

본부장이 대답하기 무섭게 주 대표의 손톱이 틱 하고 부러졌다.

주 대표는 천천히 숨을 들이켰다. 그녀의 성난 쇄골이 들썩거리는 사이 윤환과 한 테이블에 앉아 있는 윤소림의 얼굴이 화면에 나오고 있었다.

그런 윤소림을 멀리서 흘끗흘끗 쳐다보는 박신후의 모습.

카메라에 잡힌 그 모습에 주 대표는 열불이 끓었다.

"TV 꺼."

더 보고 싶지 않았다.

본부장이 리모컨을 손에 쥐고 전원 버튼을 꾹꾹 누른다. 그런데 TV가 꺼지질 않는다.

―작년 한 해 가장 잘 어울렸던 드라마 속, 영화 속 베스트커플상은 과연 어떤 커플일지, 정말 기대되는데요.

"빨리 안 끄고 뭐 해!"

"아니, 이게 왜 안 꺼지는 거야?"

당황한 본부장이 리모컨 배터리를 꺼내며 헛짓하는 동안 시상자가 봉투에서 종이 카드를 꺼내 든다.

"이 멍청한! 리모컨이 안 되면 그냥 끄면 되잖아!"

결국 주 대표는 참지 못하고 TV로 성큼 다가가 손을 뻗었다.

전원 버튼을 누르는 그때…….

―베스트커플상! 장산의 여인의 윤환, 윤소림 커플! 축하드립니다!

                    *   *   *

「세러데이 서울」

세러데이 서울 편집부장은 데스크에 올라온 기사를 실시간으로 처리하느라 분주했다.

승인받은 기사는 바로 온라인으로 송고되고 포털사이트에 게시되기 때문에 트래픽에 먹고사는 기자들에게 이 순간은 1초의 싸움일 수밖에 없다.

매 순간, 한국신문협회에 등록된 50여 개 업체의 일간지, 9천여 개 업체가 넘는 인터넷신문, 그곳에 등록된 기자들 간에 소리 없는 전쟁이 일어나는 것이다.

"야, 그럼 지금 윤소림 상 몇 개 탄 거야?"

밖으로 나온 그가 소리쳐 묻자, 연예부 쪽에서 즉각 대답이 들려왔다.

"베스트커플상! 여자신인연기상! 수상했습니다! 여자조연상은 놓쳤고요!"

놓쳤다는 말에 오히려 기자는 웃음을 실실 흘리고 있었다.

여배우 한 사람이 조연상과 주연상을 동시에 탈 수는 없는 법이니까.

그러니, 윤소림의 여우주연상 가능성이 높아졌다는 의미기도 했다.

"진짜 올해 사건 터지는 거 아닙니까?"

"윤소림이 여우주연상 타면 대박 아니야?"

"야, 요 근래 신인연기상이랑 여우주연상 동시에 탄 배우 누가 있어? 그거 알아봐!"

"벌써 알아봤죠!"

이미 기자들은 윤소림이 여우주연상을 탈 때를 대비해서 패키지기사까지 준비해 둔 상태.

만약, 윤소림의 이름이 호명되면, 오늘 윤소림이라는 드라마는 나노 단위로 쪼개져서 기사화될 것이다.

그렇기에 지금 순간 연예부 기자들의 시선이 사무실 TV에 고

정됐다.

─예, 안녕하십니까, 상희문화예술재단 이사장 조창원입니다.

─안녕하세요, 신가영입니다.

상희문화예술재단 이사장과 신가영 시인이 시상자로 올라왔다.

─올해 여우주연상 후보님들은, 작품이나 연기나 우위를 가릴 수가 없을 정도로 작년 한 해를 빛내주셨습니다.

─예, 정말 치열했다는 표현이 나올 정도로 심사 위원분들이 마지막에 마지막까지 고민을 하셨다고 하는데요.

─그럼, 발표해 볼까요?

꿀꺽.

마른침을 삼키는 세러데이 기자들과 편집부장.

─제15회 상희예술제 여우주연상! 수상자는…….

수상자는!

*   *   *

'소림아, 너 예전에 나한테 했던 말 기억나? 언젠가 시상식에 오르면 폭탄 고백 한다고 했던 말.'

'제가 그런 말을 했어요?'

'응, 그런 말 했어. 아이스크림 먹으면서.'

'언제 그랬지… 근데, 폭탄 고백 하면 안 돼요?'

'폭탄 고백은 무슨. 하면 죽을 줄 알아. 알았지?'

'후후.'

'웃지 마. 농담 아니다.'

…왜인지 모르겠지만, 윤소림은 오늘 아침 숍에서 최고남과 나눈 대화를 떠올렸다.

'저 그럴 여유도 없어요. 시상식 생각하면 벌써부터 떨리는걸요? 저 실수하면 어떻게 해요?'

'실수해도 돼. 김나영 팀장이 커버할 테니까.'

'대표님은요?'

'난 네 옆에 있을 거지. 늘 그렇듯.'

최고남은 잡지를 넘겨보면서 중얼거리듯 말했다.

그런데 무심하게 뱉은 그런 말들이 늘 듣기가 좋았다.

아이스크림을 툭 내밀고 오백 원을 달라던 그때도.

그래서 오늘은 떨리지 않았다. 베스트커플상을 받기 위해 무대에 올라갔을 때도. 신인연기상 수상 소감을 얘기할 때도.

그랬는데, 여우주연상 수상자 호명을 앞둔 지금은 떨림이 밀려왔다.

'에이. 언감생심 내가 무슨 여우주연상이야.'

신인연기상도 기적 같았는데. 근데, 지금 발표한 건가.

누가 오늘의 주인공이지? 누구야.

윤소림이 고개를 두리번거린다. 그런데 무대에 오르는 사람이 없었다. 대신에 모든 배우가 일어나서 박수를 치고 있었다.

얼마나 우렁찬지, 오래전 그날의 매미 소리처럼 귀를 먹먹하게 했다.

'아, 나도 박수 쳐야지.'

얼떨결에 자리에서 일어나는데.

저기서, 살굿빛 드레스 자락을 펄럭이며 강주희가 달려왔다.

강주희는 환한 얼굴로 다가오더니 윤소림을 와락 끌어안았다.

"소림아, 축하해!"

"예?"

"너야, 너라고! 네가 여우주연상 수상자라고!"

그럴 리가.

믿을 수가 없는 얘기에 윤소림은 어리둥절해서 무대를 바라봤다.

눈이 마주친 시상자 신가영 시인이 미소를 지어 보인다.

"수상자가 못 들으셨나 보네요. 그럼 다시 한번 크게 호명하겠습니다. 제15회 상희예술제 여우주연상! 수상자는… 여러분, 다 같이 외쳐주시겠어요? 〈장산의 여인〉의 윤소림!"

윤환이, 강주희가, 전유라 작가가, 김재하 피디가, 500살 마녀 팀이, 그리고 상희예술제에 참석한 모두가 그 이름을 외친 순간 윤소림은 눈물을 터뜨렸다.

떠밀리듯 무대에 오르는 동안 시상자가 작품에 대해 설명했다.

장산의 여인이 어떤 영화인지, 윤소림이 연기한 유복희는 어떤 인물이었는지.

오늘 몇 번이나 올라온 무대였지만, 스탠드 마이크 앞에 선 윤소림은 가슴이 벅차서 쉽게 입을 열지 못했다.

"정말 상상도 못 했는데, 이렇게, 영광스러운 큰 상을 주셔서… 하아."

격려의 박수가 쏟아졌지만, 해야 할 수많은 말들이 머릿속에서 뒤섞여서 좀처럼 입을 열 수가 없었다. 무엇을, 어떤 단어를 꺼내서 얘기해야 할지…….

'난 네 옆에 있을 거지. 늘 그렇듯.'

그 말처럼 최고남이 무대를 바라보고 있었고, 윤소림은 겨우 눈물을 닦고 미소를 지을 수 있었다.

"먼저, 유복희라는 인물을 위해서 온 신경을 써주신 이현미 감독님과……."

*   *   *

이러다가는 곧 핸드폰이 터질 것 같았다.

시상식이 끝나고 정말 초 단위로 전화가 걸려오고 있었다.

기자, 배우, 방송 관계자, 제작 관계자들 할 것 없이 축하 전화와 문자가 빗발친다.

자동차 충전 거치대에 올려져 있는 핸드폰 화면이 켜졌다 꺼지기를 반복하고 있었다.

그래서 나는 전화받는 것을 포기하고 룸미러를 만졌다.

차 안은 허전했다.

숍에서 지원 나왔던 스태프들도 시상식이 끝나면서 철수했고.

뒷좌석에서 눈을 감고 있는 윤소림이 보인다.

시상식이 끝나고 바로 갈아입어서 이제는 드레스 차림이 아니었지만, 여운 때문인지 내 눈에는 여전히 눈부셔 보인다.

"라디오 스케줄 할 수 있겠어?"

"저 괜찮아요."

윤소림이 눈을 떴다. 눈이 반달처럼 휘어진다.

"그래. 넌 괜찮아 보여. 문제는 내 옆에 계신 분이지."

나는 조수석을 힐끗 쳐다봤다.

차가희가 빨간 입술을 빼죽 내밀고 핸드폰 삼매경에 빠져 있다. 그녀도 여기저기서 축하 문자가 오는 모양이다.

"대표님, 하나만 골라주세요."

"뭘?"

"지금 파티 초대가 다섯 군데에서 왔거든요?"

"내일 일 안 해?"

"에이, 제가 언제 파티에서 꽐라 됐다고 출근 안 한 적 있나요."

없지. 해롱해롱대서 문제지.

"그리고 오늘은 무조건 가야 해요! 오늘 가면 저 완전 핵인싸 된다니까요?"

"이참에 윤소림 스타일리스트라고 프린팅 한 티를 입고 다니는 건 어때?"

"그렇게 좋은 아이디어가?"

"그래, 가서 실컷 즐기고 쉬어. 그동안 고생했으니까 휴가 줄게."

"정말요?"

"응. 그리고 돌아와서 놀라지 마. 차 팀장 자리에 새로운 분이 계실지도 모르니까."

"허허, 그러면 바로 고용노동부 가야죠. 고고고!"

그렇게, 차가희와 나는 쓸데없는 말과 농담을 하면서 방송국으로 향했다.

아무 말이라도 해야 했다.

안 그러면 흥분이 진정되질 않을 것 같았으니까.

MNC 오픈 스튜디오에는 먼저 도착한 손님들이 우리를 기다리고 있었다.

드라마국 평태수 국장, 예능2국장, 제1라디오 국장, 그리고 MNC 사장까지.

MNC를 움직이는 인물들이 윤소림을 기다리고 있었다.

커다란 꽃다발을 들고서.

"축하해요!"

"감사합니다!"

꽃다발을 건네받은 윤소림이 허리를 굽혀서 인사하고 머리카락을 쓸어 올린다.

"하하, 내가 방송 보고 얼마나 기뻤는지 알아요? 마침 라디오 국장이 소림 씨가 오늘 주이래 씨 라디오프로그램을 대타로 진행한다는 얘기 듣고 내가 한달음에 달려왔습니다."

윤소림을 실컷 눈에 담은 MNC 사장은 사진 촬영과 사인까지 받은 뒤에 나를 돌아봤다.

"최고남 대표님, 소문은 많이 들었는데 얼굴은 처음 보네요."

"저도 실은 사장님 소문 많이 들었습니다."

"무슨 소문이요? 궁금한데요?"

"아주 공정하고 페어플레이 하시는 분이라고 들었습니다."

"하하! 온 김에 소림 씨하고 같이 일 좀 해보자고 제안하려고 했는데, 이러면 내가 입도 뻥긋 못 하겠는데요?"

호탕한 웃음 뒤에 MNC 사장이 내게 명함을 건넸다.

[MNC 사장 박동광]

"그래도 이번에 우리 쪽에 괜찮은 작품 많이 들어왔으니까 한 번 고민해 봐요. 꼭 소림 씨가 아니어도, 최 대표님 회사에 좋은 배우들 여럿 있는 걸로 알고 있으니까. 이번에 인기상 받은 윤환도 최 대표님 소속이죠?"

"예."

"그럼 또 봅시다. 소림 씨, 다시 한번 축하해요."

박동광 사장이 떠나자, 숨어 있던 피디와 작가들이 나왔다.

역시나 축하 인사를 실컷 나누고 방송 준비에 들어갔다.

윤소림은 미리 대본을 받아서 준비해 왔기 때문에 바로 라디오 부스에 들어갔다.

푸르르, 입술을 떨어서 긴장을 풀고.

밖에 있는 나를 향해 환하게 웃는다.

방송이 곧 시작될 것 같자, 나는 종이에 굵은 글자를 몇 자 적었다.

[화장실 좀 다녀올게.]

윤소림이 고개를 끄덕인다.

밖으로 나온 나는 라디오 어플을 핸드폰에 깔고 블루투스이어폰을 귀에 꽂으면서 화장실 대신 옥상으로 향했다.

밤하늘의 별이 한눈에 들어올 때, 윤소림의 목소리가 이어폰에서 흘러나왔다.

—안녕하세요, 밤의 요정님들. 오늘 주이래 씨를 대신해서 일일 DJ를 맡게 된 배우 윤소림입니다.

윤소림의 등장에 어플 채팅창에 라디오 시청자들이 적은 글들이 빠르게 올라간다.

>>세상에! 깜짝 DJ가 윤소림이라니!
>>언니! 여우주연상 축하해요! 저도 오늘 방송 보면서 응원했어요!
>>와, 대박. 윤소림이다!
>>여러분, 제가 장담하는데, 5분 안에 이 어플은 멈출 겁니다.

아닌 게 아니라 벌써 버벅대는 느낌이다.
윤소림 팬들이 몰려온다.

—여러분, 피디님이 만반의 준비를 하셨다고 하니까, 걱정하지 않으셔도 될 것 같아요. 그러니까 오늘 2시간 동안 우리 재밌는 얘기 나눠요. 후후… 오늘 첫 곡은 제가 선곡했습니다, 비비7의 '다시 시작해'.

노래가 이어지는 동안 나는 새로 올라온 기사가 있나 살폈다.
아까는 보지 못한 수상 소감에 관한 기사가 눈에 들어온다.
윤소림은 이현미 감독을 시작으로 고마운 사람들을 언급했다.
팬들과 가족, 그리고 회사에 대한 얘기도 잠깐 하고 나서 같이 후보에 오른 배우들을 언급했다.
김솔이, 주이래, 유소담, 공소영이 출연한 작품들과 그녀들이 보여준 연기에 비해 한없이 부족한 자신이 상을 받은 것에 대해 감사함을 표했다.

내 심금을 울린 것은 윤소림이 강주희가 오래전 했던 말을 언급했을 때였다.

배우가 가장 멋있는 순간은 매니저의 눈동자에 비친 자신의 모습을 발견했을 때라는 그 말.

'그래서… 오늘의 가장 빛나는 순간을 기억해 줄 대표님에게 이 상의 영광을 돌립니다. 감사합니다, 대표님.'

모두가 내게 박수를 보냈다. 나도 윤소림을 향해 박수를 쳤다.

길을 잃었던 별이, 마침내 제자리를 찾아 밝게 빛나는 순간이었다.

그 어느 때보다 밝은 빛 앞에서 나는 가슴이 아팠다.

심장이 너무 뛰어서 말이다.

후우, 또 뛰려고 하네.

나는 핸드폰 화면을 끄고 가슴을 문질렀다.

이어폰에서는 윤소림의 목소리가 잔잔하게 들려왔다.

—아이디 작은공주 님께서, '언니, 500살 마녀하고 장산의 여인 보고 팬이 됐어요, 언니는 작품 결정을 어떻게 그렇게 잘하셨나요? 저는 결정을 잘 못해서 큰일인데. 어떻게 해야 언니처럼 결정을 잘할까요?' 라고 질문을 하셨어요.

흠…….

—근데 저도 사실 결정을 잘 못해요. 저 같은 경우는 대표님이

계셔서 마음 편하게 연기만 할 수 있는 거니까요. 그러니까 이건 잘못된 게 아니에요. 결정 못할 수도 있죠. 천천히 나아질 거예요. 작은공주 님, 우리 같이 노력해 봐요.

이어진 사연.

—아이디 5894 님께서, '좋아하는 사람에게 첫사랑이라는 여자가 나타났어요, 어떻게 해야 하죠? 포기해야 할까요? 언니도 이런 경험 있나요?'

이건 나도 궁금하네. 소림이가 연애하는 걸 못 봤으니까.
근데 뭐, 연예인들이 나 연애합니다, 하고 소속사에 알려주는 것도 아니라서.
다들 몰래 만나고 몰래 헤어지고 그러니까.

—포기를 왜 해요? 더 적극적으로 나아가야죠. 첫사랑만 사랑인가. 5894 님의 사랑도 첫사랑 못지않을 텐데. 실은 저도 그런 경험이 있답니다. 와, 화가 나더라고요. 왜냐하면, 저한테는 그분이… 그 사람? 아, 어색하네요. 아무튼 그래서, 전 그 사람이 첫사랑이거든요.

누구야, 그놈이.
N탑 연습생 중 한 놈이었나.

─그러니까, 5894 님도 파이팅이에요. 우리 노래 한 곡 듣고 올까요?

*   *   *

잠깐 헤드셋을 벗고, 윤소림은 부스 밖을 바라봤다.

최고남의 모습이 보이질 않는다.

화장실에 갔다 온다던 사람이. 늘 곁에 있겠다던 사람이.

'치.'

괜스레 바람 빠진 소리를 내봤지만, 미소는 금세 다시 입가에 새겨진다.

흘러내린 머리를 쓸어 올리다 말고 멈칫했다.

오늘 수상 소감 잘 말했다며 머리를 쓰다듬어 주던 최고남의 손길이 문득 떠올라서.

근데 진짜 왜 안 오는 걸까.

궁금했지만 노래가 끝나서 헤드셋을 다시 머리에 쓰고.

모니터 속 사연을 확인하며 멘트를 속삭인다.

"여러분, 제 목소리가 조금 잠겼죠? 죄송해요, 오늘 제가 시상식에서 많이 울어서 그런지 목소리가 잠겼어요. 그래도 최선을 다하겠습니다! 사연 계속 얘기할게요."

호흡을 고르고.

"아, 이번에는 사연은 아니고 질문이네요. 근데 이건 좀……."

살짝 웃고 나서.

"아이디 영원한스타 님께서, '소림 씨의 첫사랑이 너무 궁금해요. 물론 비밀이겠죠?' 예, 비밀입니다. 후후… '소림 씨의 이상형은 어떻게 되나요? 그건 알려주실 수 있나요?'라고 질문하셨어요. 음, 제 이상형은요."

눈을 지그시 감고 고민할 때, 부스 밖에 최고남의 모습이 보인다.

손을 살짝 흔들기에, 윤소림은 코를 찡긋하고 멘트를 이었다.

"제 이상형은, 청바지 핏이 멋있는 사람이랍니다. 여러분, 어디 그런 사람 없을까요?"

없으면, 가까이에서 찾아보고.

제2장

—

변화하는 시기

　[속보] 상희예술제에 파란이 일어났다! 배우 윤소림, 여우주연상 포함 3개 부문 수상!

　[2보] 배우 윤소림 '여자신인연기상', '베스트커플상(인기상부문—장산의 여인)', '여우주연상' 쾌거!

　[화제] 넷플렉스 CEO, 이례적으로 개인 SNS 계정에 축하 인사 게재!

　[투데이IS] 학창 시절 학업성적도 우수했던 윤소림, 마침내 여배우로 우뚝 서다

　[부제] 상희예술제 여우주연상을 배출한 〈장산의 여인〉 나노 분석!

　[기자의 수다] 거침없는 윤소림의 행보! 다음 차기작은?

　[단독] 세러데이 서울 자사 유튜브 채널에 '꿈꾸는 연습생' 최초 공개!

　— '꿈꾸는 연습생' 다큐멘터리는 연습생의 꿈과 노력을 주제로 연습생의 하루 일과를 촬영한 영상이다. 본래 해당 영상에 윤소림의 분량은

1분이 채 되지 않았다. 하지만 세러데이 서울은 촬영 원본 필름을 재편집해서 윤소림의 분량을 상당 부분 확보한 것으로 알려졌다.

쏟아지는 기사와 방송.

어제에 이어 오늘도 윤소림의 날이 이어진다.

밀려드는 전화에 업무가 마비될 정도지만, 직원들은 각자 맡은 바에 최선을 다하고 있었다.

무엇보다 다들 즐거워하고 있다.

입가에 미소가 떠나질 않는다. 어쩌면 내가 기분이 좋아서 그렇게 보이는 건지도 모르겠지만.

―꺄아!

사무실 밖에서 비명 같은 외침이 들리고, 이어서 팬들의 환호성이 터졌다.

윤소림이 온 듯했다.

잠깐 문 앞에서 기다렸더니, 밤새 한숨도 못 잤을 윤소림이 환한 얼굴로 들어왔다. 유병재와 차가희가 뒤이어 들어온다.

나는 윤소림을 바라봤다. 눈 코 입, 어제에 이어 또 보는 얼굴이지만 오늘은 왠지 새롭다.

"좀 잤어?"

"자기는요. 어제 소림이 집 식구들 다들 한숨도 못 주무셨답니다. 여기저기서 전화가 와서요."

유병재가 싱글벙글 웃는다.

그렇지 않아도 어젯밤에 흥분했을 마음을 덜어주기 위해 윤소림 부모님과 전화를 했는데, 되레 고맙다는 인사만 잔뜩 받왔다.

눈으로 보지 않아도 윤소림의 집이 어젯밤 어떤 상황이었을지 상상이 간다.

"촬영할 수 있겠어?"

"예!"

윤소림이 큰 목소리로 대답하며 대표실 문을 열자, 그 안에서 기다리고 있던 은별이가 방긋 웃으면서 윤소림에게 폭삭 안긴다.

고개 숙인 윤소림이 은별이의 얼굴을 마냥 예쁘게 바라보는 모습을, 나 역시 흐뭇하게 바라봤다.

"우리 은별이, 어쩜 이렇게 예쁠까."

"우리 소림 언니도 어쩜 이렇게 예쁠까."

둘이서 뭐가 그렇게 좋은지 쿡쿡 웃는다.

오늘 윤소림을 촬영하기 위해 달려온 은별나라 스튜디오.

라이브 방송 준비까지 완벽히 세팅을 마치고 나서 윤소림이 카메라 앞에 앉자, 마이크를 든 은별이가 비스듬히 앉았다.

그리고 나서 늘 그렇듯 외친다.

"은별나라 은별공주 언니 오빠 동생 삼촌 이모들! 오늘도 안녕!"

*   *   *

윤소림과 은별이가 라방을 잘 마치고.

나는 사무실 창가에서 주차장을 빠져나가는 흰색 밴을 내려다보며 생각에 잠겼다.

'아무래도 너무 저 같을 것 같아서요.'

윤소림의 고민은 천재 여배우라는 캐릭터에 투영될 자신의 모습이었다.

뭘 해도 현재의 자신의 틀에서 벗어나기 힘들 것 같다고 했다.

물론 윤소림 본인도 쉽게 오지 않는 기회임을 충분히 알고 있었다. 이 시기, 20대에만 할 수 있는 역할이라는 것도 잘 알고 있다.

그리고 나는 이 드라마가 성공한다는 사실도 알고 있다.

시청률 면에서 성공한다는 것은 시청자들이 공감하고 방송 내내 울고 웃을 수 있는 이야기라는 의미다.

인구수 5천만에 시청률 1프로를 50만 명이라고 추산했을 때, 500살 마녀의 시청률을 대입하면 매회 방송마다 천만 명이 넘는 사람들이 드라마를 함께 즐긴 것이다.

즐거움은 곧 소비가 되고, 소비는 드라마의 수익으로 직결된다.

배우 역시 인기와 돈을 손에 쥘 수 있고.

그러니 두 가지가 목적이라면 이 작품은 우리에게 굴러온 복이나 다름없었다.

하지만 나는 윤소림의 선택을 존중하기로 했다.

인기와 돈이 아닌, 배우로서의 성장에 가치를 둔다면 그 또한 정답이니까.

'근데 국장님께 죄송해서……'

'괜찮아. 그런 건 소속사가 알아서 하는 거야. 넌 신경 쓰지 마.'

그렇게 말은 했지만, 차기작 선택이 길어질 수도 있겠다는 생각은 들었다.

마냥 고민만 하게 둘 생각은 없지만 말이다.

"소림아, 너무 들뜨지는 말고, 지금 순간을 차분히 즐겨."

나는 속삭이며 적은 문자를 윤소림에게 보내고 핸드폰을 내려놓았다.

그나저나 저승이 이놈은 어디 간 거야. 오랜만에 짬뽕이 땡기는데 말이야.

뭐, 시켜놓으면 냄새 때문에라도 오겠지 싶어서 핸드폰을 다시 들 때였다.

중국집 전화번호를 꾹꾹 누르던 나는 무심코 옆을 돌아봤다가 사무실에 들어온 남자를 보고 눈을 크게 떴다.

부자연스러운 머리숱, 달덩이 같은 얼굴, 과할 정도로 반짝이는 넥타이핀.

"국장님?"

예고 없이 들이닥친 방 국장이 다짜고짜 날 끌어안는다.

벗어나려고 발버둥을 쳐봤지만, 문어 빨판 같은 그의 팔이 날 놓지 않았다. 실랑이 끝에 한참 만에야 벗어나서 숨을 고르며 물었다.

"어쩐 일로 아침부터 오셨어요?"

"최 대표, 요 앞에 빵집이 유명하다는데 알아? 내가 거기서 빵 사다가 말이야, 최 대표 생각이 문득 나지 뭐야?"

그걸 믿으라는 건가.

하지만 실제로 방 국장 손에는 빵 봉지가 들려 있었다.

부스럭 소리를 내면서 빵 봉지를 내려놓은 그가 소파에 턱 하니 자리 잡고 눈웃음을 짓는다.

내 팔뚝에 소름이 오소소 돋는 순간이었다.

"아아."

방 국장이 뭔가 떠오른 듯 이맛살을 구긴다.

"내가 최 대표한테 얼마 전에 대본 하나 줬었지? 아이고, 내가 최 대표 부담 줄까 봐 연락도 안 하다가 깜빡하고 있었네."

탁, 제 무릎을 내려친 방 국장이 다음 순간 눈을 부릅떴다.

"대본 어떤 것 같아?"

"…은별이한테 얘기하니까 무척 하고 싶어 하더라고요."

천재 여배우의 아역이라는 얘기에 눈이 초롱초롱해져서 귀를 쫑긋 세우던 은별이의 모습.

은별이는 무척이나 하고 싶어 했다.

[어쭈, 요놈 보게.]

언제 왔는지 저승이가 내 옆에 왔다. 그리고 저승이의 입을 통해서 방 국장의 속마음이 적나라하게 드러나기 시작했다.

[은별이인지 똥별인지는 안 궁금해, 인마.]

[이 능구렁이 같은 놈아, 윤소림 얘기를 하라고!]

[어서 윤소림이 하고 싶다고 말해! 윤소림도 대본 봤을 거 아니야?]

이렇듯 방 국장의 속마음은 물이 가득 찬 항아리 같은데, 겉으로는 커피를 호로록 마시면서 미소만 짓고 있다.

"그래그래, 애가 지난번에 500살 마녀 때도 똘망똘망하니 잘했으니까, 이번에도 잘할 거야. 기대가 커."

"저도 기대가 큽니다. 그래서 진지하게 연기 쪽으로 나가는 것도 고려하고 있고요."

"그것도 좋은 계획이지."

방 국장이 바닥을 비운 커피 잔을 내려놓았다.

고개를 다시 든 그가 미소를 씨익. 어후, 징그러워.

"혹시, 소림이도 대본 봤나?"

"예. 소림이도 대본을 봤습니다."

원하는 답을 꺼내자, 저승이가 과도하게 활짝 핀 얼굴로 방 국장의 속마음을 대변했다.

반면 여전히 표정을 감추고 있는 방 국장은 턱을 긁적이며 별 관심 없다는 듯 심드렁하게 묻는다.

"그래? 윤소림까지 볼 줄은 몰랐는데."

"아휴, 그래서 제가 보지 말라고 했죠."

[이 새끼가?]

"근데, 신가영 시인이 쓴 대본이라고 하니까 관심을 가지더라고요. 왜, 〈장산의 여인〉 엔딩 시퀀스에서 윤소림이 내래이션 한 시가 신 작가 시이기도 했고."

"아아, 그랬었나? 그래서? 읽어보니 어떻대?"

나는 잠시 뜸을 들였다.

방 국장의 애끓는 마음을 가지고 장난치려는 게 아니라, 부드럽게 거절하기 위해서.

"대표로서는 이 작품 꼭 하고 싶습니다. 시청률 면에서도 분명 좋은 성적 얻을 것 같고요."

[그렇지?]

방 국장의 묵직한 배가 앞으로 나온다. 부담감 백이십 프로의 눈빛으로 나를 비춘다.

"하지만 소림이는 고민이 많은 것 같습니다. 스스로 부족한 부분도 느끼고 있고요. 그래서 차기작 선택은 시간을 두고 천천히 고민해 볼 생각입니다. 국장님께는 죄송하지만, 매니저 입장에서는 윤소림의 그런 판단이, 배우로서 한 단계 성장하는 모습 같아서 보기가 좋네요."

얘기를 마치고 옆을 쳐다보니 저승이가 어깨를 으쓱한다.

방 국장의 생각이 딱 멈춰 버렸기 때문이다.

턱을 매만지며 날 요리조리 뜯어보더니 갑자기 입을 벌린다.

그래서 나도 잽싸게 입을 열었다.

"사……."

"사랑하는 거 아시죠? 제가 국장님, 많이 사랑합니다."

말문이 막힌 방 국장이 잠깐 나를 뜯어보더니 갑자기 봉지에서 빵을 꺼내 든다. 그러더니 내게 빵을 집어 던졌다.

탁 잡아채고 물었다.

"뭐 하시는 거예요?"

"빵 먹으라고! 이게 얼마나 맛있는 빵인지 알아? 널 위한 내 마음이다!"

방 국장이 빵을 계속 던진다. 그리고 나는 날아오는 빵을 잽싸게 받아냈다. 하나도 놓치지 않고.

"최고남!!"

방 국장의 포효가 이어진다.

* * *

'고남 선배 매니저 일 하잖아. 강주희 매니저라는데?'

'사귀는 사람? 없는 것 같던데?'

'지금은 최서준 매니저 하고 있을걸?'

'팀장이래. 업계에서 나름 유명한가 봐. 사귀는 사람? 글쎄, 있지 않을까?'

'얼마 전에 부문장으로 승진했대. 여섯소년들도 고남 선배 작품이라고 하고.'

'선배 독립했잖아. N탑 나와서 회사 차렸다고 하더라. 윤소림이라는 애 하나 데리고 나왔다지?'

'500살 마녀 있잖아, 걔가 윤소림이래. 선배가 데리고 나온 애.'

'역시 선배는 선배다. 진짜 멋있다니까.'

그는 잘 모르겠지만, 그에 대한 소식은 어디서든 들려왔다.

그때마다 신가영은 애써 들뜬 마음을 가라앉혀야 했다.

그저 무심한 듯, 혹은 관심 가듯 귀를 열고 그의 소식을 전해 들었다.

그리고 그런 날은 밤새 잠들지 못하고 뒤척였다. 유리창이 하얗게 변하면 비로소 보고 싶다고 몇 자 적었다.

언젠가는 선배 앞에 웃으면서 마주 설 수 있을까?

그런 생각들이 모이고 모인 어느 날, 신가영은 윤소림을 볼 수 있었다.

처음 봤을 때 너무 예뻐서 놀랐고, 그가 아끼는 사람이라서 반가웠다.

그날… 숍에서 그를 만났다.

가슴이 두근거렸다. 지금처럼.

·
　　·
　　·

"진짜, 오랜만이다."

나는 신가영과 마주 앉았다.

"그날, 선배 만나서 너무 반가웠어요."

"그래. 나도 반갑더라."

"저, 가끔 선배 소식 듣곤 했어요."

"나도 네가 시인이 됐다는 얘기는 들어서 알고 있었어. 얼마 전에 시집도 샀다. 우리 소림이 영화에 나왔던 시."

신가영이 입을 가리고 웃는다. 오래전 운동장 수돗가에서 듣던 그 웃음소리처럼 맑았다.

"아, 국장님께 얘기 들었지? 대본 봤는데, 은별이는 하고 싶다고 해서 긍정적으로 검토하고 있어."

"다행이다. 은별이가 아역으로 출연하면 참 귀여울 거예요."

"그러게. 나도 벌써부터 보고 싶네."

우리는 음식을 주문했고, 신가영은 잠깐 화장실에 가기 위해 일어났다.

내 옆에서 두 손에 턱을 받치고 앉아 있던 저승이가 그녀의 뒷모습을 힐끗 보면서 묻는다.

[저 여자, 심장이 계속 두근거리더라고요. 이상할 정도로.]

"사람은 심장이 두근거리지 않으면 죽는 거야. 엿보진 않았지?"

식당에 들어오기 전에, 저승이에게 신가영의 마음도 기억도 어느 하나 엿보지 말라고 했다.

그런데 저승이가 이마를 긁적거린다.

[진짜 안 보려고 했거든요?]

봤구만.

[진짜 안 봤는데, 느껴졌어요. 신가영의 감정이. 이건 뭐죠? 말로 형용할 수 없는 아련한 감정인데……]

나는 저승이의 얘길 들으면서 머릿속에 잠깐 떠오른 단어를 애써 지워 버렸다. 그리고 식사가 끝날 때까지 떠올리지 않았다.

"제가 사도 되는데."

"됐어. 원래 작가님들은 얻어먹고 다니는 거야."

레스토랑을 나오면서 계산서를 주머니에 구겨 넣는 나를 보며 신가영이 미소 짓는다.

"바래다주고 싶은데, 내가 일이 있어서. 택시만 잡아줄게."

"전 괜찮아요. 가보세요."

"그럴까? 은별이 계약서 쓰면 대본 리딩 때나 보겠다."

"그때 봬요."

바로 떠나려다가 그녀를 불렀다.

"가영아, 우리 악수 한번 할까?"

나는 우리 둘 사이에 적당한 거리를 두고 손을 내밀었다.

그렇게 신가영이 내 손을 잡은 그 순간이었다.

*　　　　*　　　　*

신가영과 악수하는 순간 어김없이 다른 시간, 다른 장소가 내 앞에 펼쳐졌다.

이번에도 내 의지대로 시야가 움직이질 않는다.

나는 누군가의 시선으로 주위를 보고 있었고, 그 누군가는 아마 신가영일 것이다.

여기는 카페테라스 같다. 유리 천장에서 따뜻한 빛이 들어오고, 테이블에는 둥근 머그 컵 두 개가 놓여 있었다.

신가영의 시선은 차분하고 예리했다.

하다못해 칠이 벗겨진 철제 의자를 바라보는 것도 그랬다.

어디에 칠이 벗겨졌는지, 의자 굴곡이 어떻게 나 있는지, 다리에 흙은 안 묻어 있는지.

그냥 의자일 뿐인데 꽤 구석구석 눈에 들어온다.

고개를 돌렸을 때, 익숙한 얼굴이 들어왔다.

KIS 김재하 피디?

목이 늘어난 후줄근한 티에 야구 모자를 눌러쓴 그가 한숨을 쉬며 자리에 앉았다. 곤란한 얘기를 꺼내려는지 머그 컵을 손에 쥐고 식은 커피만 연거푸 마시다가 느릿하게 입을 연다.

"시청률… 6.1프로 나왔어."

신가영의 시선이 잠깐 동안 머그 컵에 고정됐다.

김 피디가 다시 얘기했다.

"역시, 캐스팅이 문제였어. 편성을 미루는 한이 있어도 원점에서 재고를 했어야 했는데."

"아니에요. 유연하지 못했던 제 탓이죠."

신가영이 고개를 가로젓자, 김 피디는 입을 옴짝거리다가 갑자기 주먹을 불끈 쥐며 눈에 쌍심지를 켰다.

"이게 다 최고남, 그 자식 때문에……."

"그런 얘기 하지 마세요."

"답답해서 그러지. 윤소림이 안 한다고 하면서 최고남이 포기한 드라마라는 소문 났지, 그것 때문인지 여배우들이 천재 여배우라는 설정 부담된다고 하나같이 거절했잖아!"

아니, 그게 왜 내 탓이야.

황당했지만, 김 피디의 얘기는 계속됐다.

"내가 진짜, 500살 마녀가 배우들 캐스팅 안 된다고 할 때 대한민국에 널린 게 배우인데 왜들 저러나 싶었거든. 근데 내가 그렇게 되니까 참나……."

"제가 너무 고집을 피웠던 것 같아요. 천재 여배우라는 설정이 여배우들한테 그렇게까지 부담이 될 줄은 몰랐어요."

"신 작가가 무슨 잘못이 있어. 다 내 탓이지. 비비7이라도 잡았어야 했는데."

잠깐. 비비7이 하차했다고?

윤소림이 여주인공이 아니었어도 비비7은 출연했을 텐데?

"솔직히 캐스팅도 문제였지만, 시청률 올리려고 무리해서 대본 방향 틀어버린 게 치명타였던 것 같아. 어쨌든 내가 신 작가 볼 낯이 없어."

대화가 뚝 끊겼다.

김 피디가 커피를 리필해 오는 동안 나는 상황을 정리해 봤다.

윤소림이 하차를 결정하고 캐스팅에 난항을 겪은 모양인데, 심지어 비비7도 하차했고 말이야.

그래도 어떻게든 캐스팅을 마무리해서 촬영은 했지만, 시청률을 위해서 대본 방향을 수정한 것이 더 최악이 된 모양이다.

리필한 커피를 한 모금 꿀꺽 마신 김 피디가 다시 얘기를 꺼냈다.

"신 작가, 윤소림 영화 봤어? 벌써 4백만 돌파했다던데."

순간, 나는 귀를 쫑긋 세웠다.

"어제 봤는데, 재밌게 봤어요. 영화평에 소림 씨 연기에 대한 얘기가 많아서 안 볼 수가 있어야죠."

"나도 보고 깜짝 놀랐다니까. 윤소림이 아닌 줄 알았어."

김 피디가 머그 컵을 내려놓는다. 딸그락 소리가 난다.

도대체 어떤 영화길래 윤소림이 아닌 것처럼 보였다는 걸까.

궁금해서 미칠 것 같다. 발을 동동 구르고 싶은 마음인데, 이어진 김 피디의 말에 찬물을 끼얹힌 것처럼 정신이 확 들었다.

"참 아이러니해. 윤소림은 그 영화에 출연하면서 배우로서 한층 성장했는데, 최고남은 그 영화 때문에 이미지 완전추락하고 경찰서 들락거리고 있으니."

경찰서라니, 그건 또 무슨 소리야.

"왜 그렇게까지 된 걸까요. 그 배우 얘기는 말도 안 되는 주장이었는데."

"그게 다 업보지. 최고남한테 적이 좀 많거든. 더구나 그때는 윤소림에 릴리시크까지 다 잘되고 있으니까 시기하는 사람들이 또 얼마나 많았어? 그럴 때 여배우가 성추행 당했다고 폭로를 하니까 너도나도 힘 실어줬던 거고."

눈알이 튀어나올 얘기가 계속된다.

내 인생에 업보 쌓일 일이 수천수만 가지가 될지라도, 한 번도 그런 일은 없었다. 이건 모욕이다.

"선배도 몰랐겠죠? 상황이 그렇게까지 급변할 줄은."

"원래 제일 무서운 사람이 잃을 것 없는 사람이야. 죽자고 달려들면 살점이 찢길 각오를 해야 하는데, 최고남이 걔를 너무 쉽게 생각했어."

답답하다. 도대체 '걔'가 누구야.

그리고 윤소림은 무슨 영화를 찍는다는 거고.

애타는 내 마음도 모르고, 신가영의 시선은 차분하게 김 피디를 바라본다.

"만약 그때로 돌아가면 최고남은 그 선택을 다시 할까?"

혼잣말하듯 속삭이는 김 피디의 모습이 흐려진다.

안 돼, 조금만 더! 대체 무슨 일이 일어나는데? 야, 김 피디!

내가 발등에 불이 떨어진 것처럼 호들갑을 떨면서 김 피디를 애타게 부를 때였다.

"나라면 안 할 거야. 한채희 걸 빼앗는 짓은."

다시 눈을 떴을 때, 내 앞에는 신가영의 미소 띤 얼굴이 보였다.

하늘은 구름 한 점 없이 맑았고, 지나가는 사람들의 일상은 지극히 평범해 보였다.

마치 해일이 덮치기 전의 바다처럼, 모든 것이 고요하다.

*　　　　*　　　　*

「K 대학교 여름 축제」

5월, 젊음의 열기가 활활 타오르는 대학가.

이 시기 대학 총학생회는 축제 무대에 올라오는 가수들을 섭외하기 위한 섭외 전쟁을 펼친다.

K 대학 역시 축제 라인업에 사활을 걸었다.

작년에 라이벌 대학인 Y대에 라인업이 밀리면서 학생들에게 질타를 받았기 때문에 올해는 이를 갈았다.

그 결과, 이들은 기적을 이뤄냈다.

마침내 〈릴리시크〉를 섭외한 것이다.

소속사 대표가 로또라도 당첨됐는지 올해 대학 축제 무대에 릴리시크를 세우지 않겠다고 선언해서 모든 대학이 고배를 마셨지만, K대가 해낸 것이다.

S대도, Y대도 못 이룬 업적이었다.

"이호섭!"

축제 분위기에 취한 학생들이 총학생회장의 이름을 외치면.

"으아!"

그때마다 총학생회장의 주먹 쥔 손이 하늘을 향해 올라갔다.

"이호섭!"

"으아!"

무대의 최종 점검을 마치고 내려온 이호섭 씨는 곧바로 핸드폰을 귀에 딱 붙였다.

"어이, Y대 총학생회장님! 잘 지내셨어?"

—잘 지내지! K대 총학생회장님께서는 어쩐 일이신가?

"아니, 이따가 릴리시크 무대 오르거든. 필요하면 촬영해서 보내주고. 너희 축제에 그거라도 틀라고."

이를 악물고 있을 Y대 총학생회장의 모습을 떠올린 이호섭 씨는 웃음을 참느라 입을 틀어막았다.

—야, 우리는 웬디즈, 예나까지 캐스팅했어!

"그래? 왜 그랬대? 릴리시크면 충분한데. 장안의 화제 모르나?"

—장안의 화제는 개뿔. 그리고 아이돌은 남돌이지. 우리는 비비7 섭외했거든? 여자애들 난리 났어, 지금!

"그래? 근데 어쩌나, 우리는 10넘버즈 섭외했는데."

—10넘버즈가 아니라 범죄돌이겠지! 걔들 아직도 단톡방 한다냐?

"야, 차강준 탈퇴한 지가 언젠데. 그런데 어떻게 10넘버즈가 범죄돌이냐?"

—무식한 놈. 너새니얼 호손께서 주홍 글씨에서 말하고자 한 바가 법의 심판이 아닌 양심이었다는 것을 진정 모르겠느냐?

"염병, 1864년에 사망하신 너새니얼 호손께서 저승길 뚫쳐 올라오는 소리 하고 있구나. 끊어라!"

—잠깐!

"왜?"

—얼마 줬냐?

"두 곡에 3천."

—뭐야? 우리도 3천에 입찰했는데?

"이것이 바로 K대 총학생회의 저력!"

─홍! 개소리. 네가 릴리시크를 캐스팅할 수 있었던 것이 오로지 너의 능력이었더냐? 아니지, 너희 사촌 누나가 태평기획이라는 잘나가는 광고대행사에서 한 끗발 하시기 때문이지. 고로 너희 학생회는 편법과 반칙을 쓴 것이다!

　"인맥도 능력임을 모르는 우매한 자의 잡소리로다. 끊어라, 나는 릴리시크와 기념사진을 찍으러 가봐야겠으니, 으하하!"

　커다랗고 흡족한 웃음을 끝으로 전화를 끊은 이호섭 씨.

　방금 Y대 총학생회장을 누르는 모습을 생생하게 지켜본 총학생회 임원들을 향해서 목청을 높인다.

　"여러분! 아직 무대는 시작도 안 했습니다. 그러니 끝까지 긴장을 늦추면 안 됩니다!"

　"예!"

　"하지만 그 전에, 릴리시크와 사진 찍으러 갑시다!"

　"이호섭!"

　"으아!"

　승리의 날을 만끽하기 위해 이호섭 씨는 두 주먹을 높이 치켜든다.

　"갑시다, 대기실로!"

.

.

.

　─야, 너 진짜 이러기야? 작년에 바쁘다고 동창회도 안 왔잖아?

　"미안미안, 요즘 릴리시크 한창 바쁠 때라서 나 하루 네 시간도 못 잔다."

김승권은 한숨을 쉬며 얘기했다.

벌써 며칠째 새벽에 퇴근해서 새벽에 출근하고 있었다.

백지우 매니저가 오전에 교대해 주면 잠깐 잘 시간이 있어서 그나마 버티고 있다.

하지만 힘들다고 투덜댈 수도 없었다. 유병재를 비롯해 팀장급들은, 저 양반들이 잠은 자는 건가 싶을 정도로 모든 스케줄에 따라다니고 있기 때문이다. 그런데도 매일 싱글벙글이다. 괴물들.

─아, 진짜 안 되겠냐? 여자애들이 너 얼굴 한번 보고 싶다고 해서 내가 꼭 데려간다고 했는데.

"애들한테 말 좀 잘해줘. 내가 나중에 한턱낼게."

전화를 끊는데, 소연우가 일부러 그의 어깨를 툭 치고 씨익 웃는다.

아직 무대의상으로 갈아입기 전이라서 체육복 차림의 소연우는 영락없이 개구쟁이 여고생이었다.

"오빠 인기 장난 아닌데요?"

"나 원래 인싸였거든?"

"오오, 핵인싸?"

"아 좀, 쓸데없는 소리 그만하고… 그거 어떻게 됐어?"

김승권이 주위를 살피며 물었다.

릴리시크 대기실로 향하는 길은 현장 스태프들과 가수들의 매니저들이 군데군데 포진해 있어서 말을 조심해야 했다.

그리고 뒤에 서 있는 경호팀장.

요즘 릴리시크 스케줄에 항상 동행하는데, 다행히 입이 무거운 사람이다.

"그거가 뭘까? 팀장님은 아세요?"

경호팀장이 어깨를 으쓱하자, 김승권이 입술을 구부리며 소연우에게 따지듯 물었다.

"벌써 우리의 협정을 잊은 거냐?"

"김승권 매니저, 협정은 파기됐습니다."

뚱한 얼굴을 가로젓는 소연우.

김승권은 다시 속삭였다.

"치사하다, 소연우! 내가 너한테 준 특급 정보가 몇 개인데!"

"엉터리 정보가 90프로!"

소연우가 열 손가락을 쫙 폈다가 엄지만 슥 접더니 근거를 얘기하기 시작했다.

"아육대 출연한다더니 아니었고, 데뷔일도 틀렸고, 심지어 숙소 점검 일자도 틀렸음."

"으, 그건 인정. 하지만 난! 네가 지난 주말 몰래 보쌈과 치킨을 시켜 먹었다는 사실을 알고 있지."

"헐, 그걸 어떻게?"

공범인 멤버들과 배서희만 알고 있는 사실을 어떻게.

"나무젓가락이 쓰레기봉투를 뚫고 나왔더군. 그리고 냉장고 깊숙한 곳에 치킨 무와 보쌈김치가 있었지."

"아, 은혜 언니⋯ 그거 버리자니까 아깝다고 넣어놔서."

어리석은 자의 뒤늦은 후회를 본 김승권이 씨익 웃는다.

"그뿐인 줄 아는가. 체중계가 조작돼 있다는 것도 알고 있다."

"헐!"

"이래도 우리의 협정이 유효하지 않은 건가?"

"노노."

소연우가 검지를 까딱까딱 움직인다.

"너 진짜, 이러기냐?"

"박하 언니 배신하는 것 같아서 찜찜하단 말이에요."

"그게 어떻게 배신이야? 힌트만 주는 건데. 박하 씨가 남자 친구랑 요즘 사이가 어떤지 그냥 살짝 힌트만."

"은혜 언니가 박하 언니 입장에서는 기분 나쁠 수도 있을 거라고 했어요. 그리고 어차피 시간 지나면 알게 될 거고."

차마 반박할 수 없는 말들에 김승권은 결국 체념하고 한숨을 내쉬었다.

그러자 소연우가 달라붙으며 위로한다.

"삐졌어요?"

"저리 가."

툭 밀어냈더니 과하게 놀라며 옆으로 콩콩 밀려나던 소연우가 누군가랑 부딪쳤다.

곱상하게 생긴 20대 남자.

10넘버즈 멤버였다.

리더 차강준이 단톡방 사건으로 탈퇴하고 팀을 재정비한 후 얼마 전 컴백.

대중의 시선은 여전히 싸늘하지만 팬덤은 아직 살아 있는 남자 아이돌 그룹.

소연우가 당황해서 쳐다만 보자, 옆에 있는 덩치 큰 10넘버즈 매니저가 인상을 찌푸린다.

구겨진 이맛살, 두툼한 눈두덩이의 일그러짐, 얼굴의 흉터, 팔뚝에는 살모사인지 구렁이인지 모를 문신까지.

"썅, 뭘 그렇게 멀뚱멀뚱 쳐다보고 있는데? 선배한테 인사부터 해야 하는 거 아니야?"

"아, 죄송합니다. 연우야."

김승권이 눈짓하자, 소연우가 냉큼 허리를 접었다 펴면서 외쳤다.

"안녕하세요, 선배님! WITH A 릴리시크! 소연웁니다!"

아주 자연스럽게 오른손 엄지와 검지를 쫙 뻗던 소연우가 눈을 동그랗게 떴다.

당황해서 릴리시크 인사법까지 해버린 것이다.

10넘버즈 매니저의 얼굴이 더욱 험악해졌다.

"인사를 하랬더니 권총을 쏴? 지금 장난하나."

"아, 죄송합니다. 저희가 당황해서요."

"당황할 틈은 있고, 대기실에 와서 인사부터 할 틈은 없어요?"

"예?"

"갓 데뷔했으면 대기실 돌면서 선배들한테 인사를 해야지."

억지다.

음악방송도 아니고 외부 행사에서 언제 대기실을 돈단 말인가.

'어쩐지 아까부터 느낌이 좋지 않더라니.'

경호팀장은 K 대학교에 처음 도착했을 때부터 10넘버즈 매니저의 이상하리만치 날카로운 시선을 느끼고 있었다.

그것은 시기와 질투, 그래서 호시탐탐 기회를 엿보면서 상대를 관찰하는 시선이었다.

'나서야 하나.'

경호팀장은 고민했다. 물론 소연우에게 물리적 충돌이 일어나면 바로 나서겠지만, 지금 상황에서는 자칫 상황이 커질 수도 있었다. 그러니 매니저의 역량이 중요한데.

'유 팀장에게 연락할까.'

릴리시크 대기실은 엎어지면 코 닿을 거리니까.

'아, 유 팀장은 아까 애가 아프다고 해서 집에 갔지!'

그렇다면.

이럴 때 어김없이 떠오르는 사람.

'최고남 대표님은 어디 계시지?'

*   *   *

"인사는 음악방송 할 때마다 매번 돌았습니다. 오늘은 외부 행사라서……."

릴리시크 매니저의 변명하는 모습에 10넘버즈 매니저는 코웃음을 쳤다.

딱봐도 비실비실해서 운전이나 제대로 할까 싶은 놈이 매니저랍시고 나서고 있으니 웃음이 나올 수밖에.

'허수아비같이 생겨서 말이야. 뒤에는 경호원인가? 아무튼, 니들 오늘 잘 걸렸다.'

이 기회에 퓨처엔터에게 진 빚도 좀 갚을 생각이다.

단톡방 사건 때, 초기에는 다행히도 유유에게 대중의 시선이 쏟아졌다. 그래서 10넘버즈 소속사는 급한 불을 끌 시간을 벌었다고 생각했다.

차강준을 팀에서 탈퇴시키고, 멤버들 입단속을 하고, 신규 앨범 구석구석에 남아 있는 차강준의 흔적을 지울 수 있는 시간.

몽둥이로 얻어맞을 것을 회초리로 나눠 맞을 수 있는 시간 말이다.

하지만 유유의 의혹이 빠르게 해소되면서 대중은 다시 10넘버즈를 질타하기 시작했고, 그 결과 예판 된 앨범들은 전량 반품에 주가는 폭락했고, 행사와 CF, 그 외 일정들이 줄줄이 취소되는 참사가 빚어졌다.

회사가 휘청였다.

그때 10넘버즈 소속사 대표는 퓨처엔터 대표의 사진이 대문짝만 하게 걸려 있는 신문을 갈가리 찢어버리면서 울분을 토했다.

최고남을 부르짖으면서.

"저기 릴리시크 매니저, 일한 지 얼마나 됐어요? 그런 변명 할 시간에 빨리 대기실 가서 애들 데리고 와서 인사할 생각을 해야 하는 거 아니에요?"

"저희 순서가 얼마 안 남았으니까, 무대 끝나고 내려와서 찾아뵙겠습니다."

"우리보고 기다리라는 거예요?"

10넘버즈 매니저는 인상을 콱 찌푸렸다.

안절부절못하는 허수아비의 모습에 웃음이 나올 뻔한 걸 간신히 참고 있는데, 마침 타이밍 좋게 10넘버즈 대기실에서 다른 멤버들과 또 다른 매니저가 우르르 나온다.

"무슨 일이야?"

"얘들이 센이랑 부딪쳐 놓고 멀뚱멀뚱 쳐다만 보고 있잖아요. 인사도 안 하고 말이야. 아니, 바빠서 인사를 못 하겠대요. 참나, 인기 좀 얻고 있다 이거죠."

"인사 못 한다는 얘기 한 적 없습니다. 오늘 외부 행사라서 미처 인사를 못 드렸다고 말씀드렸고, 양해해 주신다면 무대 끝나고 와서 인사드린다고 했고요."

허수아비가 릴리시크 멤버를 뒤로 물리고 눈을 부릅뜬다.

"그게 그거지! 이거, 우리 팬들 알면 큰일 나요. 얼마나 화나겠어? 제 새끼들 괄시당하는데. 인기 좀 있는 후배한테 무시하는 걸 말이야!"

"그게 아니라고 분명하게 말씀드렸는데요?"

어쭈. 허수아비가 꿈쩍도 하지 않는다.

'이 새끼 보게? 경호원 믿고 깝친다 이거지?'

열이 받은 10넘버즈 매니저의 목 언저리가 빨갛게 올라온다.

그래서 소매를 걷어 올리려는데, 실장의 손이 매니저의 팔뚝을 붙잡았다.

"그만해."

"실장님, 이건 아니죠!"

장단을 맞추는 건 줄 알고 목소리를 높이는 매니저에게 실장이 눈짓한다.

그제야 매니저는 주위의 사람들이 멈춰 서서 이쪽을 보고 있는 것을 깨달았다.

다른 가수의 매니저들뿐 아니라 학생들도 여럿이 모여 쑥덕거리고 있음을.

"무슨 일이야?"

"10넘버즈 매니저가 릴리시크한테 인사 안 한다고 뭐라고 하나 봐."

"릴리시크가 쌩깐 거야?"

"그건 아니고, 아까 여자애가 인사했는데도 저러네."

"와, 10넘버즈 매니저 졸라 무섭게 생겼네. 팔에 문신 봐."

"꼭 깡패 같지 않냐? 여자애 뒤에서 벌벌 떠는 거 졸라 불쌍하네."

　상황이 이쯤 되자, 실장이 매니저를 뒤로 물리고 대신 나섰다.

"알았으니까, 그만 가요."

"무대 끝나고 와서 인사드리겠습니다."

　허수아비가 허리를 직각으로 숙여 인사한다.

　인상을 찌푸린 실장이 주위를 흘깃거린다. 이렇게 되면 그냥 넘길 수도 없게 됐다. 꼭 이쪽이 나쁜 놈 같으니까.

　그런데 이때, 실장은 문득 이상한 기분에 앞을 쳐다봤다.

　사람들 틈으로 불길한 그림자를 가진 남자가 성큼성큼 다가온다.

　그냥 걸어올 뿐인데 주위의 공기가 일순 멈추는 느낌이랄까.

　잠깐 넋 놓고 보던 실장의 눈앞에 다른 풍경이 펼쳐졌다.

　대기실 복도 조명이 낮아지더니 뜨거운 바람이 훅 하고 불어온다. 이어 귀를 틀어막고 싶을 정도로 날카로운 비명 소리가 들리고 코에 역한 냄새가 달라붙더니, 바닥과 벽이 불타기 시작했다.

흡사 지옥 같았다.

그리고 저 남자, 마치 지옥을 뚫고 걸어오는 것 같다.

"여기서 뭐 해?"

남자의 목소리가 떨어지기 무섭게 정신이 돌아온 실장은 숨을 토했다.

그사이 릴리시크 멤버가 펄쩍 뛰고, 허수아비가 눈을 동그랗게 뜨면서 돌아본다.

"대표님!"

젠장.

퓨처엔터 최고남 대표였구나!

실장은 서둘러 입을 뗐다.

"우, 우리 매니저가 섭섭해서 한 소리 했나 봅니다. 원래 후배들이 선배에게 인사하는 건 당연한 건데 인사를 오지 않아서 한 소리 했던 거니까, 오늘은 그냥 스케줄 하시고 음방 때 보죠."

이 정도면 됐겠다 싶은데.

최고남이 주위를 스윽 보더니 입을 연다.

"알겠습니다. 그럼 좀 지나갑시다. 여기가 단톡방도 아니고, 그렇게 우르르 서 있으니까 지나갈 수가 없네요."

"예?"

"가자."

허수아비와 릴리시크 멤버가 그 한마디 떨어지기 무섭게 발길을 돌린다. 경호원도 같이.

"실장님! 저걸 그냥 보내요?"

10넘버즈 매니저가 분개했지만, 보는 눈이 너무도 많았다.

뒤돌아 대기실로 돌아온 실장은 얼굴을 쓸어내렸다.

'요즘 영화를 너무 많이 봤나?'

아니면 감기약을 먹은 것 때문에 머리가 핑 돌았는지도 모르겠다.

아무튼, 그냥 넘길 수는 없는 노릇.

그는 눈을 부릅뜨고 외쳤다.

"다들 잘 들어! 오늘 제대로 보여주는 거야, 여돌 따위는 남돌한테 상대도 안 된다는 걸! 알았어?!"

전쟁이다.

*   *   *

"대표님 오셨어요?"

"응."

손을 흔들어주고.

"어? 근데 승권 씨는 왜 그래요? 무슨 일 있었어요?"

대기실에 있던 직원들이 김승권과 소연우를 보며 물었다.

그러자 소연우가 아침 참새가 짹짹거리듯, 아까 일을 다시 애기했다.

무서웠다고, 깜짝 놀랐다고.

김나영 팀장이 네 탓 아니라고 어깨를 도닥여 준다.

"대표님, 저 실수한 거 아니죠?

김승권이 지레 겁을 먹은 얼굴이다.

"실수 안 했어. 잘 대처했지."

"아, 다행이다."

어깨를 축 늘어뜨리는 김승권에게 소연우가 옆에서 쌍 따봉을 날린다.

"오빠, 진짜 멋있었어요! 대박!"

"멋있기는 무슨."

"아니야, 진짜 멋있었다니까요? 인사 못 한다는 얘기 한 적 없습니다! 인사를 못 드렸다고 말씀드렸고, 양해해 주신다면 무대 끝나고 와서 인사드린다고 했습니다! 크! 쩐다!"

"에이……."

휘젓는 손과 달리 김승권의 입꼬리가 씰룩거린다.

나는 피식 웃으면서 경호팀장을 바라봤다.

"수고하셨어요."

"아닙니다. 제가 뭘 한 게 있나요."

"서 계신 것만으로 충분히 도움이 됐을 겁니다."

"그래도 대표님이 오시니까 상황이 정리되네요. 멋있었습니다."

경호팀장의 부담스러운 시선에 어깨를 으쓱하는데, 차가희가 달려와서 내 옆에 찰싹 붙더니 눈을 반짝인다.

"저리 가."

왠지 겁이 나서 본능적으로 밀쳐냈다.

"저기 대표님, 신가영 작가 만나고 온 일은 어떻게 되셨어요?"

"잘 얘기했어. 은별이는 할 거라고. 소림이 얘기는 굳이 꺼내지 않았고."

"다른 건 없었어요?"

"다른 거 뭐?"

날 보던 차가희의 눈동자가 잠깐 딴곳을 보다가 돌아왔다.

"음, 옛날얘기 같은 거? 학교 선후배끼리 할 법한 얘기가 뭐가 있었을까 문득 궁금해져서요. 죄송합니다."

죄송할 것도 많다.

"별거 없었어."

"별.거.없.었.다?"

마치 누군가에게 내 말을 전달해 줄 것처럼 되새김질하는 차가희를 보며 왜 저러나 생각할 때, 이번에는 김나영 팀장이 빙긋 웃으며 말했다.

"그럼 소림이 차기작은 다시 찾아봐야겠네요."

"일단 그건 잠깐 멈춰봐."

"혹시 생각해 두신 작품 있으세요?"

있지. 윤소림이, 윤소림이 아닌 것처럼 나왔다는 영화.

궁금해 미치겠지만.

"그건 나중에 다시 얘기하자고."

윤소림의 일을 릴리시크 일에까지 끌고 오면 안 된다.

아티스트와 아티스트 간의 일은 명확히 분리해서 생각하고 움직여야 한다. 스케줄을 소화할 때도, 회의를 할 때도, 비전을 제시할 때도 그래야만 한다.

그러니 지금은 릴리시크에 집중하자.

"근데 아까 일, 사람들이 많이 봤어요?"

김나영 팀장이 걱정스럽게 묻는다.

"목격담이라도 뜨면 문제 생길까 봐서요. 요즘 우리 보면서 배아파하는 사람들 많잖아요."

퓨처엔터는 지금이 가장 기쁠 때지만 마냥 기뻐하고 있을 수만도 없는 것이 현실이다.

나는 신가영의 미래에서 본 김 피디의 말을 떠올렸다.

날 시기하는 사람들이 여배우의 폭로에 너도나도 힘을 실어줬다는 얘기.

사실 여기 오는 동안 계속 그 얘기가 떠올랐다.

[지금 다른 대기실에서도 아저씨를 못 잡아먹어서 안달이고.]

저승이가 덧붙인다.

[뭐라더라. 윤소림과 릴리시크는 거품이다? 지금이야 잘되고 있어서 들떠 있지만 퓨처엔터에서 보여줄 수 있는 것은 더는 없다? 저러다가 N탑에 흡수될 거다? 최고남은 패를 다 깠다? 화나죠?]

글쎄.

[이거이거, 악덕 매니저 체면이 있지. 실망입니다!]

실망은 무슨.

'넌 아직 나에 대해서 너무 몰라.'

나란 놈은 말이지, 누군가 날 시기하고 질투하면 화가 나는 게 아니라 즐거워.

시기와 질투를 하는 사람들은 평생 남 탓만 하며 살 테고, 나는 그사이 더 높이 올라가 있을 거니까.

그러고 보니, 내게 타인의 시기와 질투가 끊인 적이 있었나?

[와, 이 무슨 자신감이람. 아까 봤잖아요? 아저씨는 성추행범으로 몰릴지도 모르고, 10넘버즈 놈들은 릴리시크한테 여돌 따

위는 남돌한테 상대도 안 된다는데!]

뭐, 앞으로 일어날 일이야 막으면 되는 거고.

여돌 따위… 라는 말은 좀 열받네.

갑자기 가슴이 싸해지는데, 김나영 팀장의 목소리가 껑충 뛰었다.

"대표님!"

그리고 내민 핸드폰.

방금 전 일이 그새 인터넷에, 연예계 소식을 공유하는 커뮤니티에 올라온 것이다.

[거봐요!]

나는 한숨을 쉬고 김나영 팀장에게 핸드폰을 돌려줬다.

그런 다음 천천히 대기실을 살펴봤다.

모든 준비를 마친 릴리시크, 옷가지와 장비를 챙기는 스타일팀, 전투 준비 완료된 김나영 팀장, 입구에 서 있는 경호팀장, 평소보다 패기 넘치는 김승권.

그리고 구석에서 앉아 있는 사람.

마스크에 모자를 푹 눌러쓴 남자.

퓨처엔터의 연습생이지만, 대외적으로 알려지지 않은, 데뷔 전까지 철저하게 정체를 감출 예정인 비밀 연습생.

"권하준!"

내 외침에 권하준이 고개를 든다. 모자와 마스크에서 자유로운 눈동자가 나를 쳐다본다.

"준비해."

말이 떨어지자, 권하준의 눈동자가 흔들린다. 그래서 다시 물었다.

"자신 없어?"

그랬더니, 바로 모자를 벗는다. 가려져 있던 풍성한 머리카락이 여름 숲처럼 흔들리고, 방금 전까지 마스크에 가려져 있던 입술이 힘주어 말했다.

"자신 있습니다."

나는 피식 웃으며 김나영 팀장을 바라봤다.

고개를 끄덕인 그녀가 바로 대기실을 나갔다. 무대 MR을 교체하기 위해서.

오늘 릴리시크가 부를 두 곡 중에서 한 곡의 피처링을 권하준이 할 거다.

그동안 계속 준비해 왔기 때문에 릴리시크나 권하준은 항상 스탠바이 상태였다.

권하준을 대중에게 공개할 시기를 놓고 여태껏 저울질하고 있었는데, 오늘이 그날이다.

왜? 내가 그렇다면 그런 거다.

여돌 따위가 남돌한테 상대도 안 된다고?

그럼 우리도 남돌 하나 내놓지 뭐.

안 그러냐, 저승아?

[역시, 아저씨는 이럴 때가 제일 멋있다니까.]

저승이가 격하게 고개를 끄덕인다.

*   *   *

"야야야! 이거 봐!"

"뭔데, 뭔데?"

"릴리시크가 센 오빠한테 인사 안 하고 생깠대!"

"뭐어?"

K대 축제를 보기 위해 온 10넘버즈 팬들이 분개할 일이 벌어졌다.

대기실 복도에서 릴리시크 멤버가 10넘버즈 멤버를 무시했다는 소식이 커뮤니티와 SNS에 올라온 것.

감히, 후배가, 선배한테 인사를 안 해?

"릴리시크 소속사 대표 미친 거 아니야?"

단톡방을 언급하며 비꼬았다는 목격담까지.

가뜩이나 퓨처엔터 대표를 벼르고 있던 팬들에게는 기름을 붓는 소식일 수밖에 없었다.

이건, 단합력 끝판왕인 남자 아이돌 팬들에게 시비를 건 것이나 다름없다.

곧 축제 현장에 있는 팬클럽 임원에게 공지가 날아왔다.

[릴리시크 무대 나올 때 행동 강령]

1. 1기 팬들은 릴리시크 노래 시작할 때 3초간 야유합니다. (오늘은 대학생들이 많기 때문에 침묵 시위는 도움이 안 됩니다.)

2. 2기 팬들은 릴리시크 팬들 응원 구호 떼창 때 엇박 나게끔 K대학 응원 구호를 외칩니다. (K대학 응원 구호는…….)

3. 릴리시크 멤버 중에 송지수가 소심해서 큰 소리를 무서워한

다고 합니다. 폭죽 있는 분들 터뜨려 주세요.

  4. 카메라 있으신 분들은 수시로 플래시 터뜨려서 눈뽕 해주세요.

  5. 10넘버즈 팬인 거 티 안 나게 주의해 주세요.

.

.

.

  —여러분! 다음 무대에 올라올 네 명의 소녀들! 다 같이 외쳐 주실까요?

사회자의 제안에 대학생들이 〈릴리시크〉를 연호한다.

기다렸던 그녀들이 손을 흔들며 무대에 올라오자 관중석이 들끓었다.

눈동자들이 무대에서 준비하는 그녀들에게 달라붙는다.

그사이 공지를 받은 10넘버즈 팬들은 야유를 준비하고 있었다.

"다들 준비됐죠?"

"실수하지 마세요! 3초예요!"

"젖 먹던 힘까지 짜내야지!"

곧바로 반주가 흘러나왔다.

자, 이제 야유를 쏟아내야 하는데…….

           *   *   *

릴리시크 차례가 오기 전에 나는 무대와 관중석을 나눈 펜스 앞에 섰다.

근데 진짜 바글바글하네.

대학 축제에 대학생들만 있지 않다는 걸 알고 있지만, 사람들로 바글바글하다. 입장 티켓을 못 구해서 악담을 퍼붓는 팬들도 있을 정도로 올해도 어김없이 축제의 열기는 뜨거웠다.

아무튼 무대를 보면서 팬들의 반응을 살피기에는 최적의 장소였다.

"아, 릴리시크 언제 나오는 거야? 나 알바 가야 하는데!"

"그냥 알바 가, 인마!"

"미쳤냐? 눈앞에서 볼 수 있는 절호의 기회인데. 윤소림의 눈물에서 태어난 네 명의 소녀들!"

"아주 릴리시크 노래를 부르네."

"미친놈아, 그러는 너는 릴리시크 뮤직비디오 백 번도 넘게 봤잖아?"

"난 전공이 미디어잖아! 마빈이 연출한 뮤직비디오를 안 볼 수가 있겠냐? 1일 1뮤씽은 생활이야! 뭐, 노래도 좋긴 하지만."

"인마, 노래만 좋냐. 걔들 케미 대박이야. 유튜브 가면 시간 순삭이라니까?"

"아, 시끄러워, 미친놈들아!"

고래고래 소리를 지르는 대학생들의 모습에 웃음이 나온다.

나는 관중들을 힐끗거리며 구경하다가 마스크를 쓴 여자들을 보고 멈칫했다.

딱 봐도 아이돌 팬들 같은데.

눈빛들이 하나같이 뾰족해서, 축제를 즐기는 다른 사람들과 달리 뭔가 전투적인 분위기다.

10넘버즈 팬들일 수도 있겠거니 생각할 때, 사회자의 목소리가 마이크를 타고 흘렀다.

―여러분! 다음 무대에 올라올 네 명의 소녀들! 다 같이 외쳐 주실까요?

뒤이은 순간, 릴리시크가 이곳에 가득 찼다.

학생들은 릴리시크를 연호하고, 지금 이곳에는 오직 그 이름만이 존재했다.

내 귀가 멍멍한 건지, 가슴이 먹먹한 건지 모르겠다.

그래서 그냥 미소 짓고 있을 때 마침내 릴리시크가 무대에 올라왔다.

더 커진 함성 속에서 마스크를 쓴 여자들도 소란스러워졌다.

"다들 준비됐죠?"

"실수하지 마세요! 3초예요!"

"젖 먹던 힘까지 짜내야지!"

뭘 짜낸다는 건지는 모르겠지만, 그거에 신경 쓸 겨를이 없었다.

무대에 오른 멤버들이 박은혜를 중심으로 포즈를 잡는다.

반주가 시작되고, 박은혜가 뮤직비디오에서처럼 아랫입술을 살짝 깨문다.

무대 전광판에 그 모습이 비치면서 환호가 더 커졌지만 바로 이어진 소리에 묻혀 버렸다. 야유 소리 말이다.

우우!

오래된 폐가나, 산골 폐광에서 흘러나올 것 같은 소름 끼치는 울림이 마스크 쓴 여자들 사이에서 흘러나왔다.

쟤들… 돌았나?

펜스 쪽에 붙어 있던 대학생들도 나처럼 황당한 것은 마찬가지였지만, 몇 초간 지속되던 야유 소리가 멈추자 다시 무대를 바라본다.

나도 일단 무대에 집중했다.

무대 위 조명은 정신없이 반짝거리고, 마침 바람도 확확 불어오니까 송풍기 효과 부럽지 않다.

라이브로 들어서 그런가, 노래가 더 좋네.

유유 녀석, 짧은 시간에 릴리시크 멤버들의 특징을 제대로 캐치했다.

사운드와 멤버들 개개인의 목소리가 완벽하게 조화를 이루고 있다.

강렬한 비트와 중독성 있는 후크야 기본이고, 가장 좋은 건 역시 가사다.

이런 가사를 쓰다니. 생긴 것과 다르게 감성적이라니까.

하지만 오늘은 가사에 여운을 느낄 새가 없다.

축제답게, 학생들이 릴리시크 노래를 따라 불러서 내 심장도 널뛰기 시작했다.

흥거운 떼창에 팔뚝은 이미 시작부터 닭살로 덮어 버렸다.

그런데 마스크 쓴 패거리들이 미묘하게 신경에 거슬린다.

그녀들이 중간중간 K대학교 응원 구호를 외치는 바람에 엇박이 나고 있었기 때문이다.

우연의 일치인 걸까.

야금야금 나무를 갉아 먹는 송충이들 같은 그녀들에게 신경이 쓰일 때쯤, 송지수 파트가 시작됐다.

녀석은 극소심의 표본이었지만, 무대에서 자기 파트를 할 때는 새로운 캐릭터가 튀어나온다.

당당하게 앞으로 나와서 조명을 독차지하는 모습을 흐뭇하게 바라보는데, 갑자기 펑 소리가 연달아 울렸다.

다행히 송지수가 놀랄 정도로 큰 소리는 아니었지만.

[눈치채셨죠?]

"쟤들 10넘버즈 팬들이냐?"

저승이가, 마스크 패거리들을 보며 가소롭다는 듯이 미소 띤 얼굴을 끄덕거린다.

나 역시 음흉하게 웃고 있다.

방해 공작에도 첫 무대는 순조롭게 끝냈다.

마이크를 잡은 박은혜를 시작으로 멤버들이 소개와 인사말을 이어간다.

내 마음과 시선은 물가에 놓은 아이들을 보는 것 같다.

다행히 멘트 실수 한 번 없이 잘 끝냈다. 소연우가 잠깐 버벅대긴 했지만, 권아라가 도와줘서 무사히 넘어갔다. 둘이 티격태격했다는 말이다.

그 바람에 관중석에서 웃음이 터지는데도 마스크 패거리들은 꿈쩍도 안 한다.

저기만 어둠의 숲이구나.

그래, 다음 무대에서는 어떨지 한번 보자.

이어진 두 번째 무대의 반주가 시작했다.

릴리시크 — 〈Listen first〉 (feat.#)

관중들의 눈이 전광판에 비친 네 명에게 쏠린 사이에 무대에
한 사람이 더 올라왔다.

권하준.

맨얼굴로 담담하게 올라온 녀석은 무대 끝에 섰다.

마이크 쥔 팔을 축 늘어뜨린 채 머리카락만 나부끼고 있다.

나는 마스크 패거리들을 힐끗 쳐다봤다.

어떤 반응을 보일지, 저들의 속마음이 궁금하다.

[원해요?]

궁금해서 현기증 난다.

[어쭈, 웃어? 그래. 한번 해보자. 이번에는 더 크게 야유를… 어?
저 사람 누구야?]

[감히 우리 오빠들… 헐! 쟤 뭐니? 존나 잘생겼잖아?]

[대박!!]

[사진, 사진!]

[세상에나 마상에나! 딱 내 타입이잖아?]

사자의 능력 덕분에 타인의 속마음이 4D 음향처럼 사방에서
쏟아진다.

그건 마치 수십, 수백 대의 TV를 동시에 틀어놓은 것 같았다.

그것 때문에 이번에는 야유 소리를 못 들을 것 같다.

아니면, 야유가 없었는지도…….

아차!

생각을 잊다가 나도 모르게 정신이 번쩍 들었다.

[왜요?]

저승이가 눈썹을 쫑긋 세우며 무대와 나를 번갈아 쳐다본다.

"유유한테 얘기 안 했다. 하준이 무대에 올라가는 거."

[아니, 그분께 그런 결례를 저지르면 어떻게 합니까!]

"정신없어서 그것까진 미처 생각 못 했지."

[큰일 났네, 또 저격당하시겠네.]

"에이, 설마. 유유가 하준이를 그렇게까지 신경 쓰지는 않겠지."

[아니던데? 되게 열과 성을 다해서 가르치시는 것 같던데. 얘기도 자주 나누고.]

"뭐야? 야, 그런 얘기는 진작 했어야지!"

[안 물어봤잖아요!]

저승이와 내가 티격태격하는 동안 무대는 뜨겁다 못해 익고 있었다.

소연우의 아이디어로 더해진 발레 안무가 권하준을 만나서 말 그대로 춤을 추고 있다.

[미쳤다, 미쳤어.]

[연습생? 데뷔각? 퓨처엔터 개미쳤네.]

[춤선 대박… 누구야, 대체? 누구냐고!!]

나는 씨익 웃었다.

얘들아, 잘 봐라. 쟤가 바로 권하준이니까.

내가 키웠어. 아니, 주워 왔지.

*   *   *

오늘도 퓨처엔터 건물 앞은 운집한 팬들로 인해서 소란스러웠다.

"아, 오늘도 안 보이네."

"너 또 그 얘기냐?"

"진짜 잘생긴 애가 있다니까."

"그러니까, 퓨처엔터에 그런 남자애가 어디 있냐고."

몇 날 동안 퓨처엔터 앞을 지켜본바, 눈이 휘둥그레질 정도의 외모를 가진 남자는 윤환밖에 없었다.

의외로 성지훈이 눈을 사로잡긴 했지만, 아저씨라 관심이 저 멀리 안드로메다급 우주 저편에 있었다.

아, 퓨처엔터 대표도 훈남 스타일이긴 하지만.

"그 외는 없었다고!"

"아니야, 있어, 있어. 내가 새벽에 봤는데도 한눈에 뻑 갈 정도였다니까."

"그런 애가 왜 눈에 안 띠냐고."

"야, 원래 연습생들 철저하게 감추잖아. N탑은 매니저가 태우고 다니기도 하고."

"그 얘기 하지 마라. 나 속 쓰리다."

"아, 미안."

사과를 하는 이유인즉, N탑에는 전설의 연습생이라고 불린 남자 연습생이 있었는데, 결국 데뷔를 하지 못하고 N탑을 떠났기 때문이다.

연습생들 이름을 줄줄이 꿰고 있을 정도로 애정을 가졌던 일부 팬은 그때의 충격으로 N탑을 떠나서 이 기획사 저 기획사 옮겨 다니는 철새 생활을 하고 있었다.

그리고 최근, 퓨처엔터 앞에도 그런 철새 몇 마리가 둥지를 튼 것이다.

"아, 얘네 또 이 지랄 하네."

철새 중 한 마리가 핸드폰을 보더니 짜증을 낸다.

작년, 10넘버즈 소속사 앞에서 잠깐 둥지를 틀었다가 차강준 사건으로 손절했던 팬이었다.

"왜요? 왜?"

"아까 인티에 올라온 글 있잖아요? 릴리시크가 10넘버즈한테 인사 안 했다고."

"예, 그 말도 안 되는 음해!"

"근데 지금 그것 때문에 공카 운영진이 오늘 릴리시크 무대 훼방 놓는다고 단톡 보냈지 뭐예요."

"에에? 미친 거 아니에요? 운영진 완전 막장이네."

"그러니까요, 이래서 내가 손절했지. 지들만 몰라, 욕먹는 거."

"아휴, 우리 애들 오늘 힘들겠네."

걱정으로 한숨을 쉬는 팬들.

하지만 10분 뒤에 날아온 새로운 소식으로 분위기가 급변했다.

"지금 릴리시크 무대에 퓨처엔터 남자 가수도 같이 올라왔다는데요?"

"남자 가수요? 성지훈이요?"

"아니, 아니! 처음 보는 얼굴이래요. 근데, 완전 대박이래요!"

"앗, 저한테 사진 왔어요!"

그렇지만 초점이 흔들린 사진에 급실망.

"아, 동영상, 동영상 보내달라고 해요!"

"오케이!"

팬들이 초조하게 동영상을 기다릴 때, 이상한 일이 벌어졌다. 철새들이 하나둘 초점 흔들린 사진 앞에 모이기 시작한 것이다. 그러더니 서로의 얼굴을 마주 본다.

"맞죠? 우리 하준이 맞죠?"

"맞아요, 우리 하준이 맞아요!"

"실루엣만 봐도 알지, 권하준인데."

"여기 있었구나. 우리 애가 퓨처엔터에 있었구나."

"최고남 대표님이 거뒀었던 거예요."

"흐흑… 고마워요, 대표님."

갑자기 철새들의 분위기가 감동 모드로 흘러가자, 릴리시크와 윤환을 보러 온 팬들은 어깨를 으쓱했다.

그때 마침 현장에서 막 쪄낸 따끈따끈한 동영상이 도착했다.

왜 철새들이 저렇게 감동 모드에 빠져들었는지, 그 이유가 2분짜리 동영상에 담겨 있었다.

"저, 이 동영상 저도 좀 보내주세요."

"저도요, 저도!"

"2분짜리 말고 더 없나?"

"유튜브 검색해도 안 나와요, 커뮤에도 아직 안 올라왔고."

"그럼, 그냥 우리가 올려 버리죠!"

대동단결한 팬들이 새로운 핫 게시글을 탄생시키는 순간, 건물에 들어오는 차를 보고 팬들이 함성을 지른다.

"윤소림이다!"

스케줄을 마치고 돌아온 윤소림의 흰색 밴이 주차장에 멈춰 선다.

김승권 매니저가 내리고, 배서희 스타일리스트가 내리고.

마침내 윤소림이 내리기 무섭게 팬들은 소리를 질러 그녀를 반겼다.

잠깐 동안 팬들을 향해 인사한 그녀는 사무실로 들어가기 전 하늘을 바라봤다.

보름달이 휘황찬란한 밤이었다.

*　　　　*　　　　*

달 밝은 밤, 서울 외곽에 위치한 주차장에 세단 한 대가 멈춰 섰다.

그 안에서 커플 한 쌍이 내렸고, 잠시 뒤 건장한 남자가 다가와 주차금지 표지판을 스윽 가리키며 싸늘한 시선을 하고 말했다.

"여기에 주차하시면 안 되는데."

"소개받고 왔어요. 주차 요금 저렴하다고."

"어느 분한테 소개를 받으셨어요?"

"이거 보여주면 된다던데요?"

명함을 내밀자, 남자가 살펴보더니 이윽고 고개를 끄덕인다.

남자는 길을 안내했다. 커플이 뒤따르면서 넌지시 물었다.

"여기 뭐 일꾼 심어놓고 그런 거 아니죠?"

일꾼, 도박판의 타짜를 일컫는 용어.

"소개시켜 주신 분이 말씀하셨을 텐데요. 저희는 신용이 생명입니다."

"오케이, 그리고 나 꽁지 좀 빌립시다."

"얼마나?"

"뭐 얼마예요. 한 장 합시다."

남자가 눈살을 찌푸린다.

"아저씨, 나 안우그룹이야. 신문 본 거 없어요? 나 얼마 전에 나왔었는데. 음주 운전 하다가 사람 쳐서, 하하."

"아, 그럼 당연히 가능하죠."

커플이 서로 마주 보며 피식 웃는다.

건물 엘리베이터를 타고 올라간 셋은 캄캄한 층에 내렸다.

"근데, 여기 진짜 괜찮은 거죠? 짭새한테 털리면……."

"걱정하지 마십시오. 절대 걸릴 리 없고, 광수대 단속 뜬다고 해도 여긴 절대 못 찾아냅니다."

그룹을 언급해서인지 남자의 어투와 태도가 바뀌었다.

"그래요? 뭐 믿을게. 근데, 여기 하우스 이름이 왜 9와 4분의 3 승강장이야?"

그 질문에 남자는 나직이 웃기만 했다.

그를 따라서 도착한 사무실에는 흔한 사무실 책상도 없었다.

남자는 탕비실로 커플을 데려가더니 싱크대 앞에서 허리를 숙였다.

"저도 잘은 모르겠는데, 외국 소설에 보면 마법 세계와 인간 세계 간의 통로가 9와 4분의 3 승강장이라더군요. 그래서 저희 하우스 이름이 9와 4분의 3 승강장입니다. 여기가 통로거든요."

그렇게 말하면서 그가 싱크대 문을 열었다.

"아, 마침 손님이 나오시네요."

남자의 말대로 잠시 뒤, 싱크대 안이 달그락 움직이더니 그 안에서 머리를 축 늘어뜨린 여자가 기어 나왔다.

여자의 정체는 사무실 창가로 들어온 달빛 덕에 드러났다.

*　　　*　　　*

"하, 한채희 씨?"

"와, 저 한채희 씨 팬이에요!"

흥분한 커플이 거슬릴 정도로 좋알거린다.

딱 봐도 눈치코치 1도 없어 보이는 그들의 모습에 한채희는 선글라스를 고쳐 쓰고 입을 열었다.

"사람 잘못 보셨어요."

빠르게 지나쳐서 건물을 빠져나온 그녀에게 스산한 찬바람이 불어온다.

6월이 코앞이라는 것이 믿기 힘들어지는 바람 앞에서, 그녀는 손가방을 뒤적여 핸드폰을 꺼냈다.

"왜 이렇게 전화를 늦게 받아?"

—미안, 수호 촬영 이제 끝났어. 정리 좀 하느라고.

"아, 7년을 함께한 나보다 가능성 있는 신인이 더 중요하다?"

—그런 게 아니라…….

"됐어. 듣고 싶지 않아."

—근데, 왜 전화한 거야?

"수호한테 들어온 극본, 그거 괜찮더라?"

전화 너머에서 매니저가 숨을 흡 들이켜는 소리가 들린다.

—아, 그게 괜찮긴 한데.

"그거, 나도 출연하고 싶어서."

이번에는 매니저의 콜록거리는 소리가 들린다.

좀처럼 멈추지 않는 기침을 한참 쏟고, 그가 머뭇거리며 말했다.

—채희야… 너, 지금 벌금형 받은 것 때문에 악플 쏟아지는데, 벌써 복귀하려고 하면 어떻게 하냐.

"나 빨리 연기하고 싶어."

—그럼, 한 1년만 더 참자? 어?

"나 물먹인 인간들 승승장구하는 꼴을 1년이나 더 구경하고 있으라고? 두 번 얘기 안 해. 나 그거 할 거야."

—야, 채희야!

한채희는 전화를 끊고 차에 올라탔다.

조수석에 핸드폰을 던져두고 자동차 헤드라이트를 켰다.

어둠이 순식간에 물러난다.

·

·

·

이 밤, 한채희 소속사에 비상이 걸렸다.

온종일 일하느라 녹초가 된 몸을 침대에 눕혔던 유넥스트 엔터테인먼트 대표와 홍보팀장은 한달음에 회사에 돌아왔다.

한채희 매니저도 양평 촬영장에서 바로 회사로 복귀했다.

"그러니까, 수호한테 들어온 책을 채희가 어떻게 본 건데? 어?"

대표가 얼마 없는 머리카락을 조급하게 넘기며 대답을 재촉한다.

얼마나 급하게 달려왔는지 잠옷 차림이었다.

"저번에 제 차에서 뭐 꺼낼 게 있다고 차 키 달라고 했거든요. 그때 차에 둔 걸 채희가 본 모양입니다."

한채희 매니저는 죄인처럼 고개를 숙이고 일련의 과정을 설명했다.

"인마, 그거를 그렇게 차에 두고 다니면 어떻게 하냐."

"죄송합니다."

하지만 이미 엎질러진 물.

"그래서 정확히 뭐라는데?"

"연기하고 싶다고요. 안 된다고는 했는데… 목소리 들으니 웬만해서는 고집 꺾지 않을 것 같아요."

"걔 지금 집에 있어?"

"가보시게요?"

"지금 어떻게 가. 날 밝아야 가든 말든 하지."

세 사람의 한숨이 사무실 바닥에 눅진하게 깔린다.

필리핀 도박 사건으로 한채희의 이미지는 반토막이 났다.

한채희 하면 '포커 한'이라는 별명부터 떠오를 정도로 엉망이

돼버렸다.

그렇지만 한채희가 재기 불능 상태는 아니다.

국내시장은 어렵겠지만, 해외시장은 아직 가능성이 남아 있었다.

6년 전, 중국에서 한채희는 여신급이었다.

광고 하나에 백억이 오가고, 한채희를 모시기 위해 전용기까지 보내줄 정도였으니까.

그러니 한한령만 끝나면 중국에서 화려하게 복귀할 수 있었다.

그때까지만 좀 참으면 되는데.

"걔는 진짜 가만히만 있으면 되는데, 왜 그 가만히를 못 하는 거야? 돈이 없어, 뭐가 없어?"

6년을 쉬었어도 한채희 명의로 된 빌딩이 신사동과 도산대로에 떡하니 버티고 서 있는데 말이야.

"근데 대표님, 이러면 수호 이거 해야 하는 거 아니에요?"

손톱만 만지작거리고 있던 홍보팀장이 뜬금없는 얘기를 꺼냈다.

"그게 무슨 소리야?"

"한채희 선구안 아시잖아요? 걔가 500살 마녀 하겠다고 하기 전에 6년이나 쉰 것도 제 마음에 드는 게 없어서였고."

그 말에 대표가 한심하게 쳐다보며 혀를 찬다.

"쯧쯧, 그건 한채희니까 가능한 거지."

"예?"

"한채희야 어떤 역이든 소화할 실력이지만, 수호는 이 작품 하면 중간에 지쳐서 떨어져 나가요. 신인이 감당할 수 있는 캐릭터가 아니라고. 영화 2시간 내내 긴장감은 팽팽하고 감정은 날카로운데, 이걸 신인배우가 할 수 있겠어?"

그래서 전혀 고려하지 않고 있던 작품인데.

"근데 뭐, 어차피 제작사에서도 한채희를 달가워하지는 않을 테니까, 크게 걱정할 필요는 없지 않을까요?"

무안해진 홍보팀장이 웅얼거리며 얘기하자, 한채희 매니저가 미간을 찌푸린다.

"오디션 봤다는 사실만으로도 일반인이 평생 먹을 욕 곱절로 먹을걸요?"

"그래, 눈이 어디 한두 개야? 어휴, 차라리 그 작품 누가 채 가는 게 낫지. 이건 뭐."

중얼거리던 대표와 그 모습을 보던 매니저가 순간 눈을 마주쳤다.

"그러네요. 차라리 누가 채 가는 게 낫지. 하루라도 빨리."

어차피 공수호는 안 할 거고, 한채희는 해봤자 욕만 먹을 텐데도 본인만 고집 피우고 있는 상황 아닌가.

그러니 차라리 다른 배우가 먼저 들어간다면.

황당하지만, 아무리 생각해 봐도 이만한 해법이 없었다.

한채희 매니저는 바로 핸드폰을 꺼냈다.

그냥 별거 없이, '여배우'만 검색을 했더니.

"윤소림."

그 이름을 속삭인 순간, 대표가 화들짝 놀랐다.

"집어넣어, 집어넣어. 걔는 아니니까."

한채희를 자극해서는 안 된다.

절대로.

　　　　　＊　　　　　　＊　　　　　＊

"아침부터 기자들이 바쁘네요."

김나영 팀장이 핸드폰을 흔들면서 콧잔등을 찌푸린다.

밤사이 인터넷에 K대학교 축제에 등장한 권하준 얘기가 퍼졌다.

어제 현장에 있던 사람이거나, 권하준을 알고 있는 팬이거나.

초점 흔들린 사진과 동영상이 여기저기 퍼져서 실검에도 잠깐 등장했을 정도의 반응이 있었다.

하지만 퓨처엔터는 그 어떤 대답도 하지 않고 침묵을 지키고 있다. 권하준은 당분간 퓨처엔터의 보석 상자 속에 숨어 있을 테니까.

"대표님, 어제 10넘버즈 매니저 얼굴 보셨어요?"

"봤지."

"아, 얼굴 찍어놨어야 하는 건데. 속 안 좋을 때마다 보게요. 그럼 체기 싹 내려갈 텐데."

잔뜩 썩은 표정을 짓던 10넘버즈 매니저와 달리 차가희와 김나영 팀장은 서로 마주 보고 깔깔 웃는다.

어제 빨리 들어간 유병재만 중간에서 커피를 쪽쪽 마시고 있었다.

얼음을 휘저으면서.

"신 작가님 만나고 온 일은 어떻게 되셨어요?"

유병재가 둥근 얼굴을 들고 날 쳐다본다.

어제 차가희도 묻더니만. 서로 돌아가면서 묻기로 약속을 했나.

"잘 얘기했어. 뭐 블라블라."

"블라블라가 뭔데요?"

그냥 블라블라.

대충 넘기려 했더니, 유병재가 입에 문 빨대를 괴롭히며 뚱한 표정을 짓는다. 곰새끼.

"그러니까, 별거 없었다는 거네요?"

저 반응도 어제 차가희랑 똑같네.

"왜? 별거가 있어야 해?"

"있었어요?"

"없었다고."

스케줄 달력에 적어봐야겠다.

신가영 작가와는 밥만 먹고 헤어졌다고.

나는 생각난 김에 펜 뚜껑을 열어서 쓱쓱 적어버리고 피식 웃었다.

"자, 됐지? 너희들이 무슨 내 여자 친구냐?"

"가족이잖습니까."

"그럼 진짜 가족처럼 일할까?"

월급도 적당하게 받고, 일도 가족처럼 으싸으싸 해서 매일 밤새우고.

"아닙니다, 대.표.님!"

오늘도 퓨처엔터는 웃음소리로 하루를 시작한다.

아무튼 이제 다시 윤소림의 차기작을 찾을 시간이었다.

다만, 계속 마음에 걸리는 게 있었다.

미래에서 본 그 작품이, 한채희에게 먼저 간 작품이라는 것이다.

예전이라면 그런 것은 아무 상관 없었는데. 계약서 찍기 전에는 채 와도, 채 가도 문제가 될 게 없었다. 뭐든 마지막에 손에 넣은 사람이 임자 아닌가.

그런데 이번에는 다르다. 내가 조금 달라진 것 같다.

양심?

설마. 없던 양심이 갑자기 생길까.

단지, 윤소림이 이 작품으로 성장한다고 해도 잡음이 달라붙으면 필모그래피에 흠집이 갈 수 있겠다는 생각이 들었다.

별거 아닌 이유일지 몰라도 내게는 큰 변화다.

예전에야 스타를 키우기만 하면 끝이었으니까.

그 뒤에 어떻게 되든 상관없었다. 스타가 된 뒤의 인생은 배우가, 가수가 알아서 헤쳐 나갈 일이라고 생각했다.

뭐 아무튼. 그래도 어떤 작품인지는 알아야 한다.

그래야 그것보다 좋은 작품을 찾아서 윤소림에게 주지.

다행히 신인연기상과 여우주연상을 동시에 거머쥔 여배우를 간절하게 바라는 작품들이 연일 퓨처엔터를 두드리고 있다.

일단, 나는 여기저기 전화를 돌려서 한채희 매니저에 대해서 알아봤다.

알아보니 '스타두 엔터테인먼트'에 몸담은 적이 있었다.

고석천 이사가 그를 기억하고 있었다.

"걔? 성실하고, 일머리 있고, 성격도 괜찮지."

딱 그 정도뿐이었지만, 시간이 아까워서 바로 움직였다.

현재 그는 자숙하는 한채희 대신 신인 남자 배우를 담당하고 있었다.

한채희급을 담당한 매니저가 신인배우를 맡은 걸 보면 도박 사건으로 회사에 제대로 찍힌 모양인데…….

신인배우 이름은 공수호.

JBC 연속극에 출연하고 있었다.

.

.

.

나는 뭉게구름 핀 맑은 하늘 아래를 달려서 양평에 도착했다.

한창 촬영 중인지 스태프들이 현장을 통제하고 있었다.

외진 곳이라 구경꾼이 많지는 않았다.

차에서 내리자, 반사판과 조명에 둘러싸인 공수호가 보인다.

분장으로 얼굴이 초췌해 보이고 행색이 지저분했다. 손에는 소주병이 들려 있었다.

"액션!"

큐 사인이 떨어지자, 소주병을 입에 무는 공수호.

"으아! 으아!"

술이 번드르르한 입술에서 괴성이 쏟아진다.

흐느낌과 함께 공수호가 고개를 숙였다.

오만상을 짓는 거로 보아서 눈물이 뚝뚝 흘러야 할 것 같았다.

그런데 눈물은 안 흘리고 늘어진 침만 힘없이 떨어진다.

처절해야 할 것 같은 씬이 더럽다는 생각이 문득 들 때, 감독이 자리에서 벌떡 일어나더니 쓰고 있는 빨간 모자를 바닥에 집어 던졌다.

"아!"

카메라 안으로 성큼성큼 들어온 감독의 얼굴은 구겨질 대로 구겨져 있었다. 그 상태로 입은 안 열고 한참을 눈만 부라린 끝에 고개를 휙 돌려 매니저를 부른다.

"공수호 매니저! 매니저 어디 갔어!"

"예, 예!"

머리에 까치집이 얹힌 남자가 성큼성큼 뛰어왔다.

감독이 그를 붙잡고 구경꾼들이 듣지 못하게 작은 소리로 속삭여 말한다.

1분 남짓한 시간 동안 무슨 소리가 오갔는지 매니저 목울대가 쉴 새 없이 움직인다.

보나 마나 욕을 실컷 먹고 있겠지만.

결국 적당하게 타협 봤는지 공수호가 스타일리스트 앞에서 동전만 한 눈을 크게 떴다. 그 눈에 스타일리스트가 인공눈물을 퍼붓는다.

그렇게 모은 인공눈물은 컷이 떨어지기 무섭게 흘러내렸고, 오케이 사인이 떨어지자마자 공수호는 쫓겨나듯 카메라 밖으로 빠져나왔다.

차로 이동하는 세 사람의 어깨가 축 늘어졌다.

매니저는 현타가 온 것 같고, 스타일리스트는 그냥 만사 귀찮은 것 같고, 공수호는 눈치를 보느라고.

"실장님, 정말 죄송합니다!"

"됐어, 됐어. 저런 놈 있고 이런 놈 있고 하는 거야."

"죄송해요, 오늘따라 왜 이렇게 눈물이 안 나오는 건지."

"어제도 안 나왔잖아."

"그제도요."

스타일리스트까지 한마디 더 해주자, 공수호가 볼을 긁적이며 고개를 돌린다. 그러다가 뒤에서 쳐다보던 나와 눈이 딱 마주쳤다.

녀석은 잠깐 눈을 깜빡이더니, 갑자기 곤란한 표정을 지으며 내게 다가왔다.

"원래 촬영 중에는 사인해 드리면 안 되는데… 다음부터는 이러시면 안 돼요. 어? 근데 되게 잘생기셨다. 연예인 하셔도 되겠는데요? 하하."

역시 공수호구나.

이때부터 사차원끼가 있었어.

"아휴, 펜이랑 종이도 안 가져오셨네. 진짜, 이러면 곤란한데."

나는 이 청년이 착각의 늪에서 헤어 나올 수 없는 지경에 이르기 전에 서둘러 선글라스를 벗었다. 그랬더니.

"아, 셀카? 하하, 그럼 어서 핸드폰 주세요."

말문이 막힌 내게 한채희 매니저가 다가온다.

날 알아볼 거라고 생각해서 바로 명함을 꺼내려는데, 그가 손을 스윽 내밀더니.

"제가 찍어드릴게요."

잠깐 당황했지만, 정신을 차린 나는 그가 내민 손에 명함을 건넸다.

"처음 뵙겠습니다, 퓨처엔터 최고남입니다."

　　　　　＊　　　　　＊　　　　　＊

　철커덩, 문이 열렸다.

　살짝 열린 틈새로 줄무늬 고양이 한 마리가 나와서 손님을 올려다본다.

　"샤미야, 잘 지냈어?"

　한채희 매니저는 고양이와 함께 집 안으로 들어갔다.

　안에 있던 다른 고양이들도 그를 보고 냥냥대며 다가왔다.

　"밥 안 줬나?"

　매니저는 힐끗힐끗 주위를 둘러보면서 고양이들 화장실부터 살폈다.

　"감자는 다 캤는데."

　똥이 없는 걸 보면 한채희가 일어난 게 분명하다.

　하루 첫 일과가 고양이 똥 치우는 일이니까.

　"채희야."

　이름을 불렀지만, 정말 모기 소리만큼 작은 목소리를 내며 거실을 둘러본다.

　대리석 바닥과 샹들리에가 달린 거실을 둘러보는 그때, 레깅스 차림의 한채희가 운동기구 있는 방에서 나왔다.

　"운동하고 있었구나."

　대꾸 하나 없이, 수건으로 땀을 훔치며 부엌으로 간 그녀가 냉장고 문을 벌컥 연다.

　완벽한 몸매를 유지시켜 줄 닭가슴살 제품들과 샐러드용 야

채, 과일들, 그리고 술은 왜 저렇게 많아.

'아주 중독자야, 중독자.'

한채희는 냉장고에서 검은색 물이 담긴 물통을 꺼냈다.

목에 좋아서 마시는 건데, 그 맛이 하수구 냄새와 견줄 정도로 지독하다.

그걸 시원하게 마시더니.

"오빠도 마셔."

"아, 난 괜찮아."

"마셔."

그럼 마셔야지.

매니저는 사약을 마시듯 단숨에 들이켜고 숨을 토했다.

역하고 쓴맛에 몸을 부르르 떠는 그에게 한채희의 질문이 던져졌다.

"왜 왔어? 아침부터."

"어, 그냥. 잘 지내고 있나 궁금하기도 하고. 샤미 보고 싶기도 하고."

"오빠."

한채희가 한 발 다가온다.

한때 중국인이 사랑하는 한국 여배우 1위에 뽑혔었던 그녀가 다가온다.

웬만한 남자라면 설레서 심장이 두근거리겠지만, 매니저의 심장은 다른 의미로 두근거리고 있었다.

공포, 두려움, 불안 같은 인간이 제어할 수 없는 감정.

"나한테 뭐 숨기는 거 있구나?"

"뭐, 뭘 숨겨? 진짜 궁금해서 온 거라니까?"

"대표님이 뭐라서? 하지 말래?"

"아, 아니… 그건 아니고."

"그래, 반대했겠지."

한채희를 속일 수는 없다.

궁예에게 관심법이 있다면, 한채희에게는 직감이 있으니까.

그래서 그녀와 두 마디를 섞으면 스트레스가 찾아오고, 세 마디를 섞으면 심장이 벌렁거린다.

"아니, 뭐 반대라기보다는 우려… 의 말이지."

매니저는 어색한 웃음과 함께 긴급회의의 진실을 감췄다.

그런데, 한채희가 여전히 의심의 눈길을 거두지 않는다.

"다른 게 또 있구나?"

"어어?"

한 발 더 다가온다.

"안절부절못하네. 마치, 나 몰래 누구라도 만난 것처럼."

꿀꺽.

"아, 어제 술 마셨다며? 회사에 전화하니까 그러던데. 술 많이 마셔서 오늘 연차 냈다고. 누구랑 마신 거야?"

"그게……."

기억을 떠올리는 그의 앞에서 한채희가 상체를 숙였다.

대한민국 최고, 아니, 한때 그랬던 여배우가 의미심장한 눈빛으로 그를 꿰뚫는다.

"캐디한테는, 연락했어?"

그녀가 캐스팅 디렉터를 언급하는 순간, 매니저의 머릿속에는

'그 작품'이 떠올랐고, 그다음으로는 '어젯밤의 일'이 떠올랐다.

.

.

.

"한채희 그, 나쁜 계집애가, 크흡, 켁켁."

"물 여기 있어요."

사레들린 그에게 물 한 컵을 내미는 손.

그냥 물 한 잔 내미는 것뿐인데, 왜 저렇게 멋있는 건지.

그랬다. 최고남 대표는 멋있었다.

매니저들의 롤 모델이 눈앞에서 물컵을 내미는데 어떻게 멋있지 않을 수가 있나.

"상준 씨가 많이 힘들었나 보네."

그가 빈 잔을 채워주면서 잔잔하게 웃는다.

몸에 여유가 배어 있다. 같이 있으니 마음이 마구 편해진달까.

"제가 진짜, 걔 그거 못 하게 하려고 진짜 노력했거든요."

"어쩌다가 손대기 시작한 거예요?"

그윽한 시선, 부드러운 말투.

지난번 사건 때, 산적처럼 생긴 경찰이 했던 질문과 비슷하지만 느낌이 확연히 다르다.

"예전에, 채희가 한창 힘들 때 사귀던 남자 친구가 있었어요. 그놈이 한 번 두 번 데려가면서 악몽이 시작된 거죠. 개새끼. 나중에 채희 성공하고 나서 얼마나 뜯어 갔는지 몰라요."

나쁜 새끼.

"그래도 많이 나아졌거든요. 이젠 스스로 자제할 정도였고… 필리핀에서도 그냥 기분 전환만 하려고 했는데, 그쪽에서 채희가 연예인인 거 알고 작업한 거예요. 돈도 꿔주고, VIP룸으로 옮겨주고."

나중에는 그걸 빌미 삼아 협박까지.

그래서 모든 것이 만천하에 드러나 버렸다.

"채희 알고 보면 착한 애예요. 투덜거리고 틱틱대지만, 진짜 열심히 노력해서 거기까지 올라간 겁니다."

공든 탑이 하나둘 무너질 때는 눈에 띄지도 않더니, 정신 차려보니 폭삭 주저앉아 있었다.

"그랬구나. 사연이 있었네."

"에휴, 사연이 있으면 뭐 해요. 어쨌든 잘못은 잘못이지."

"그래서 상준 씨는 지금, 아까 그 친구 담당하고 있는 거구나?"

"애가 좀 까불까불하죠?"

"매력 있던데요? 상준 씨가 조금만 신경 써주면 금방 자리 잡겠어요."

"하하, 맞아요. 매력이 있어요. 푼수 같은데, 눈은 또 그렇지가 않거든요. 지금 출연하는 연속극에서도 반응 좋아요. 처음에 안 한다고 난리더니… 하긴 나도 좀 그랬어요. 작가님이 막장계의 대모시잖아요? 아니, 무슨 출생의 비밀, 기억상실, 외도, 암 같은 단골 소재는 내가 숱하게 들어봤지만, 친일파는 또 처음 들어봤잖아요. 대표님은 들어보셨어요? 재벌가 남주가 실은 여주의 조상을 고문한 친일파 혈통이라서 헤어지네 마네 하는 게 말이 돼요?"

낄낄거리다가 수저를 놓쳤다.

공수호는 지금 그 친일파 혈통의 남주를 보좌하는 비서 역이다. 그런데 또 공수호 집안은 독립운동가 집안. 언제든 친일파를 처단하려고 기회를 엿보는 중에 남주의 성품에 매료되면서 갈등하는 섭남 설정이다.

"그래도 재밌잖아요? 그러면 됐죠."

"예, 재미는 진짜 오지게 있지. 근데, 저 궁금한 거 있습니다."

한채희 매니저는 비틀거리는 상체를 바로잡으려고 무릎에 두 손을 딱 붙였다.

"그런 작품, 대표님이었으면 하셨을까요? 저는 잡았지만, 윤소림을 키우신 대표님 정도 되는 선구안 가지신 분은 좀 더 고상하고, 좀 더 작품성 있는… 뭐 그런 작품 선택하셨겠죠? 공서도 그랬고, 500살 마녀도 훨 좋았고, 장산의 여인이야 두말할 것 없고."

그러니까, 미다스 손의 시크릿이 궁금하다는 얘기.

최고남 대표는 잘 구운 고기 한 점을 집어 한채희 매니저 앞에 놓고 젓가락을 내려놓으며 말했다.

"정답을 모를 때는 배우를 보면 답이 나와요. 최서준의 대표작인 '검의 노래'도 처음에는 개가 안 한다고 했었어요. 독립영화 운운하면서 말이죠. 그래서 제가 단칼에 말했죠. 개소리하지 말라고."

한채희 매니저가 앞에 놓인 고기를 입에 넣고 오물거리자, 술을 나눠 마신다. 그리고 계속 말했다.

"하지만 윤소림이 독립영화를 하겠다고 하면, 저는 아마 굉장히 고민을 할 겁니다. 그런 차이죠. 그렇게 쌓이고 쌓인 작품들이 만들어낼 윤소림은 어떤 모습일까. 그걸 상상하면서 최종 선택을 한다고 할까요? 아, 물론 감독이나 작가는 기본적으로 체크를 해야 하겠죠."

한채희 매니저 역시 이번 작품을 선택할 때 고민을 많이 했다.

회사에서는 너무 막장이다. 이미지에 해가 될 거라고 반대했지만, 아직 신인이라서 도전에 무리가 없고, 요즘 대세인 브로맨스를 보여줄 수 있는 작품. 무엇보다 배우 본인이 약간 사차원끼가 있어서 캐릭터와 찰떡이라고 판단했다.

사실 한채희 사건 때문에 공수호를 맡은 게 아니었다.

가능성 때문에 맡아보고 싶어서 자처했던 거지.

"대표님 얘기 들으니까, 머릿속이 소독되는 기분이네요."

"머리만 소독합니까? 위도 소독해야죠. 자."

화끈하기까지.

술잔이 오갈수록 한채희 매니저는 최고남 대표의 매력에 빠져들었다. 그의 화술은 늪이었고, 눈빛은 따뜻한 이불 속 같았다.

"근데, 한채희 씨 새 작품 들어간다는 얘기는 무슨 얘기예요?"

"예?"

아니, 내가 그런 얘기까지 했던가.

약간 의아했지만, 한채희 매니저는 곧 수긍했다.

했나 보지 뭐.

"아, 그게, 채희가 고집을 피우네요. 그 작품 하고 싶다고."

"제목이 뭐라고 했죠?"

"24요."

"얼마나 재밌길래."

"아, 차에 복사본 있는데 이따 한 부 드릴게요. 뭐, 대표님이야 제목만 알아도 충무로 뒤져서 찾아내실 분이지만."

"하하, 상순 씨 덕분에 제 시간을 벌었네요."

"아, 또 얘기가 그렇게 되나요? 하하하!"

.

.

.

한채희 매니저는 나라 팔아먹은 친일파 같은 웃음소리를 내던 자신의 모습을 떠올리며 마른침을 꿀꺽 삼켰다.

한채희의 고운 미간이 살짝 접힌다.

"연락했냐고."

"아니, 그게……."

"안 했으면 빨리 연락해. 다른 사람이 채 가기 전에."

꿀꺽.

'에이, 설마 그걸 윤소림이 하겠어? 에이, 뭐 하면 어때. 어차피 다른 배우가 빨리 채 가길 바랐었잖아?'

꿀꺽.

"왜 그렇게 쳐다봐? 정말 연락 안 할 거야?"

"해, 해야지."

"빨리 해. 놓치면… 오빠 나한테 죽는다."

꿀꺽.

*   *   *

「퓨처엔터」

"어제 인사차 화음에 잠깐 다녀왔거든요. 거기서 대본 하나 봤는데, 대표님 생각이 나더라고요."

"무슨 대본?"

"시놉 내용이, 연인이 있는 남자가 동창생을 만나서 위험한 사랑을 한다는 내용이었거든요. 대표님 얼마 전에 신가영 작가님하고 따로 만나셨다면서요."

그거랑 그거랑 무슨 상관이람.

"그래서 결말이 어떻게 되는데?"

"그게 단막극이거든요? 결말이 두 개예요. YES OR NO."

"그런 드라마가 있어?"

"예. 넷플렉스 오리지널 작품이더라고요. 시청자가 선택해서 결말을 볼 수 있는 방식으로 제작될 것 같대요. 그래서 YES를 선택하면, 남자가 동창생과 바람을 피우는 거예요. 해바라기처럼 바라만 보던 연인을 배신하는 거죠. 아주 못됐어."

"너 되게 감정이입 한다? 그렇게 재밌나. NO는 뭐야?"

"동창생을 밀어내고 연인과 잘되는 거요. 아주 바람직하다고 생각하는 결말입니다."

"드라마라면 YES가 더 재밌겠네."

"전 NO가 더 재밌던데."

"큰일이다, 큰일. 작품 보는 눈이 이렇게 없어요."

윤소림이 눈을 댕그르르 굴린다.

피식 웃은 나는 어제 한채희 매니저에게서 받은 대본을 꺼냈다.

"책 하나 구해 왔는데, 한번 같이 보자고 불렀어."

"근데, 신 작가님 만나서 무슨 얘기 하셨어요? 옛날얘기 많이 하셨겠다."

나는 대본을 펼치면서 검지를 내밀었다. 손이 가리킨 곳에 스케줄 달력이 있다.

"저기 뭐라고 적혀 있냐?"

"신가영 작가와는 밥만 먹고… 헤어졌다고요."

"그러니까, 쓸데없는 소리 하지 말고 빨리 대본이나 보자."

윤소림에게 복사한 대본 한 부를 건네고, 나 역시 대본을 펼쳤다.

새로운 이야기가 눈앞에 펼쳐진다.

─시놉시스

24시간 안에 납치된 아이를 구하고 더불어 범인을 밝혀서 6년 전 범인이 죽인 아이의 시신을 찾아야 한다.

─기획의도

현대 사회의 우리는 하루를 너무 쉽게 흘려보낸다. 우리가 흔하게 흘려보내는 24시간의 한정된 시간 동안 우리에게 일어날 수 있는 최대의 사건을 그리며 그 안에서 일어날 수 있는 관계와 상황 속에서 인간이란 존재가 만들어낼 수 있는 여러 가지 결과물을 보여주고 싶다.

잘나가는 방송국 아나운서인 은주.

그녀는 출근길에 패스트푸드점에 들러 간단한 식사 대용을 구입하며 하루를 시작한다. 출근한 그녀가 자리에 앉기 무섭게 한 통의 전화가 온다. 상대방은 앞으로 24시간이 남았다는 말과 은주의 딸을 데리고 있다고 얘기하곤 전화를 끊어버린다.

당황하는 것도 잠시. 은주는 자신에게 도착한 소포를 보고 패닉에 빠진다. 경찰은 소포를 확인하고서야 사태의 심각성을 깨닫는다. 소포 안에는 잘린 어린아이 손가락이 찍힌 사진과 피 묻은 옷가지가 들어 있었다.

정신을 차린 은주는 문득 자신에게 일어난 일이 6년 전의 미제 사건과 똑같다는 것을 깨닫는다.

어느새 1시간이 흐르고, 또다시 도착한 소포와 전화.

이제 남은 시간은 23시간.

[재밌는데요?]

언제 왔는지 저승이가 내 옆에 바싹 붙어서 대본을 내려다본다.

하지만 지금은 그런 것이 신경 쓰이지 않을 정도로 첫 장이 강렬하다.

나는 흥분을 삭이고 윤소림을 잠깐 바라봤다.

대본에 열중하고 있는 배우의 모습은 더할 나위 없이 진지했다. 입술이 움직인다.

"내 딸 어딨어."

두 번째 전화를 받은 은주는 묻는다.

"더 크게, 속삭이지 말고 제대로 해봐."

윤소림이 눈을 부릅뜬다.

"내 딸 어딨어!"

부릅뜬 눈이 붉게 충혈되는 모습을 보면서, 나는 날뛰는 심장소리를 감춰야 했다.

*　　　　*　　　　*

"고 감독, 또 시나리오 손댔죠?"

썬 프로덕션 임다미 대표, 그는 앞에 앉은 사람을 보며 쓴웃음을 지었다.

삼십 대 초반의 고정환 감독이 무안한지 뒷머리를 긁적인다.

"아무래도 불안해서 말이죠."

"걱정 말라니까, 시나리오 지금도 좋아요. 투자가 좀 더디긴 한데, 내가 어떻게든 끌어올 테니까 그건 걱정 말고."

"캐스팅고 돌린 지 좀 됐는데… 연락 온 거 없죠?"

고 감독이 옆을 힐끗 보며 물었다.

제작부장 강칠환이 잠깐 머뭇거리다가 빙긋 웃는다.

"가끔 그런 작품 있잖아요? 시나리오는 좋은데 캐스팅에 난항을 겪는 작품. 근데 또 그런 작품들이 결국에는 터지죠. 그리고 서는 거절했던 배우들이 하마터면 내가 할 뻔했던 작품이라고 떠들잖습니까."

"그러면 다행인데."

아직은 희망 회로일 뿐이다.

고 감독은 캐스팅이 더딘 이유가 자신 탓이라는 생각을 지울 수가 없었다. 눈알을 굴리는 그의 모습에 임다미 대표가 손사래를 친다.

"걱정 마요, 걱정 마. 좀만 기다리시면 톱스타, 아니, 윤소림이 저 문 열고 들어올지도 모릅니다."

"윤소림? 윤소림 소속사에도 보냈어요?"

보름달처럼 커진 눈이 강칠환을 바라봤다.

"예. 보냈었죠."

"근데 아직 연락이 없다는 건……."

보름달이 빠르게 저문다.

실망한 고 감독의 모습에 임다미 대표가 미소를 지그시 지었다.

"뭐 아쉽지만 어쩔 수 없죠. 그쪽도 나름의 작품 고르는 기준이 있을 것 아닙니까. 아무래도 이번 감독님 작품에서는 연기력이 적나라하게 드러날 수밖에 없으니까, 지금 상황에서 윤소림은 무리하고 싶지 않나 보죠. 요즘 애들 다 그래요."

임다미 대표가 자리에서 일어났다.

"자자, 우리 밥이나 먹으러 갑시다."

"전 별로 생각이 없습니다."

"홀쭉 마른 사람이 밥 생각이 없으면 어떻게 해요? 시나리오 좋다고! 그러니까, 내가 발 벗고 뛰고 있는 거 아니에요? 어휴, 진짜, 우리 감독님 정말 귀엽다니까."

임다미 대표가 고 감독 어깨를 탁탁 때리면서 깔깔 웃을 때, 노크 소리가 들렸다.

말끔하게 머리를 묶은 여비서가 들어왔다.

"대표님, 지금 배우 쪽에서 전화가 왔는데요. 오늘 오후에 미팅 가능하냐고요."

"배우? 누군데?"

"윤소림 소속삽니다."

잠깐 놀랐던 임다미 대표가 고 감독을 바라봤다.

"어때요? 아직도 밥 생각 없어요?"

"국밥 먹죠. 제가 사겠습니다."

"진짜죠? 하하!"

바로 오후에 만나기로 하고, 임다미 대표는 제작부장 강칠환과 윤소림에 대해 얘기했다.

이 바닥에서 수저 들고 있는 사람 중에 지금 그녀와 일하고 싶지 않은 사람이 있을까?

고작 1년, 세 작품 만에 스타성과 연기력을 동시에 검증받은 배우에게 관심이 없다면 거짓말이다.

모르긴 몰라도 아마 회사에 여기저기서 보내온 대본이 산더미처럼 쌓여 있을 거다.

"문제는 몸값이에요. 여우주연상이라는 프리미엄까지 붙었으니 톱스타 수준에 맞춰야 할 텐데. 분명 러닝개런티도 요구할 테고요."

"그거야 제작비를 더 늘리면 되는 거고. 윤소림이 우리 작품 한다는 기사만 떠도 그건 바로 해결될 거야."

"그렇긴 하죠."

고개를 주억거린 강칠환이 대본을 힐끗 쳐다봤다.

"근데 용케도 한다고 했네요. 고 감독에 대해서 알아봤을 텐데. 거기 대본 보내면서도 솔직히 기대 안 했잖아요?"

"진짜 좋은 시나리오를 앞에 두면, 그런 건 중요하지 않아. 그냥 무조건 하고 싶어지는 거라고."

"그건 또 그렇죠."

"그리고 재일 교포 출신이 흠은 아니잖아?"

"흠은 아닌데, 고 감독은 국내작이 없잖아요. 일본 영화랑 한국 영화랑 감성이 비슷한 것도 아니고. 배우들 입장에서는 시나리오가 좋아도 불안하죠."

제 턱을 쓰다듬던 임다미 대표가 눈살을 찌푸린다.

"너 되게 그쪽 편 든다? 꼭 윤소림이 우리 작품 안 하길 바라는 것 같아."

"편이 어딨습니까. 냉정하게 보자 이거죠. 만약 이따가 최 대표라는 사람이 그런 부분에 대해 걸고넘어지면 어떻게 하실 거예요? 그때 가서도 '좋은 시나리오니까 그냥 합시다'라고 하실 건 아니잖아요."

강칠환이 맞는 말을 척척 쏟아내고 의기양양하게 쳐다본다.

임다미 대표는 코웃음을 쳤다.

"그렇게까지 걸고넘어지면 내가 거절이지. 솔직히 작년에 경쟁작들이 빈약해서 여우주연상 탄 거지, 윤소림이 독보적이어서 탄 건 아니잖아? 넷플렉스에서 로비했다는 소리도 있고."

"대표님, 그건 아닙니다. 장산의 여인도 안 보셨어요? 거기서 연기 좋았잖아요?"

"연출도 어느 정도 받쳐줬겠지."

임다미 대표가 연이어 윤소림을 깎아내리자 강칠환이 학을 떼듯 말했다.

"그거 연출로 되는 거 아닙니다. 가닥이 있으니까 나오는 거지. 외모, 딕션, 눈빛. 어느 하나 부족한 게 없더만."

"참내. 난 솔직히 예쁜 건 모르겠더라. 500살 마녀 때도 처음에 논란 있었잖아. 한채희보다 비주얼 떨어진다고."

"엥? 그런 얘기 첫방 나오고 싹 사라졌거든요? 둘이 피부 탄력부터가 다른데."

"너 꼭 본 것처럼 얘기한다? 윤소림이 피부 탄력이 좋은지 어떤지 네가 어떻게 알아?"

"화장품 광고 하잖습니까. 아주 얼굴이 우윳빛이더만. 피부에 잡티 하나 없어. 후광이 딱!"

"연예인들 피부 관리 꼬박꼬박 받는데, 피부 좋은 게 뭐가 대수야. 연기가 중요하지."

"그래도 저희 같은 사람들은 척 보면 척이죠."

"여자는 여자가 봐야 제대로 아는 거야. 남자들은 화장빨도 구분 못 하잖아?"

임다미 대표는 고개를 절레절레 흔들며 속삭였다.

"뭐, 이따가 보면 알겠지."

정말 후광이 비치는지, 가닥이 있는지.

*　　　　*　　　　*

째깍째깍.

오후 3시가 다가오자, 윤소림이 온다는 소식을 들은 썬 프로덕션 직원들은 일을 하는 둥 마는 둥 사무실 입구만 흘깃거리기 시작했다.

괜스레 거울을 보는 남자 직원도 있었고, 시계만 뚫어지게 보는 직원도 있었다.

도저히 업무가 제대로 굴러갈 상황이 아니었다.

썬 프로덕션이 돌아가려면 어서 빨리 윤소림이 나타나야 했다.

"팀장님, 정말 윤소림 어떻게 생겼을까요? 정말 광고처럼 상큼할까요?"

"예쁘겠지. 배운데."

"팀장님도 레드카펫 보셨죠? 와, 드레스 대박이었잖아요."

"오버한다. 너 연예인들 한두 번 봐?"

"윤소림은 처음 보죠."

"그래서 그렇게 열심히 청소를 하셨어요?"

마케팅팀 팀장이 피식 웃으며 막내 직원의 책상을 쳐다봤다. 평소와 달리 깔끔하게 정리돼 있었다.

무안해진 막내 직원은 뒷머리를 긁적이며 화제를 돌렸다.

"아, 팀장님. 태평에서 보내준 뮤지컬 티켓이요, 그거 보셨어요?"

"아니. 넌 봤어?"

"예, 여자 친구랑 가서 봤죠. 와, 전율."

"그렇게 재밌어?"

"예, 클라이맥스에서 주인공이 등장할 때 베토벤 교향곡 합창이 시작되는데, 그거 아시죠? 9번 합창곡 4악장!"

"얼마나 재밌었길래 그 정도야."

"재밌는 정도가 아니라 그냥 웅장 그 자체였다니까요? 현악기의 긴장감이 관악기의 웅장함으로 이어지면서 그건 마치……."

막내 직원은 흥분해 속삭였다.

놀란 귀가 아직도 그날의 감동과 전율을 기억하고 있었다.

어둠 속에서 나타난 주인공은 아주 낮은 소리와 함께 움직였다. 발걸음이 더해질수록 소리는 서서히 높아지기 시작했다. 어둠이 흐려지고 주인공의 실루엣이 드러나자 소리는 빨라지고 다양해지기 시작했다. 그리고 마침내 주인공이 관객 앞에 모습을 나타냈을 때, 합창이 시작됐다.

지금처럼.

"실례합니다."

흥분하던 막내 직원은 문을 열고 들어온 윤소림과 눈이 마주친 순간 몸이 굳어버렸다.

심장만이, 두서없이 뛴다.

그날의 뮤지컬 주인공처럼 완벽한 등장이자, 웅장함이 폭발하는 순간이었다.

"어서오세요, 썬 프로덕션 제작부장 강칠환입니다."

"퓨처엔터 대표 최고남입니다."

제작부장 강칠환과 윤소림 소속사 대표가 악수를 나누고, 바로 회의실로 자리를 옮겼다.

윤소림이 눈앞에서 사라지고서야 막내 직원은 제자리에 털썩 주저앉았다. 넋을 잃고 중얼거린다.

"대박."

*　　　　*　　　　*

"만나서 반가워요."

임다미 대표는 윤소림을 눈에 담으며 마주 앉았다.

제작부장이 우윳빛 운운했던 것이 괜한 말이 아니었음을 바로 알 수 있었다.

아름다움과 젊음의 표본이 있다면 그게 윤소림일 것이다.

맑은 눈빛을 보고 있자니 깊이를 알 수 없는 두려움이 느껴질 정도였다.

아, 저 눈은 내일 보면 또 다르겠구나.

이 아이는 아직 시작도 안 했구나.

그런 생각들이 임다미 대표를 사로잡았다.

"그럼, 뭐부터 해야 하나."

오디션 연기? 계약에 관한 얘기? 작품에 대한 얘기?

어느 하나 선뜻 입에서 나오지 않는다.

여우주연상을 받은 배우에게 연기 좀 보자는 말은, 자칫 말실수가 될 수 있기 때문이다.

"작품 보셨죠? 보면서 어떤 생각을 했는지 물어봐도 될까요?"

24는 말 그대로 하루 동안 벌어지는 사건.

주인공은 그 하루 동안 외적, 내적으로 롤러코스터 같은 변화를 보여줘야 한다.

특히나 그저 아나운서일 뿐인 은주가 딸을 구하기 위해서 무슨 짓이든 할 수 있을 만큼 정신적 공황 상태에 몰리기 때문에 감정 소모가 무척이나 클 것이다.

배우에게는 쉽지 않은 도전임이 분명했다.

"솔직히 다른 생각을 할 수가 없었어요. 시나리오가 너무 재밌었거든요. 무엇보다 은주라는 캐릭터가 매력적인 게, 시나리오를 읽을 때마다 포지션이 달라지더라고요."

아나운서 은주는 딸이 납치된 피해자.

하지만 6년 전에 일어났던 동일 사건에서 은주는 경찰의 보도 제한을 비웃으며 내부 정보를 특종이랍시고 보도한 기레기였다.

그래서 6년 전 사건에서 아이의 시신도 못 찾은 것이 기자들 탓이라고 여기는 사람들도 있었다.

그랬던 은주가 이번에는 피해자가 된 것이다.

임다미 대표는 윤소림의 얘기를 귀담아들으면서 아나운서 은주의 눈빛을 떠올렸다.

또다시 특종을 노리는 기자들을 바라보는 은주의 눈빛 말이다.

"소림 씨가 본 은주는 어땠어요? 난, 과거의 행동이 꼭 잘못됐던 것은 아니라고 보는데. 직업 윤리, 그럴 수밖에 없던 상황, 어차피 내가 아니어도 누군가는 보도했을 거라는 핑계. 사실 이런 상황을 맞닥뜨린다면 그런 선택은 누구라도 할 수 있는 거잖아요?"

"저는 그런 것은 중요하지 않다는 생각을 했어요. 내 아이를 살리기 위해서라면 무슨 짓이든 할 수 있으니까. 중요한 것은 과정이고, 결과에서 완성될 은주의 모습인 것 같아요."

"결과에서 완성될 은주의 모습이라."

모호한 대답이지만, 마지막 말이 임다미 대표의 마음에 들었다.

결국 은주의 변화는 부차적인 거다.

종장에 그녀는 피해자로서 관객에게 인식될 테고, 영화의 최종 목적은 재미니까.

그리고 백 마디 말보다 중요한 것은 연기인데, 그 연기 또한 처음부터 틀에 딱 맞길 기대할 수는 없다.

리딩에서, 현장에서 배우와 감독이 서로 조율하는 것이다.

이렇게 했으면 좋겠다, 이건 어때요와 같이 연기라는 무형의 존재를 다듬는 과정을 거칠 것이다.

그러므로 오디션에서 배우를 볼 때는 기본을 중요시하는 편이었다.

임다미 대표가 윤소림 외모 얘기에 코웃음을 치긴 했지만, 배우의 외모는 중요하며.

윤소림의 여우주연상 수상을 비하했지만, 기본기가 있었기 때문에 탔다는 것을 알고 있다.

한마디로, 윤소림이 여기 있다는 것은 제작사 입장에서 기회이자 행운이었다.

이런 날은 로또를 사야 한다.

제작부장 앞에서 거드름을 피운 것은 들뜬 모습이 보이는 게 쪽팔려서였을 뿐.

지금도 근엄한 표정을 짓고 있지만, 사실 속마음은 이렇다.

'잡아야 해, 얘는 무조건 잡아야 해!'

그리고.

'빛이 나긴 하네… 옆에서.'

저렇게 잘생긴 대표는 반칙이다.

*   *   *

"여기구나, 썬 프로덕션이."

엘리베이터에서 내린 한채희는 복도를 찬찬히 둘러봤다.

영화 포스터 액자들과 산세비에리아 화분이 눈에 띈다.

왠지 마음에 드는 전경에 흐뭇하게 미소 짓는데, 매니저는 옆에서 안절부절이다.

"채희야, 우리 약속 잡고 다시 오자. 이렇게 오는 거 아니야."

"약속이 안 잡힌다며. 내가 포커 한이라서."

자조적인 한숨 뒤에 한채희는 다시 말했다.

"오빠, 나도 내 신세 알아. 내 잘못 알고. 그래서 직접 부딪치려는 거야. 여기서 쫓겨나든, 수모를 당하든. 오빠는 뒤에서 구경만 해."

한채희의 비장한 각오와 활활 타오르는 눈빛 앞에서 매니저도 입술을 꾹 다물 수밖에 없었다.

'이왕 이렇게 된 거 그냥 부딪치자.'

다짐을 하는데, 문이 열리고 그 안에서 두 사람이 나왔다.

'윤소림? 최고남 대표?!'

당황한 매니저는 재빨리 한채희를 돌아봤다.

고양이 같은 눈이 부릅떠져 있었다.

찬바람이 쌩쌩 부는, 겨울이 다시 찾아온 것 같았다.

　

*　　　　　*　　　　　*

　

한채희의 눈을 보자마자 알았다.

지금 상황이 활화산이 분화하기 직전이라는 것을.

얇은 쇄골을 들썩거리는 한채희의 모습에서 화산재가 풀풀 날린다.

다행히 아직 이성은 남아 있는지 그녀의 손은 잠잠했다.

하긴, 여기서 무턱대고 내 뺨을 날리면 그건 묻지마폭행이지.

나와 윤소림이 여기 있는 것과 한채희와는 아무 상관이 없으니까.

500살 마녀 때도 우리가 배역을 뺏으려고 덫을 판 것도 아니었고, 이번에도 우리가 딱히 뭘 방해한 건 없잖아?

그러니까, 죽을 만큼 밉겠지만 그것뿐이라는 것이다.

"안녕하세요, 선배님. 처음 인사드리겠습니다. 윤소림입니다."

윤소림이 먼저 예의 바르게 인사했다. 그런데 머리를 숙였던 윤소림이 고개를 들었을 때 이상한 일이 벌어졌다. 한채희의 표정이 드라마틱하게 달라진 것이다. 눈이 부드럽게 휘어지더니 환하게 웃는다.

"반가워요. 여긴 어떻게 왔어요?"

"미팅 때문에 왔습니다."

"미팅? 혹시 24?"

"예."

"그렇구나."

한채희가 미소 띤 얼굴을 끄덕였다. 내 눈에는 꽉 다문 입술을 안쪽에서부터 힘주어 깨무는 것처럼 보이지만, 미소는 미소다.

"연기하는 거 힘들지 않아요?"

"아직은 재밌습니다."

"그럴 때가 좋은 거예요. 즐길 수 있을 때."

"주희 선배님도 그렇게 말씀하시더라고요."

"주희 선배님?"

"예, 저희 소속사에 계시거든요."

소림아, 방금 전 그 말 아주 칭찬해.

강주희가 언급되면서 한채희가 윤소림을 선후배 관계로 짓누를 수가 없게 된 것이다. 짓누르면, 본인도 강주희한테 짓눌릴 테니까.

예상대로 한채희의 눈꼬리가 낚싯바늘에 걸린 것처럼 치솟았다.

눈꼬리가 올라가서인지 그녀 얼굴이 더 쌀쌀맞게 보인다.

물론 내가 아닌 일반인이 봤다면 한채희는 더할 나위 없이 예쁘고 아름다울 것이다. 여배우의 미소는 항상 그렇게 보이니까.

"아, 그 기사 있잖아요."

한채희가 다시 날 쳐다본다.

내 얼굴을 할퀼 것 같은 시선인지, 꼬투리를 잡으려는 시선인지는 모르겠지만, 일단 나는 미소 지으며 그녀를 마주했다.

"무슨 기사요?"

"왜 있잖아요. 윤소림, 한채희 선배님 몫까지 열심히 할게요. 한채희 선배님, 다음에 또 뵐게요. 그런 기사였지, 오빠?"

한채희가 돌아보며 묻자, 매니저의 동공이 흔들린다.

잠깐 마주친 시선에서 그의 감정을 느낄 수 있었다.

한채희의 손아귀에서 반항할 수 없는 그의 신세.

그래, 괜찮아. 나는 이해할 수 있으니까.

우리가 어떤 사이인가.

새벽까지 매니저의 고충과 연예계의 미래를 논했던 사이 아닌가.

내 눈빛을 이해한 건지, 한채희 매니저가 고개를 끄덕이니 콧바람을 세게 뿜는다.

"맞아, 맞아! 그 기사. 그건 좀 아니잖습니까?"

"죄송합니다. 그런데, 기사는 기자들이 낸 거고, 저희와는 전혀 관련없습니다."

"다음부터는 그런 기사는 알아서 막아주셨으면 하네요. 이러다가 괜히 소림 씨한테 억하심정 생기겠어요. 우리 채희가 착해서 탈이지, 다른 여배우였으면… 아휴."

"예, 주의하겠습니다."

나는 매니저와 눈빛을 한 번 주고받고 나서 한채희를 돌아봤다.

"채희 씨 바쁠 텐데, 우리가 너무 시간을 뺏었네요. 만나서 반가웠습니다. 그럼, 저희는 이만 가보겠습니다."

본디 화난 사람이랑 오래 얘기하는 거 아니다.

나는 재빨리 엘리베이터 버튼을 눌렀다. 이때, 한채희가 손에 쥔 선글라스에서 알 하나가 톡 빠졌다.

손아귀에 힘을 줘서인지, 그냥 불량품인지는 모르겠지만, 아무튼 선글라스 알은 내 구두코로 굴러와서 부딪치더니 픽 쓰러졌다.

불길한 기운이 확 밀려드는 순간이었다.

급사했을 때도 이런 기분이었던가.

아니야, 그때 생각은 하지 말자. 기분 더럽다.

"선배님, 여기요."

윤소림이 잽싸게 선글라스 알을 주워 들었다.

한채희가 선글라스 알을 받아 들면서 우리 두 사람을 눈에 담는다.

입에는 미소를 띠고 있는데 눈은 마치 나를 닭도리탕 재료 정도로 보는 것 같다. 칼로 몇 토막을 낼지 고민하는 것 같다고 할까.

왠지 사지가 쩌릿할 때, 마침 엘리베이터가 도착해서 바로 윤소림을 먼저 태우고 나도 탔다.

빨리 닫혀라, 빨리.

나는 소리 없이 속삭이면서 닫힘 버튼을 눌렀다. 이때, 뾰족한 구두 날이 닫히는 문틈으로 쏙 들어왔다.

엘리베이터 문이 다시 열리는 틈새로 한채희의 눈과 내 눈이 맞닿았다. 잠깐 날 뚫어지게 보더니 손을 내민다.

"명함 하나만 주세요."

나는 명함을 하나 건넸고, 검은색 손톱이 내민 명함의 반대편을 쥔 순간이었다.

·

·

·

9년 전.

여름의 문턱 앞에서 비가 추적추적 내리는 날이었다.

곰팡내가 나는 영화제작사 사무실 한편에 배우들이 드문드문 앉아 있었다.

모두 백영옥 감독의 신작 오디션에 지원한 배우들로 이름을 얘기한들 사람들이 알 리 없는 무명들이었다.

지원한 역도 단역에 불과했지만, 그 짧은 출연도 그들에게는 소중한 기회였다.

배우들은 준비한 오디션 연기를 머릿속에 되새기며 호흡을 가다듬거나, 대사를 중얼거리기도 했다. 그중, 단발머리 여자는 아까부터 계속 같은 대사를 중얼거리고 있었다.

"성냥 사세요, 성냥."

손에는 대사를 적은 종이 쪼가리가 쥐여 있었다. 눅눅해져서 글자가 번져 있는 것을 몇번이나 들여다보고 눈을 감은 채 중얼거린다.

"성냥 하나만 사주세요. 성냥이요."

낮은 속삭임이었지만 계속 같은 대사를 중얼거리니 사람들 귀에도 익숙해져 버렸다. 지나가던 제작사 직원들이 힐끗 쳐다본다.

"성냥팔이 소녀의 재림이야 뭐야."

"쟤 진짜 성냥까지 준비해 왔어."

"진짜?"

"아까 계단에서 성냥 피우려고 하길래 하지 말라고 했거든."

"와, 또라이네."

"근데, 그렇게 확 눈에 띄지는 않는 스타일이야. 그렇지 않아?"

직원들은 자리에 앉으며 성냥을 중얼거리는 여자를 힐끗 쳐다봤다.

살면서 예쁘다는 소리는 많이 들었을 외모인데, 눈길을 확 사로잡는 이목구비는 아니었다.

눈은 적당히 크고, 코는 적당히 반듯하고, 얇은 입술도 특별히 모나지 않았지만.

뭐랄까, 포인트가 없다고 할까.

뇌리에 남을 만한 외모의 특징이 없었다.

"기껏해야 조연이나 돌다가 나이만 먹을 스타일인데. 차라리 배우 말고 딴 길 가는 게 좋을 텐데 말이야."

"이런 말은 좀 그렇지만, B급 인생 되는 거지."

B급 운운하는 여직원의 모습에 남직원이 턱을 긁적이다가 묻

는다.

"오늘 오디션은 어떤 역이야?"

"왜? 쟤가 될까 싶어서?"

여직원이 피식 웃으며 다시 얘기했다.

"오늘 오디션은 어차피 형식이야. 이미 캐스팅 정해져 있어."

"누군데?"

"저기."

여직원이 뾰족한 턱을 내밀었다. 배우들 맨 앞쪽에 앉아 있는 여자애와, 그 옆에서 벽에 뒤통수를 딱 붙이고 눈을 감고 있는 남자가 턱끝에 닿았다.

남자는 간밤에 알코올에 푹 젖어 왔는지 형색이 좋아 보이지 않았다.

얼굴도 까끌해 보이고.

"저 애 소속사가 N탑이야."

여직원의 부연 설명에 남직원이 눈살 찌푸리며 고개를 끄덕인다.

"그럼 어쩔 수 없네. 저 남자가 매니전가?"

"최서준 매니저래."

"어이구, 이건 뭐, 애들 싸움에 어른 따라온 격이네."

그래서인지 두 사람은 단발머리에게서 금세 흥미를 잃어버렸다.

예정대로 오디션의 분위기는 N탑 소속의 여배우로 기울었다.

감독이나 제작사 대표도 대놓고 그 여배우에게 관심을 더 보이고 귀를 기울였다.

결국 성냥팔이 소녀는 성냥에 불 한 번 붙여보지 못했다.

단발머리가 아직 보여줄 연기가 더 남아 있다고 했지만, 감독은 손사래를 쳤다.

"잘 봤어요, 수고하셨으니까 가보세요."

그랬는데, 단발머리는 계속 그대로 서서 감독을 빤히 쳐다봤다. 가시가 돋친 시선에 대충 손을 흔들었던 감독이 고개를 다시 들었다.

단발머리는 혹시라도 사과를 기대했을지 모르겠지만, 감독은 퉁명했다.

"안 가요?"

그제야 단발머리는 오디션장을 빠져나왔다.

굉장한 실망감이 밀려왔지만, 그건 그녀만의 감정일 뿐이었다.

아무도, 알려고도 이해하지도 않았다.

그리고 사실 아까 몰래 성냥을 한번 피워보려고 화장실에 들어갔다가 직원들이 하는 말을 엿들었다.

이미 N탑 배우가 낙점됐다는 사실을.

더구나 매니저가 최서준을 키운 사람이고.

시작부터 게임은 끝난 건데, 온 사람들이 있어서 어쩔 수 없이 하는 거라고 말이다.

'사람 우롱하는 것도 아니고 이게 뭐야?'

어디 하소연할 수도 없는 현실이 가슴을 짓무르게 한다.

그래서 이상한 행동을 하고 말았다.

집에 가야 하는데, 영화제작사 앞에서 기다린 것이다.

최서준을 키웠다는 매니저가 내려올 때까지.

"오늘 잘했어."

"정말요?"

사이좋게 계단을 내려오는 매니저와 여배우.

그들 앞에 단발머리가 불쑥 나타났다.

"저기요."

"누구세요?"

"저 궁금한 게 있어서요. 잠깐만, 시간 내주시면 안 돼요?"

"안 되는데."

"그러지 말고, 5분만이요."

"내가 왜요?"

"그래요? 그럼 나 폭로할 거예요."

"예?"

"오늘 오디션 이미 낙점돼 있었다고, 우리는 들러리였다고요. 기자들도 찾아갈 거예요."

대사는 그렇게 안 외워지더니, 말이 술술 나왔다.

단발머리를 파르르 떨면서 외친 그녀의 모습에, 최서준을 키운 매니저가 이마를 긁적이더니 제 배우에게 먼저 차에 타고 있으라고 말했다. 그러고는 핸드폰을 꺼내더니 스톱워치를 켜고 그녀를 쳐다본다.

"5분입니다."

"그쪽이 봐도 제가 별로예요? 솔직하게 말해줘요."

남자가 빤히 쳐다본다. 그냥 쳐다만 본다.

"지금 시간 끄는 거죠?"

"눈치는 빠르네요."

"뭐라고요?"

"눈치 빠른 것도 능력입니다. 그 점은 합격. 근데, 외모는 딱히 눈에 안 띄네요."

"저, 예쁘다는 말 많이 들었는데."

"누구나 다 예뻐요. 지나가는 사람들 보세요. 어떤 사람은 미소가 예쁘고, 어떤 사람은 눈이 예쁘고, 어떤 사람은 행동이 올곧아서 예뻐요."

"그래서 그 사람들보다 제가 못하다는 건가요?"

"특색이 없다는 겁니다. 관객들이 돈을 내고 영화를 보면서 왜 그쪽을 봐야 하죠? 연기 때문에? 아까도 봤잖아요? 연기 잘하는 사람 수두룩해요. 대학로 가봐요. 양식장이지."

"그럼, 어떻게 해야 특색이 생기는데요? 말해줘요, 수술이라도 할게요. 눈 고칠까요? 코?"

이때, 남자가 손가락을 내밀더니 그녀의 볼을 쿡 찔렀다.

"점 하나 찍든가."

"예?"

"그 정도 포인트는 있으면 좋을 것 같고, 눈은 쌍꺼풀은 없지만 커서 나쁘지 않고, 코도 오똑한 편이고, 피부 관리에는 돈 좀 써야겠네. 피부 톤이 한 톤만 밝아져도 사람이 달라지는 거 몰라요? 화장법도 바꾸고, 눈썹은 어디서 한 거지? 눈썹도 본인한테 맞는 걸로 바꿔요. 배우 강주희 알죠? 그 누님은 데뷔 초에 자기한테 맞는 눈썹 모양 찾겠다고 하루가 멀다 하고 눈썹을 민둥산으로 만든 사람이에요. 그리고, 표정도 연습해요. 아까 보니까 표정이 우울한 거에 특화되어 있던데… 내 말 다 이해했어요?"

"아."

멍한 얼굴로 서 있던 단발머리는 뒤늦게 주머니에서 펜과 수

첩을 꺼냈다.

정신없이 끼적이는 그녀를 보며 남자가 다시 말했다.

"자신의 상황을 철저히 파악하고, 현재에서 나아갈 수 있는 방향을 찾아요. 배우는 누구보다 자신을 잘 아는 게 중요하니까. 5분 끝."

"저기!"

서둘러 수첩을 덮은 단발머리가 뒤돌아서는 그를 붙잡았다.

"매니저님, 성함 좀… 알려주시면 안 돼요?"

"왜요? N탑에 오게?"

"갈지도 모르죠."

그가 단발머리의 눈을 유심히 바라본다. 그러더니 피식 웃으면서 하는 말이.

"최고의 남자."

"예?"

"최고남."

사람을 구운 오징어로 만들어놓고 휙 뒤돌아서는 그에게, 단발머리는 외쳤다.

"전 한채희예요! 한채희!"

그러니까, 그 이름 기억하라고.

꼭 성공해서 당신 앞에 나타날 테니까.

.

.

.

명함을 받은 그녀가 뒤로 한 발 물러선다.

나는 엘리베이터 문을 닫으면서 속삭였다.

"그러게 점만 찍으랬지, 도박을 왜 해."

엘리베이터 문이 닫히면서, 그녀의 눈이 커지는 것을 마지막으로 볼 수 있었다.

오래전 그때 본 단발머리의 눈이 떠오른다.

재능은 별로 없어 보이는데, 끝까지 포기하지 않는 눈을 가진 여배우 말이다.

*　　　*　　　*

"오빠는 좀 있다가 타."

"어, 그래."

한채희가 차에 오르고 문이 쾅 닫혔다.

오롯이 혼자만의 공간을 차지하자마자 한채희는 고운 얼굴을 찌푸리고 숨을 가쁘게 쉬었다.

머릿속에서는 방금 전 만나고 온 제작사 대표의 얼굴이 떠올랐다.

키가 크고 깡마른 여자였다.

제법 강단 있게 생겼다 싶었는데, 예상대로 빙빙 돌려 말하지 않는 사람이었다.

'지금, 뭐라고 하셨어요?'

'윤소림 씨는 감독님 팬이어서 응원차 왔던 거라고 하네요. 감독님이 신인 시절 다카사키 영화제에서 수상한 적이 있는데, 그걸 알고 있더라고요. 감독님이 재일 교포라서 인상에 남았다고

하네요. 보기보다 영화에 조예가 있어서 놀랐어요.'

한채희는 임다미 대표의 얘기를 떠올리며 저도 모르게 주먹에 힘을 주었다.

윤소림이 온 게 고작 그런 이유였다고?

누구는 이 영화를 하고 싶어서 안달이 났는데, 고작 감독이나 응원하려고?

'우리도 채희 씨와 하면 좋죠. 하지만, 아직 시기가 이르지 않을까요? 채희 씨의 팬으로서 한마디 하자면, 조급해하지 말고 조금 더 여유 있게 생각해 보는 건 어떨까 싶습니다. 그 일로… 실망한 분들이 많잖아요.'

반지가 살을 누르는 따끔함에 정신을 차린 한채희는 하얗게 변한 손을 내려다보다가 그 상태로 얼굴을 감싸 쥐었다.

손톱에 눌린 귀에 소속사 대표의 목소리와 그녀의 가쁜 숨소리가 뒤엉켜 들렸다.

'최초 보도 한 기자가 윤소림 소속사 대표랑 친하대.'

'그 사람이… 제보했다는 얘기예요? 어떻게 알고?'

'모르지. 필리핀에 연줄이 있었는지, 아니면 우리 협박한 놈들이랑 어떤 관계가 있는지도 모르고.'

'설마요.'

'솔직히 나도 그건 아닌 것 같지만, 설마가 사람 잡는 거니까. 그 인간이 N탑 부문장 시절에 얼마나 독한 놈이었는데. 그때 사람들이 다 수군거렸어. 자기 식구한테는 철저히 관대하지만 자기 식구가 아니면 이용해 먹는 인간이라고. 심지어 N탑 소속 배우들 사이에서는 계약이 끝나도 끝난 게 아니라는 얘기가 있어. N탑

떠나면 자기 약점 쥐고 최고남이 등에 칼 꽂을까 봐서 말이야.'

믿기 힘든 얘기들.

한채희는 깨문 입술을 늘어뜨리며 옆을 돌아봤다. 차창 너머에 매니저가 서성이는 게 보인다.

'채희야, 나 사실… 윤소림 소속사 대표 만났어.'

'뭐? 그게 무슨 소리야?'

'아니, 촬영장에 찾아왔더라고.'

'왜?'

'말로는 아는 사람이 있어서 들렀다는데, 아무튼… 그러다가 우연히 술자리까지 갔거든. 근데 진짜 별거 없었어.'

매니저는 별거 없댔는데, 오늘 최고남과 윤소림이 여기 나타났다.

"후……."

한채희는 제 얼굴에서 손을 떼고 머리카락을 정리했다.

천천히 머리카락을 훑다가 목 부근에서 손이 멈췄다.

오래전, 머리카락이 이쯤이었던 날이 있었다.

그날 N탑 매니저가 해준 따뜻한 조언이 없었다면, 아마 여배우 한채희는 존재하지 않았을 것이다.

그래서 은인이었는데, 지금은 원수보다 더 밉다.

'소림 씨 대표와 잠깐 얘기를 나눴는데, 캐릭터가 너무 다이내믹해서 말렸다고 하네요. 소림 씨를 많이 아끼는 것 같더라고요.'

한채희는 임다미 대표의 마지막을 떠올리며 고개를 들었다.

가슴을 천천히 들썩인 다음, 바로 차창을 두드렸다.

잠시 뒤 매니저가 운전석에 올라탔다.

"오빠."

"어?"

"원 감독님 지금 어디 계신지 알아?"

"원재룡 감독님?"

동그래진 매니저의 눈을 보며 한채희는 말했다.

"어디 계신지 찾아봐. 그리고… 도산대로 건물 시가 좀 알아보고."

"알았어."

곧장 대답한 매니저가 차에 시동을 걸었다. 그리고 뒤를 조심스럽게 살피며 물었다.

"점심… 뭐 먹을까?"

"지금 밥이 넘어가게 생겼어?"

매니저의 고개가 자연스럽게 앞으로 돌아왔다.

*　　　　*　　　　*

나는 상추에 제육볶음 한 점과 밥, 마늘 하나를 올리며 침을 꼴깍 삼켰다.

주먹만 한 상추쌈을 한 입에 넣자마자 미간이 찌푸려지고 신음이 절로 나온다.

그런 내 모습을 마주 앉은 소림이 어머님이 턱을 받치고 쳐다본다.

단아한 한국의 어머니 인상이었다.

그 모습을 보니 조만간에 본가에 한번 다녀와야겠다는 생각

변화하는 시기　163

이 든다.

"와, 어머님 제육볶음 대박인데요?"

"입에 맞아요?"

"맞다 뿐이게요? 너무 맛있습니다."

저승이가 옆에서 침을 꼴깍 삼킬 정도로.

하지만 지금은 자리가 자리인지라 반빙의는 안 된다. 그러니까 좀 꺼져줄래?

나는 입맛을 다시는 저승이를 골려주듯 상추쌈을 입에 하나 더 넣었다.

제육볶음의 짭조름함과 신선한 상추의 아삭임이 입안 가득 퍼진다.

"소림아, 너도 먹어."

"전 많이 먹었어요."

"에이, 너 예전에 고기반찬이면 밥 세 공기도 먹지 않았냐?"

연습생 때 먹는 거 보고 기겁했던 적이 있었는데.

"아니거든요?"

정색하는 딸의 모습을 본 어머님이 피식 웃는다.

"대표님이 널 너무 잘 안다. 너 어제도 게장 맛있다고 밥 두 공기 뚝딱했잖아?"

"엄마!"

"네 아빠가 걱정하더라. 여배우가 저렇게 먹으면 어쩌냐고."

그러면 그렇지.

나는 상추쌈을 씹으며 입꼬리를 씰룩거렸다.

"어머님, 소림이는 몸에 지방보다 근육이 많아서 한 끼 정도는 많이 먹어도 됩니다."

"맞아, 나 이거 다 근육이야."

"하긴, 얘가 힘은 세요. 예전에 남자 친구 때려서 얼굴에 멍들게 한 적도 있었으니까."

"엄마!"

"소림이가 남자 친구가 있었어요? 오."

"중학생 때요, 중학생 때."

손사래를 치더니.

"근데, 대표님. '오'는 뭐예요?"

"아니, 나 너 모쏠인 줄 알았거든. 차 팀장이 그렇게 말하길래."

"가희 언니… 정말."

윤소림이 주먹으로 식탁을 탕탕 때리며 억울한 표정을 짓는다.

"그럼 너 많이 먹었으니까, 방에 들어가서 쉬어. 나 어머님이랑 할 얘기 있으니까."

"아니에요, 아직 다 안 먹었어요."

많이 먹었다더니, 또 젓가락을 든다.

결국 어머님이 그녀의 등을 떠밀어서 방으로 들여보냈다.

방문 닫힌 것을 확인하고서야, 어머님이 말했다.

"그럼, 그 영화는 안 하는 건가요?"

얼마 전, 나는 신가영 작가와 악수를 하면서 미래를 보게 됐다.

4백만 관객을 돌파했다는, 한채희가 출연할 뻔했지만 윤소림이 캐스팅됐다는 영화가 어떤 건지 궁금해졌다.

그렇게 찾아 해맨 대본을 처음 봤을 때, 나는 당황하고 말았다.

"근데, 그 시나리오 원래 대표님이 치워뒀던 거 아니에요?"

차가희의 질문에 유병재는 끙 하고 앓는 소리를 하더니, 아이스크림케이크가 담긴 접시를 코앞에 가져갔다.

유난히 파란 아이스크림케이크.

하지만 혀를 댈 듯 말 듯 하다가 결국 내려놓았다.

"에잇, 못 먹겠다."

"못 먹으면 어떻게 해요? 3인칭시점에서 민트 케이크 먹어야 한다는데."

릴리시크가 곧 MNC 〈3인칭시점〉에 출연한다.

그때 유병재가 또 먹방 매니저로서 활약할 예정인데, 아이스크림 광고주 쪽에서 신상품인 〈민트 500%〉 아이스크림을 먹어줬으면 좋겠다고 부탁을 해왔다나 뭐라나.

"난 못 먹어. 민트 극혐, 민트를 먹느니 치약을 먹겠어!"

"으휴, 흙도 파먹을 사람이 그거 하나 못 먹어서."

"난 맛있는데."

옆에 있던 윤환이 포크로 한 조각 잘라서 입에 넣더니 흡족하게 미소 짓는다.

"아무튼, 왜 대표님이 그 시나리오 치워뒀던 걸 다시 찾으신 거예요?"

"그러게, 나도 그게 이상해서 여쭤봤는데, 그냥 허허 웃던데?"

"진짜 이상하네. 그거 캐릭터가 너무 강해서 안 한다고 했던 건데.”

“무슨 시나리오인데요?”

윤환이 물었다.

그러자 차가희가 눈을 가늘게 뜨고 그를 보더니, 갑자기 눈을 크게 뜨고 소리쳤다.

“내 딸 어딨냐고!”

시나리오 첫 장에서 아나운서 은주는 딸이 납치당했다는 두 번째 전화를 받고 절규한다.

내 딸 어딨냐고.

사건은 6년 전 미제 사건과 똑같이 진행된다.

6년 전의 사건은 경찰의 보도 제한에도 불구하고 낱낱이 기사화되면서 결국 범인 검거에 실패하고 아이의 시신도 찾지 못했다.

은주는 그때 비난받았던 기자들 중 한 사람이었다.

“와, 재밌겠는데요? 그런데, 그게 그렇게 강한가?”

윤환이 고개를 갸웃하자, 유병재가 설명을 붙였다.

“당연히 반전이 숨어 있지. 실은, 은주가 사실 6년 전 그 사건의 범인이었고, 사이코패스 성향을 가졌다는 거야.”

“예에?”

뒤는 차가희가 이었다.

“그리고 6년이 지난 현재 은주의 딸을 납치한 사람은, 과거에 딸을 잃은 엄마였지.”

홀로 조사한 끝에 은주가 범인이라는 것을 확신한 그녀는 6년 전과 똑같은 사건과 상황을 만들어서 잃어버린 딸을 찾기로 결심한 것이다.

"대박! 그러니까, 소림 씨가 은주 역을 하게 되면 아나운서이자 딸이 납치된 엄마의 역할과, 살인자의 역할, 거기에 사이코패스 성향까지?"

윤환의 정리에 유병재와 차가희는 고개를 끄덕이며 속삭였다.

"어려운 역이지."

.

.

.

"살인자 역이 그렇게 어려운 건가요?"

"소림이가 못 한다는 건 아닙니다. 다만, 후유증이 크죠."

내가 처음 윤소림에게서 배우의 가능성을 봤던 것은, 연기 수업 시간에 그녀가 캐릭터에 빠르게 동화되는 것을 봤기 때문이다.

캐릭터가 살아온 앞뒤 과정, 즉 서사를 상상하고 받아들이는 것도 다른 연습생들과는 남달랐다.

"중견배우들도 어려워하는 것이 살인자 역입니다. 부정적인 이미지도 이미지겠지만, 살인자의 감정과 생각을 이해하려고 노력하다 보면 가치관이나 윤리 의식이 흔들리거든요."

그래서 어떤 배우는 살인하는 장면을 찍고 잠을 못 이룬다거나, 이웃 주민이 가볍게 인사한 것을 두고 기분이 나빠지는 묘한 감정을 느끼기도 한다.

"아직은 소림이한테 시기상조라고 생각했습니다."

설명을 마치자, 귀담아듣던 어머님이 고개를 끄덕이고 말했다.

"저는, 대표님이 알아서 잘 판단하셨을 거라고 생각합니다."

"저도 가끔 실수합니다. 솔직히 이 영화 잘되긴 할 겁니다. 4백만, 어쩜 천만이 될지도 모르죠."

윤소림이 출연했을 때의 미래는 그랬었다.

오지 않은 미래, 그 환영 때문에 나는 잠시 길을 헤맸다.

허무했다. 그렇게 찾은 대본이 내가 깠던 '24'였다니.

미래가 보여준 달콤함에 취해서 판단력을 상실한 것이다.

어쩌면 윤소림이 관련됐기 때문인지도 모르고.

"그래서 소림이 차기작은 좀 보류할 생각입니다. 죄송합니다."

"전에 소림이가 그런 말을 했어요. 다음 작품을 언제 할지는, 대표님이 때 되면 얘기해 주실 거라고."

어머님의 미소를 본 나는 윤소림이 들어가 있는 방을 바라봤다.

하얀색 페인트가 칠해진 방문인데, 문에 팻말이 걸려 있었다.

[안에 소림이 있음]

훗.

*   *   *

"소림이, 공부를 좀 시켜볼까 해."

회사로 돌아와서 바로 직원들을 소집했다.

"공부요?

"소림이를 미국에 보내려고."

내 말에, 직원들이 웅성거린다. 잠깐 지켜보다가 다시 얘기했다.

"현재 미국에서 촬영 중인 최서준에게 보내서 시야를 넓히게 할 생각이야. 이미 서준이와 상의는 했고."

내 입에서 익숙한 이름이 나오자 유병재가 고개를 끄덕거린다.

나를 빼고 여기서 최서준을 잘 아는 사람은 저 녀석뿐이다.

"근데, 미국은 촬영장 내부를 구경하기가 쉽지 않다고 하던데요. 스포 때문에."

"그 점은 서준이랑 상의를 해봐야지."

아무튼 그렇게 결정을 했고.

"그럼, 누가 따라가나요?"

이제 윤소림을 따라서 미국에 갈 직원을 정할 차례.

나는 직원들을 바라봤다.

"유병재……."

말이 떨어지기 무섭게 유병재의 얼굴에 혈색이 돈다.

"…팀장이 갔으면 좋겠지만, 가정이 있는 사람들은 제외."

순간 유병재가 내 손을 덥석 잡는다.

"대표님, 저에게… 자유를."

"시끄러워."

손을 밀어냈다.

물론 유병재가 좋겠지만, 그럼 내가 여기서 일을 두 배, 세 배로 해야 한다. 그럴 수는 없지.

그럼 김승권 매니저를 보낼까?

마주친 녀석의 눈에 별이 쏟아진다.

이참에 미국 여행 한번 해보고 싶은 저 청년의 갈망이 느껴진다고나 할까.

"매니저는 백지우 씨가 갑니다."

그리고 한 사람 더.

"그래도 남자가 한 사람 가야 할 것 같긴 한데……"

"큼!"

고석천 이사가 목이 마른 모양인지 헛기침을 하더니.

"아무래도 실무자가 가야겠지? 비행기 타는 건 지겹지만, 뭐 어쩌겠어. 가야지."

"아닙니다. 어차피 최서준 쪽 스태프들이 베테랑이라서요. 이 사님은 꼭 안 가셔도 됩니다."

"최 대표… 나에게도 자유를."

"이번 휴가 때 사모님과 오붓이 제주도 보내 드릴게요."

"일해야지, 일."

아무튼 그래서.

"권하준을 보낼 생각입니다."

"하준이를?"

"예."

대충 결정을 했는데, 차가희가 당당하게 손을 들고 말했다.

"대표님, 그럼 일정이 어떻게 되죠? 저 미국 갈 준비하려면 릴 리시크 스케줄 정리도 필요할 것 같고, 저 대신 대타로 뛸 스타 일리스트도 알아봐야 할 것 같아서요. 아휴, 소림이 옷 몇 벌이 나 챙겨 가야 하나."

빙긋 웃는 그녀에게, 나도 빙긋 웃고 말했다.

"서희 씨한테 못 들었어? 엊그제 상의했는데, 차 팀장 힘드니 까 자기가 가겠다던데. 그래서 그러라고 했지."

"배서희!"

회의 끝.

                    *   *   *

「인천공항」

　이른 아침 인천공항은 일본 팬 미팅을 위해 출국하는 10넘버즈 멤버 '센'을 보기 위한 인파로 북적거렸다.

　센이 차에서 내리기 무섭게 기자들과 팬들이 일제히 카메라 셔터를 누르기 시작했다.

　"오빠, 오빠!"

　"센 오빠아!"

　"여러분, 좀 지나갈게요!"

　"10넘버즈 영원해!!"

　"이제 이동해야 합니다!"

　공항 패션을 한껏 뽐낸 센이 출국 수속을 위해 이동을 시작하자 어김없이 실랑이가 벌어졌다.

　한 장이라도 더 찍으려는 기자들, 경호진 틈을 비집고 손을 뻗는 팬들 때문에 센이 휘청거린다.

　그러자 인상을 찌푸린 매니저가 굵은 팔을 위협적으로 휘둘렀다.

　"아씨! 좀 비켜라!"

　"야! 너 팔뚝에 있는 거 미꾸라지지?"

　"뭐? 누구야!"

　아수라장 속에서 매니저를 도발한 팬을 찾는 것은 불가능하다. 그래서 매니저가 인상만 쓰고 팬들을 밀치며 나아가는 이때, 어딘가에서 비명 소리가 들렸다.

"윤소림 왔대!"

"뭐? 윤소림?"

"진짜야?!"

그 말이 떨어지기 무섭게, 기자들은 마치 미어캣처럼 소리가 들린 방향으로 고개를 돌렸다.

당황한 10넘버즈 매니저 실장이 급히 기자들 앞을 막았다.

"기자님들, 윤소림이 공항에 왜 옵니까? 우리 센이나 잘 찍어 주세요!"

"저기 봐! 황 기자도 있잖아!"

"강 기자, 그냥 가면 어떻게 해? 저기, 마 기자님!"

"찍을 거 다 찍었잖아요, 나중에 또 봐요!"

퓨처엔터의 악어새 황 기자를 발견한 기자들은 일말의 망설임도 없이 우르르 움직였다.

너무 황당해서, 실장은 혀를 차며 옆을 돌아보다가 눈살을 찌푸렸다. 매니저가 인중을 길게 내밀고 윤소림 쪽을 보고 있었기 때문이다.

"너 지금 뭐 하냐?"

"그게… 윤소림은 어떻게 생겼나, 궁금하기도 하고."

"에라, 이 자식아."

실장은 한숨을 내쉬었다. 이 순간이 탐탁지 않다.

윤소림이 여기 왔다는 얘기는 어쩌면 그 인간이 있을지도 모른다는 소리이니 짜증이 밀려올 수밖에.

거기다 요즘 몸이 안 좋은지 헛것을 자주 봐서 엊그제는 병원까지 다녀왔다.

'젠장, K대 축제에서 쪽 당한 거 생각하면!'

입술을 꽉 깨무는 이때, 실장의 눈에 최고남이 기자들 틈에 끼어 공항에 들어오는 것이 보였다.

'응? 최고남 옆에 있는 남자애는 아이돌인가?'

권하준? 아닌데, 걔는 아닌데.

머리카락은 반곱슬에 키는 늘씬한데……

'젠장, 퓨처엔터 이 자식들은 어디서 저런 애들을… 근데, 분위기가 왜 저렇게 서늘해 보여?'

의아함을 느끼며 쳐다보던 실장은 다음 순간 눈을 부릅떴다.

최고남과 곱슬머리가 한 발 다가오는데 바닥이 쩍쩍 갈라졌기 때문이다.

삽시간에 공항이 불타고, 폐허가 되고, 비명 소리가 채워졌다.

오로지 그의 눈에만 지옥 같은 환상이 펼쳐진 것이다.

심장이 터질 것처럼 두근거리며 현기증이 밀려오고, 주춤거리던 그가 픽 쓰러졌다.

"실장님!"

*　　　　　*　　　　　*

[포토] 윤소림, LA로 출국!

[포토] 이른 아침에도 여배우의 미모는 '완벽'

[HOT KEYWORD] #윤소림 #인천공항 #미국여행 #미모실화?

[이슈] 윤소림 예고도 없이 미국행! 이유는?

─윤소림의 소속사인 퓨처엔터는 이번 미국행은 여행 목적이며, 쉬지 않고 달려온 윤소림을 배려한 스케줄이라고 밝혔다. 하지만 단순히 여행인 것만은 아닌 듯하다. 본지가 취재한 바, 윤소림은 LA에서 화보와 광고 촬영이 예정돼 있는 것으로 확인됐다. 일각에서는 이번 미국행을 두고 할리우드 진출 가능성을… (생략) 한편 LA에서는 현재 배우 최서준이 할리우드 영화를 촬영 중이다.

"진짜, 예쁘긴 예쁘네."

자동차 룸미러에 공수호의 모습이 비친다.

녀석이 핸드폰에 얼굴을 박은 채로 탄성을 지르며 입을 벌리고 있었다.

커튼처럼 흔들리는 앞머리와 가지런한 치아가 반짝거리는 모습이 오늘따라 유독 눈에 거슬린다.

결국 김현국 실장이 눈살을 찌푸리자, 스타일리스트가 공수호의 옆구리를 쿡 찔렀다.

그제야 정신을 차린 공수호가 슬그머니 핸드폰을 내려놓고 말을 돌린다.

"근데, 채희 선배님한테는 한참 못 미치네. 누나가 봐도 그렇지?"

"맞아, 채희 언니 얼굴을 어떻게 따라잡아."

"시끄러워, 이 자식들아. 마음에도 없는 소리 하고 있어."

김현국 실장은 콧방귀를 끼고 자동차 액셀을 힘껏 밟았다.

"왜요, 채희 언니 예쁜 거 모르는 사람이 어디 있다고."

"예쁘면 뭐 해. 채희는 이제 삼십 대고, 윤소림은 한창 이십 대인데. 외모? 여자든 남자든 나이가 깡패야."

"에이, 언니는 관리 잘 받아서 누가 봐도 이십 대로 봐요."

이렇게까지 말했는데도 김현국 실장은 피식 콧바람만 뱉는다.

"야, 객관적으로 봐도 한채희보다는 윤소림이 더 눈에 띄지. 한채희는 사실 여배우로서는 그렇게 눈에 띄는 외모 아니야. 수호야, 안 그러냐?"

"어… 저는 그래도 채희 선배님 처음 봤을 때 눈에 확 들어왔는데."

"들어오긴 개뿔. 원래 배우 될 상은 잘생기고 예쁜 게 전부가 아니야. 눈에 띄는 외모가 있다니까? 한번 딱 봤는데, 기억에 계속 남는 외모가 있어요, 있어."

운전석에서 넘어오는 계속되는 불만에 스타일리스트가 제 입을 스윽 가리고 속삭였다.

"채희 언니하고 또 싸웠나 보다."

"정말요?"

"그래, 저 정도면 싸운 게 아니라 일방적으로 터진 것 같아."

공수호는 고민했다. 이런 때는 어떻게 해야 하나.

한채희 선배님 편을 들어야 하나, 실장님 편을 들어야 하나.

고민 끝에 입을 연다.

"그러고 보니, 실장님 말도 일리가 있는 것 같아요. 채희 선배님이 딱 봐도 예쁘긴 한데, 또 그렇게 기억에 남는 얼굴은 아니죠?"

"그렇지?"

"예. 윤소림 얼굴 같은 경우는 뭔가 아련한 게 있거든요. 딱

뇌리에 꽂히는. 근데 채회 선배님은 뭐랄까. 장미인데, 장미가 머리에 아른거리는 건 아니니까."

"그래?"

"예, 차라리 산에서 본 이름 모를 들꽃이 더 기억에 남는 것처럼. 실장님 말씀은 그런 차이를 얘기하시는 거죠?"

공수호는 질문을 던지고 앞을 쳐다봤지만 룸미러에 비친 실장의 눈을 본 순간 등줄기가 서늘해졌다.

실장의 눈빛은 마치, 차에서 내리면 한 대 걷어찰 것 같은 표정이랄까.

그래서 입을 가리고 스타일리스트에게 재빠르게 물었다.

"누나, 이거 아니에요?"

"너 바보지? 실장님이 한채회 욕을 해도 한채회 편을 들어야지."

"왜요?"

"원래 우리 가족을 나는 욕해도 되지만, 남이 욕하는 건 싫은 법이잖아."

"아아."

뒤늦은 깨달음에 아차 싶을 때, 실장이 입을 연다.

"그러고 보면, 우리 수호는 참 애가 싸가지가 없어."

"예, 예?"

"네가 뭔데 선배 외모를 평가해? 더군다나 요즘 같은 시대에. 감히 여자 외모를 네가 뭔데? 너 밖에서도 그러고 돌아다녀? 이 싸가지 없는 새끼 같으니라고."

"시, 실장님."

"시끄러워! 너 조심해, 앞으로 지켜볼 테니까."

느닷없이 혼난 공수호는 잽싸게 대본을 펼쳐서 숨어버리고 코를 벌렁거렸다.

'괜히 나한테만 지랄이야.'

억울함을 삼키는데, 김현국 실장이 다시 말했다.

"야, 공수호!"

"예, 예!"

"너 국장님 앞에서 특히 말조심해야 해. 알았어?"

지금 공수호는 까다롭다고 소문난 방기룡 국장에게 인사드리러 가는 길.

현재 JBC 드라마에 출연하고 있지만, 일찌감치 KIS 드라마를 차기작으로 낙점했기 때문이었다.

"근데, 그 국장님이요."

"국장님 뭐?"

"그렇게 까다로워 보이지 않으시던데요?"

"네가 국장님을 봤어?"

"예. 이거요."

빨간 신호에 차가 멈췄을 때, 공수호는 운전석으로 핸드폰을 내밀었다.

"요즘 이거 화제예요. 빵 밈이라고."

"화제?"

김현국 실장은 고개를 길쭉하게 빼고 핸드폰을 들여다봤다.

방기룡 국장과 최고남 대표가 마주 앉아 있는 특별할 것 없어 보이는 영상인데, 누군가가 여기에 빠른 템포의 멜로디를 붙여놨다.

—사랑하는 거 아시죠? 제가 국장님, 많이 사랑합니다.

그런데 최고남의 미소 띤 얼굴에 방 국장이 빵을 던진다.

그걸 또 탁 잡아채는 최고남과 분노하는 방 국장.

─뭐 하시는 거예요?

─빵 먹으라고! 이게 얼마나 맛있는 빵인지 알아? 널 위한 내 마음이다!

이 장면이 멜로디와 함께 반복되고 있는데, 계속 보니 묘하게 귀에 계속 남는다.

"이게 뭐라고?"

"빵 밈이요."

인터넷상에서 재밌는 짤방이나 영상이 화제가 되는 현상을 뜻하는 밈(Meme).

지금 이 영상이 빵 밈으로 불리면서 인터넷상에 퍼지고 있었다.

*   *   *

KIS 건물이 지척에 보이는 여의도공원.

김재하 피디는 벤치에 앉아 있는 신가영에게 다가가면서 찌푸린 얼굴을 어떻게 감춰야 하나 고민했다.

결국, 윤소림이 안 한다고 퇴짜 놓은 게 소문이 나면서 비비7 측에서도 하차 의사를 보였다.

신가영이 드라마작가 출신이 아니란 점도 새삼 문제가 되고 있었다.

시인이 무슨 드라마를 쓰냐는 말도 나오고 있을 정도.

시나리오는 진짜 재밌건만…….

천재 여배우와 신입 매니저의 로맨스는 재미가 없을 수 없는 조합이다.

그리고 최고남이 완전히 빠진 것도 아니다.

천재 여배우 아역에 은별이가 캐스팅된 상황이니까.

"오셨어요?"

"여기 커피."

김 피디는 커피를 내밀며 신가영 작가 앞에서 어정쩡한 미소를 보였다.

"국장님이 뭐라세요?"

"방 국장은 지금 빵 밈인지 뭔지에 취해서 1도 도움이 되지 않아."

어떻게 방 국장을 움직여서 최고남을 설득해 볼 생각이었는데, 오늘 보니 그른 것 같았다.

방 국장은 지금 빵 밈에 제대로 취해 버렸으니까.

오죽하면 요즘 하루의 낙이 댓글 읽는 거라지 않나.

빵 던지는 국장의 모습에 귀엽다느니, 일일 7빵을 해야 한다느니, 국장님을 방송에서 보고 싶다느니 같은 댓글.

그래서 타 방송국 국장들도 내심 부러워하고 있다는, 말도 안 되는 소문까지 나 있는 상황이라서.

"이게 다 최고남 그 자식의 밑그림이야."

"그게 무슨 소리예요?"

"빵 밈 영상 출처가 은별나라 은별공주라고."

그래서 영상이 순식간에 퍼진 것이다.

100만 구독자를 향해가는 유튜브 채널의 힘이었다.

"신 작가는 화도 안 나?"

김 피디는 마냥 미소만 띠고 있는 신가영을 책망하듯 바라봤다.

"선배 잘못은 아니잖아요. 제가 욕심냈던 거지."

"뭐, 최고남 잘못은 아니지. 근데 이 자식이 할 것처럼 했다가 안 하니까 그러지."

"원래 캐스팅 번복되는 경우가 많다면서요."

"그렇긴 해. 다만, 지금은 최고남을 보는 눈들이 많아서 말이야. 괜히 우리한테 불똥이 튀었다고나 할까."

여전한 신가영의 미소를 본 김 피디는 한숨 한 번 쉬고 물었다.

"최고남은 어떤 선배였어요? 학교 다닐 때."

그 질문에 신가영은 살짝 턱을 치켜들었다.

하늘을 바라보면서 기억을 거슬러 간다. 저 하늘과 비슷한 구름이 떠다니던 시절을.

"선배는 조용한 편이었는데, 항상 주위에 사람이 끊이질 않았어요."

교실에서도 운동장에서도.

신가영도 그들 중 한 사람이었다.

수업이 끝나면 운동장에 매일 나가서 친구들과 최고남이 연습하는 모습을 지켜보곤 했다.

가지런히 모은 무릎 위에 팔꿈치를 올려놓은 채 선배를 보고 있으면, 가끔 그가 앞을 지나갈 때 바람도 같이 불어와 기분 좋은 시원함이 밀려왔다.

"신기한 건, 그렇게 주위에 사람들이 많으면 사소한 것들은 모르고 지나치게 마련이거든요. 근데 선배는, 어느 하나 놓치는 법이 없었어요."

"최고남이 관찰력이 좋은 편이지."

"한번은, 제가 축제 준비 때문에 남아서 할 일이 있었거든요. 친구들한테 도와달라고 했는데 다들 일이 있어서 못 도와줬어요."

그래서 밤에 혼자 교실에 남아 있는데, 최고남이 나타났다.

어떻게 알고 왔냐니까 하는 말이.

"뭐라고 했는데?"

김 피디가 궁금해서 물었지만, 신가영은 개구쟁이처럼 배시시 웃기만 했다.

"아, 뭔데."

보채는 김 피디를 보며 신가영이 선심 쓰듯 입을 연다.

"오늘 네가 운동장에 안 보이길래……."

신가영은 그 말을 꺼내다 말고 먼 곳을 바라봤다.

저기서 뛰어오는 사람은…….

그때처럼 바람과 함께 머리카락을 휘날리면서 달려오는 사람, 바로 선배였다.

"왜 전화를 안 받아?"

어느새 두 사람 앞에 온 최고남이 숨을 토하고 물었다.

김 피디가 눈을 동그랗게 뜨고 쳐다본다.

"전화 놓고 왔지. 왜?"

"가영이 드라마, 윤소림 대신에 내가 추천할 배우가 있어서 말이야."

"그게 누군데?"

신가영도 기대하고 최고남을 바라봤다.

그가 미소 짓는다.

[비하인드 Scene]

"열렸어요."

커다란 쇠문이 삐걱 소리와 함께 열리자, 한채희는 가방에서 두툼한 현금 다발을 꺼내 집주인에게 건넸다.

"여기요."

"밀린 월세가 이렇게 많지는 않은데?"

"일 년 치 선불이에요. 내쫓으려거든 겨울에 내쫓지 말고 내년 이맘때 내쫓으세요."

"아휴, 나야 고맙죠. 한채희 씨 진짜 좋은 일 하신다. 옛날 인연 찾아와서 밀린 월세도 갚아주고."

집주인의 공치사에 한채희의 콧잔등이 살짝 일그러졌다.

아무튼 안으로 들어온 한채희는 제 키만 한 천장의 원룸을 보고 저도 모르게 입을 벌리고 말았다.

샤미 놀이터도 안 될 만한 크기 안에 온갖 잡동사니들이 가득했다.

침대, TV, 옷가지들, 담배 찌든 내와 술 냄새, 곰팡이 냄새, 노린내 같은 채취가 뒤엉킨 방의 모습에 그녀는 잊고 있던 사실을 깨달았다.

자신도 한때는 이런 좁은 방에서 살았다는 것을.

또다시 언제 이런 방에서 다시 살게 될지 아무도 모르는 것이다.

원재룡 감독이라고 알았을까.

영화의 성공으로 여기저기서 샴페인을 터뜨리며 그를 칭송할 때, 마누라가 바람나서 재산 거덜 내고 이혼 요구까지 할지 그는 알았을까.

재기하려고 했지만 제작사가 망하고, 절치부심해 쓴 대본은 후배 감독이 훔쳐 가고.

그런 상황이 올 줄 알았을까.

"채희야, 그냥 가자. 이건 아닌 것 같아."

김현국 실장이 한채희의 옷깃을 잡았다.

하지만 한채희는 우두커니 서서 침대만 노려봤다.

이불을 덮어쓰고 있는 남자가 보인다. 그 옆에는 종잇장들이 너저분하게 흩어져 있었다.

몇 장 손에 집어서 들여다본 한채희는 곧 그것이 시나리오임을 알 수 있었다.

가만 보니 그런 종잇장들이 집안 곳곳에 소주병과 함께 굴러 다녔다.

"감독님, 일어나요."

반응이 없다.

결국 한채희가 이불을 휙 걷어버렸다.

그제야 거뭇거뭇한 얼굴의 원 감독이 눈곱 묻은 얼굴을 들었다.

"누, 누구야?"

"나예요, 한채희."

"채, 채희?"

당황하는 그에게 한채희가 다가갔다.

매서운 눈으로 쏘아보는 그녀의 시선 앞에서 원 감독은 입술을 모으고 눈치만 봤다.

"감독님, 나랑 영화 찍어요."

"여, 영화를? 나, 나랑?"

"예."

"도, 돈은? 제작사는?"

"나 빌딩 팔았어요. 그러니 돈도 내가 낼 거고, 제작도 내가 할 거예요."

원 감독이 마른침을 꼴깍 삼킨다.

침대맡을 더듬거려서 때 묻은 안경을 쓴 그가 다시 물었다.

"근데, 무슨 영화를 찍을 건데? 시나리오는 있어?"

"우리가 찍을 게 뭐가 있겠어요?"

마치 제3자처럼 비아냥거리듯 묻더니, 다음 순간 한채희는 눈을 부릅떴다.

"이대 나온 여자2."

때 묻은 안경알 너머의 눈이 번쩍거린다.

제3장

—

팬 있으신가요

「며칠 후 퓨처엔터」

Q. 지식인 언니 오빠들!!! 제 꿈은 연예인들을 내 손으로 만들고 키우는 건데요, 그래서 퓨처엔터 대표처럼 되고 싶습니다. 방법 좀 알려주세요.

A. 퓨처엔터 대표처럼 되는 것은 쉬운 일이 아닙니다. 일단 매니저로서 경력을 쌓아야 하고요, 열심히 노력해야 합니다. 그러다 보면 기회가 옵니다. 그때를 놓치지 마셔야 합니다.

ㄴ답변 감사합니다. 근데, 답변이 너무 아재틱 하시네요.

Q. K대 축제 영상에서 릴리시크하고 나온 남자 누구예요?

A. 퓨처엔터 비밀 연습생이고, 이름은 권하준입니다. N탑 연습생으로 알려진 것 말고는 베일에 싸여 있습니다.

Q. 릴리시크 너무 예뻐요. 저도 릴리시크 같은 걸 그룹이 되고 싶은데, 퓨처엔터에 들어가려면 어떻게 해야 하나요?

A. 현재 퓨처엔터에는 윤소림, 고은별, 강주희, 성지훈, 윤환, 릴리시크가 소속돼 있습니다(연습생 제외). 퓨처엔터는 현재 예정된 오디션은 없지만, 열심히 하면 어떻게든 길이 열린다는 옛말이 있듯 질문자가 노력해서 준비하면 언젠가는 퓨처엔터에 들어갈 수 있지 않을까요? 이상 퓨처엔터에 들어가는 법에 대해서 설명드렸습니다. 채택 꼭 해주세요!

　ㄴ장난하세요? 그런 말 나도 하겠네.
　ㄴㅋㅋ 블로그 좀 해본 솜씨네.

Q. 윤소림 누나 차기작은 뭘까요?

A. 일단 드라마는 아닐 가능성이 큽니다. 톱급 배우들은 드라마 기피하는 편이거든요. 영화보다 시간도 오래 걸리고 힘들어서요. 그래서 영화가 아닐까 싶습니다.

A. 윤소림은 지금 몸값이 많이 올라가 있는 상황일 겁니다. 그래서 아마 바로 결정은 나지 않을 것 같지만, 그래도 윤소림을 원하는 대중을 생각하면 곧 차기작 소식이 들리지 않을까요?

Q. 제 친구가 윤소림 팬이거든요. 자기가 1호 팬이래요. 그리고 이번에 1기 팬클럽에 가입한다고 들떠 있는데, 도대체 왜 그러는

거죠? 팬들은 뭐가 좋다고 가수를 쫓아다니는 걸까요? 이득 되는 것도 없는데.

A. 스타와 팬의 관계는 특별합니다. 스타는 팬들의 사랑을 받으며 성장하고, 팬들은 스타의 성장을 지켜보는 관계이기 때문에 어느 한쪽이 없으면 다른 한쪽이 존재할 수가 없습니다. 그리고 과거에는 팬들이 스타에게 일방적인 구애를 했지만, 현재는 스타가 팬들에게 더 가까이 다가가 소통을 하는 흐름입니다. SNS 방송이 그 예라고 할 수 있습니다. 아, 그리고 윤소림 1호 팬은 따로 있습니다.

"1호 팬은 나야, 인마."

나는 키보드에서 손을 뗐다.

심심풀이로 지식인을 보다가 하나둘 답변을 달았는데 어느새 나도 모르게 집중해 버렸다.

기지개를 쭉 켜는데, 저승이가 눈에 들어온다.

녀석은 창가에 기대 턱선을 맘껏 뽐내면서 먹구름 낀 하늘을 눈에 담고 있었다.

[아저씨는 윤소림의 미래가 이제 어떻게 바뀔 것 같으세요?]

나는 관자놀이를 긁적거렸다.

만약 '24'를 선택했으면 내가 본 미래가 이뤄졌겠지만 나는 다른 선택을 했고, 미래는 이제 바뀔 것이다. 예정된 결과만 봤을 때 24는 흥행하겠지.

하지만 그 자리에 윤소림은 없게 된 것이다.

그리고 더 큰 문제는 내가 미래를 보게 되면서 현재의 결정에 확신을 갖지 못하게 되었다는 것이다. 정해진 미래를 위해 끼워

맞추듯 퍼즐 조각만 찾아다녔다.

미래가 보여준 달콤함 때문일까? 아니면, 윤소림의 일이어서?

"모르겠다."

지금까지 수많은 배우들이 내 손을 거쳤다.

그중에서 윤소림처럼 빠른 성장세를 보인 배우는 그렇게 많지 않았다.

최서준이 그나마 두 작품 만에 톱이 되긴 했지만 라이징스타 수준이었을 뿐, 윤소림처럼 배우로서 인정을 받은 건 아니었다. 물론 무명 기간도 길었었고.

윤소림의 미래? 그때가 오면 알겠지.

그저 바라는 게 있다면 윤소림이 꾸준히 작품 활동을 했으면 좋겠다. 해마다 달라진 모습으로 대중에게 성장하는 모습을 보여줬으면 좋겠다.

물론 내 욕심일 뿐이다.

[어쨌든, 윤소림이 영화를 하지 않게 됐으니까 한채희가 아저 씨를 음해할 걱정은 안 해도 되겠네요.]

딱히 그게 무서워서 '24'를 택하지 않은 것은 아니다.

그래도 결과는 저승이 말처럼 된 게 사실이었다.

[솔직히 한채희 팬들한테 쫄았잖아요?]

쫄지… 않았어.

그나저나 한채희를 처음 봤을 때부터 독종의 기운이 느껴지기 는 했지만 B급이 S급 운명이 됐을 정도면 얼마나 노력을 한 걸까.

도박만 안 했으면 좋았을텐데.

뭐, 더는 나랑 상관없는 일이다. 알아서 하겠지.

[근데 신가영 작가도 아저씨와 크게 상관없지 않아요? 그런데 배우까지 찾아주고.]

저승이가 실실 쪼개며 쳐다본다.

동네 꼬마들이 얼레리꼴레리 하면서 놀리듯이 말이다.

사실 신 작가 작품을 두고 고민을 많이 했다.

본래의 운명에서 신 작가의 드라마는 성공한 작품이었다. 그런데 나와 윤소림이라는 변수로 운명이 바뀌게 된 것이다.

그래서 고민 끝에 제자리로 돌려놓기로 했고, 윤소림을 대체할 여배우를 찾기로 결정했다.

방금, 그 여배우 얼굴을 떠올릴 때 창밖에서 낙뢰가 번쩍거렸다.

순간 사무실 전기가 나가고 어둠이 쏟아졌다. 직원들의 웅성거리며 정신없는 사이 저승이가 창턱 위로 올라가더니 두 팔을 활짝 벌린다.

저 미친놈이 또 뛰어내리려는 건가 싶었는데, 예상대로다.

젠장, 언제까지 저런 모습을 봐야 하는 걸까.

고개를 절레절레 흔들 때, 나갔던 전기가 들어오면서 사무실 등이 짠 하고 켜졌다.

나는 무심코 뒤를 돌아봤다가 하마터면 기절할 뻔했다.

우비 입은 방 국장이 소름 끼치게 웃고 있었다.

*   *   *

빵 국장.

오십 평생을 방 씨로 살아온 방기룡 국장은 최근 인터넷에서 빵 국장으로 통하고 있었다.

대한민국 방송 역사상 드라마국장에게 네티즌들이 환호한 적이 있던가?

없었다. 없었지.

그래서 '빵 밈' 영상에 붙은 댓글을 보고 있으면 아이돌 팬덤이 부럽지가 않다.

"사장님이 뭐라고 하시는지 아냐?"

"뭐라는데요?"

최고남이 퉁명하게 묻는다. 저 싸가지…….

아무튼 방 국장은 실실 웃으며 얘기하기 시작했다.

"그날, 아침부터 KIS 김도식 사장님께서는 기분이 썩 좋지 않으셨지."

신문에 난 기사 하나가 심기를 거슬리게 했기 때문이다.

[동영상 한 개 수익이 KIS 1일 광고 매출? 키즈 유튜버만도 못한 방송국의 속앓이]

KIS 하루 광고 매출은 2억이 채 미치지 못하고, 한 달 평균 40~50억 정도의 광고 매출이 나온다.

그런데 잘나가는 키즈 유튜버 한 명이 KIS의 한 달 광고 매출을 상회할 정도로 많은 수익을 얻고 있는 것이 현실.

지난 주말에는 아들 부부가 집에 왔는데, 손자가 TV는 안 보고 유튜브만 붙잡고 있을 정도로 방송국은 점점 설 자리를 잃어가고 있다는 말로 포문을 열더니…….

"변화해야 합니다, 변화!"

국장급, 부장급이 구겨 앉은 회의실에 김도식 사장의 목소리가 서릿발처럼 쏟아졌다.

"공중파가 무조건이던 시기는 지났습니다. 지금 이 순간에도 트렌드는 실시간으로 바뀌고 있는데 우리는 왜 맨날 그 자리 그대로입니까?"

질책이 쏟아지지만 앉아 있는 이들이라고 할 말이 없는 것은 아니었다.

방송에는 규제라는 것이 있고 지켜야 할 선이 있다.

뚝딱 촬영해서 편집하고 올리면 끝인 개인 유튜버와 비교하는 것은 어불성설.

물론 방송국들도 유튜브 채널을 운용하고 있고 젊은 피디들을 중심으로 다양한 기획과 콘텐츠를 시도하는 중이지만, 개인 유튜버와는 태생적으로 결이 다를 수밖에 없었다.

"N포털과 계약 언제 끝납니까?"

"곧 끝납니다."

"곧이 언제예요?"

회초리 같은 김 사장의 질문에 당황하던 경영 부서에서 정확한 날짜를 다시 보고했다.

지난 2014년 방송국들은 유튜브에 대항하기 위해서 온라인 미디어랩을 설립, 자사의 영상을 N포털과 D포털에만 제공해왔다.

하지만 영상 시청 전 긴 광고 시간과 유튜브의 급부상으로 인해서 수익에 한계가 있던 상황이라 계약이 끝나기만 기다리는 중이었다.

"계약 끝나면 타 방송국들도 유튜브에 올인 할 겁니다. 그러니 우리도 이번 기회에 새로운 시도와 창의적인 도전을 해야 합니다. 아시겠습니까?"

"예!"

"우리가 못 할 게 뭐 있습니까? 우리는 기술이 있고 콘텐츠가 있습니다. 전문 인력도 있고요. 그러니 새로운 시야가 자리를 잡으면 금방 역전할 겁니다. 안 그렇습니까?"

"예!"

늘 그렇듯 희망적인 결론을 내리고 회의를 마친 자리에는 예능국과 드라마국만 남았다.

아무래도 두 부서가 콘텐츠의 중심인 만큼, 두 국장이 힘을 합쳐야 하는 시기였다.

"방 국장님, 신가영 작가 대본 어떻게 하기로 했습니까? 윤소림은 안 하기로 했다면서요?"

실망감을 여실히 드러냈지만, 어느 정도 예견된 일이었다.

윤소림을 쟁취하기 위한 방송들 간의 경쟁이 치열한 상황에서 케이블방송사처럼 제작비를 물 쓰듯 할 수 없으니 가장 중요한 출연료부터 뒤처질 수밖에 없었다.

그래도 방 국장이 최고남 쪽을 꽉 잡고 있다고 해서 일말의 기대를 가졌건만.

한데, 방 국장은 어찌 된 일인지 실실 웃고 있었다.

"뭐예요? 뭐가 있는 겁니까?"

"실은, 물망에 오른 여배우가 있습니다."

"누군데요?"

"김유리입니다."

.

.

.

"그 이름을 얘기한 순간, 사장님의 눈썹이 쫑긋 올라갔지. 네가 그 모습을 봤어야 하는데."

지난겨울에 〈여배우 김유리의 고백〉이라는 기사와 함께 잠정 휴식에 들어간 그 김유리.

방 국장, 아니, 빵 국장은 다시 얘기를 계속했다.

"사장님은 내게 이렇게 물으셨어."

.

.

.

"그런데, 김유리가 그 역에 맞아요?"

"천재 여배우라는 설정에는 딱 들어맞습니다. 걸리는 게 있다면 작년에 미혼모 사실을 고백한 건데, 당시 동정여론이 많았기 때문에 문제라고까지는 할 수 없을 것 같습니다. 그리고 워낙 연기를 잘하는 배우라서 팬층이 두터운 배우이기도 하고요."

"그럼 남배우는?"

"윤환이 하기로 했습니다."

장산의 여인을 시작으로 인기차트 MC, 복면가요왕으로 활약

하면서 단숨에 블루칩으로 떠오른 배우와 연기에 미친 배우라는 김유리의 조합.

"김유리와 윤환이면 시청률 충분히 기대해 볼 만하겠네."

"거기다 김유리 아역은 고은별입니다."

최고남이 떡잎부터 콕 집은 유튜버 고은별.

이건 죽어가던 드라마에 심폐 소생, 아니, 자동심장충격기를 붙인 것이나 다름없었다.

김도식 사장이 흡족하게 방 국장을 바라본다.

두 사람의 미소와 미소가 마주치더니, 급기야 웃음까지 터졌다.

걸걸한 웃음의 김도식 사장과 푼수처럼 낄낄거리며 웃는 방 국장의 웃음 앞에서 유일하게 예능국장만이 똥 씹은 얼굴로 고개를 숙이고 있었다.

아나나 다를까, 웃음소리가 그치고 예능국장에게 질문이 이어졌다.

"예능국에서는, 6월도 그냥 넘길 겁니까?"

사장의 말은 가시가 돋쳐 있었다.

어느새 2019년의 반이 지나가고 있는 시점에 예능국이 보여준 것이 무엇이냐는 질문을 우회해서 한 것이었다.

"이달에 새로 시작하는 프로그램이 하나 있습니다. 그리고, 이달 마지막 주에 음악뱅크 월드 투어 in 영국 콘서트를 진행합니다."

해마다 음악뱅크 주체로 열리는 KPOP 순회공연.

작년에는 여섯소년들과 10넘버즈로 인해서 대박을 터뜨렸었지만 올해는 여섯소년들도 아직 컴백하지 않은 상황이고, 10넘버즈 역시 작년만큼의 인기는 기대하기 어려워 보였다.

그나마 믿을 만한 아이돌은 비비7뿐이었는데, 여기도 콘서트 한다고 이번 행사에 참석하지 못한다는 통보를 해온 상황.

아이돌이 출연하지 않는다는 것은 그 뒤에 붙는 팬덤의 후광 효과를 보지 못한다는 얘기이기 때문에 예능국장의 목소리가 착 가라앉을 수밖에 없었다.

"기대해 봐도 좋을까요?"

예능국장은 고개를 들고 김도식 사장을 바라봤다.

여기서 기대하지 말라고 할 수는 없었다. 지금은 당장의 위기를 넘기는 것이 중요하니까.

.

.

.

"예능국장 요즘 잠도 제대로 못 잔다더라."

드라마국에서 건수가 있으면 예능국 쪽에도 건수가 있어야 하는데, 당장은 내밀 만한 게 없으니까.

"그래서 안타까워야 하는데, 자꾸만 입꼬리가 올라가서 문제다 이 말인가요?"

내 날카로운 질문에 방 국장이 눈만 깜빡거린다.

이게 아닌가. 그럼 혹시.

"설마, 예능국장님에게 공수표 날리신 건 아니시죠? 퓨처엔터 애들 월드 투어에 꽂아 넣어줄게 같은······."

방 국장이 천장을 바라본다. 이어 시계를 보더니, 바닥을 보고, 책상을 무심히 바라본다.

"국장님."

"너 음악뱅크 피디한테 릴리시크는 합류 못 한다고 그랬다며?"

그러면 처음부터 넙죽 알겠다고 해?

일단 튕겨보는 거지.

스케줄 조율이 어려워서 힘들다는 얘기 정도는 할 수 있잖아?

어느 정도 밀고 당기다가 수락할 생각이었다.

이런 일로 방송국하고 척질 생각은 없으니까.

"멤버들 스케줄이 포화 상태입니다. 저희 직원들도 쓰러지기 일보 직전이고요. 대신, 올 하반기에는 부르시면 언제든 달려가겠다고 말씀드렸습니다."

"그러지 말고, 내 얼굴 봐서 릴리시크도 합류해라."

"국장님, 이러시면 곤란합니다."

"고남아."

웃음기 쫙 뺀 얼굴로 말했더니, 방 국장이 내 이름을 절절하게 부른다.

"왜 이러세요, 정말. 제가 국장님 생각해서 김유리 씨 찾아가서 부탁까지 하고 윤환 씨 설득해서 드라마 하기로 한 건데. 릴리시크까지? 이건 아니죠."

"너 진짜. 나 이러면 섭섭해?"

* * *

"저 사람, 방 국장님 아니야?"

스케줄을 마치고 돌아온 성지훈이 대표실을 가리키며 물었다.

통유리로 된 사무실이라서 안의 모습이 훤히 보이는데, 방 국장이 최고남 앞에서…….

"저 양반, 왜 몸을 배배 꼬는 거야?"

"그러게 말이다. 징그럽게."

오성식 매니저도 고개를 갸우뚱했다.

아무튼 최고남이 방 국장을 만나고 있으니, 성지훈은 잠깐 소파에 앉았다.

그러자 오성식 매니저가 옆에 앉으며 속삭인다.

"최 대표, 많이 아쉬워할 텐데."

"뭘 아쉬워해. 속이 시원하다고 할걸?"

성지훈이 피식 웃는다.

"최 대표 네 생각 많이 해."

"됐어. 지금이 딱 좋아. 실컷 놀았잖아? 안 그래?"

"하긴, 재밌게 놀았지."

꿈만 같은 시간들이었다.

하지만 언제까지고 그 시간이 이어질 수는 없었다.

그래서 성지훈은 이쯤에서 꿈에서 깨기로 결정했다.

은퇴를 결심한 것이다.

*   *   *

"이제 때가 된 것 같다."

처음부터 우리의 시간은 한정돼 있었다.

향수는 결국에 공기 중에 흩어지는 법이니까.

근데, 벌써 시간이 그렇게 지났나.

"올해까진 활동하는 게 어떠세요? 아직 형님 기다리는 무대 많아요. 물 들어오는데 왜 벌써 나갑니까?"

컴백했을 때의 임팩트는 사라졌지만, 아직 성지훈이 설 무대는 존재하고 팬들도 옛 향수를 떠올리며 그를 환영하고 있다.

"돈은 충분히 많이 벌었다. 아니, 깜짝 놀랄 만큼 많이 벌었지. 네 덕분이다."

설득이 먹히지 않을 것 같다는 생각은 들었지만.

예상대로 성지훈은 고개를 가로저었다.

"제 덕은 무슨. 팬들 덕분이겠죠."

"그래, 팬들. 그러니까 더 박수 칠 때 떠나야지. 나, 팬들 기억에 멋있게 남고 싶다. 처음부터 딱 반년 정도만 할 생각이기도 했고."

고집하고는.

하지만 그런 게 멋이고 인생관이었던 옛사람이다.

그리고 나는 그를 꺼내 왔으니, 다시 제자리로 돌려보낼 의무가 있는 사람이고.

"그럼, 공식 스케줄은 음악뱅크 월드 투어까지만 하시죠."

"그러지 뭐."

"돌아와서 마지막으로 콘서트를 여는 건 어때요?"

벌써부터 눈물과 땀으로 얼룩이 될 성지훈의 모습이 떠오르는데, 그는 말없이 고개를 한 번 더 끄덕이고 일어났다.

나는 괜히 심술이 나서 그를 흘겨봤다.

"기어이 은퇴할 생각 하니 속이 시원하세요?"

"네 얼굴 안 볼 생각 하니까 속이 시원하다."

더 얘기하려다가 관뒀다. 아직 은퇴까지는 시간이 남아 있으니까.

음악뱅크 월드 투어와 콘서트 일정을 이어가면서 여름까지는 함께할 수 있을 것이다.

어차피 이렇게 된 거, 가는 길에 꽃이라도 뿌려야겠다.

아주 예쁘고 여운이 남는 꽃으로.

그 전에, 일단 기사부터 내고.

"황 기자!"

＊　　　＊　　　＊

TVX 예능국 엄란 피디는 작가들과 함께 회사 앞 카페를 찾았다.

"하프프레즐, 티라미수, 단호박라떼, 레몬에이드 하나씩 주세요."

쾌청한 날씨만큼 엄란 피디의 옷차림은 가벼웠다.

그래서인지 괜히 마음도 들떠 버렸다.

"주문하신 하프프레즐, 티라미수, 단호박라떼, 레몬에이드 나왔습니다."

디저트류와 음료를 손에 들고 테라스에 자리를 잡은 그녀들은 방금 전 일어난 일을 얘기하기 시작했다.

"그래서 퓨처엔터에서 뭐래요?"

동그란 뿔테 안경 너머로 메인작가의 눈동자가 반짝거린다.

엄란 피디는 포크를 손에 쥐며 전화 통화를 떠올렸다.

"성지훈 선배가 진짜 은퇴할 생각이래."

90년대 후반기와 2000년대 초반을 상징하는 가수였던 그는 표절 시비로 은퇴한 이후 긴 침묵의 시간을 보내고 작년에 컴백했다.

꼬꼬마 팬들이 어느덧 훌쩍 자라서 그를 반겼다.

그를 보기 위해서 남편과 아이의 손을 잡고 콘서트를 찾았다.

조퇴와 결석을 하고 성지훈을 쫓아다니던 여학생들은 이제는 연차를 쓰고 그를 보러 왔다.

엄란 피디는 그 감동의 한가운데에 있었다.

성지훈이 컴백한 프로그램이 그녀가 연출한 〈플레이리스트〉였기 때문이다.

"작년에 신곡 반응 진짜 좋았잖아요? 표절 논란도 해명이 됐고."

"박수 칠 때 떠나겠다는 거지. 그리고 원래 강제 컴백이나 다름없었잖아?"

그 말을 꺼내고, 엄란 피디는 피식 웃고 말았다.

성지훈은 가요계에 다시는 돌아오지 않으려고 했었기 때문이다.

최고남의 설득과 레트로 열풍이 없었다면 그는 아직도 망해가는 경양식 식당 주인이었을 거다.

"멋있긴 한데, 굳이?"

"원래 그런 감성을 가진 사람이야. 최고남 대표가 말려봤지만 설득이 안 된대."

"그래서 우리한테 전화한 거예요?"

"응. 마지막 가는 길 꽃길로 만들어주자고."

최고남은 휴먼 다큐를 제안했다.

이런 날을 예상하고 준비했는지, 기획안이 꽤 꼼꼼했다.

기획의도부터 프로그램 장르와 내용, 방영 시간대, 예상 제작비 등이 빼곡히 담겨 있었다.

프로그램 제목은 〈안녕, 성지훈〉.

여기서 안녕이라는 단어는 만남과 헤어짐의 의미를 동시에 가진 중의적인 표현이었다.

"본부장님은 뭐라세요?"

"우리가 강제 컴백시켰으니까, 마지막 가는 길도 배웅해야 하지 않겠냐고 하더라."

"그럼, 또 최고남 대표님하고 일하는 거네요?"

메인작가가 안경을 슬쩍 들면서 미소 짓는다.

"막내는 최고남 대표님 한 번도 못 봤지?"

엄란 피디와 메인작가는 얼마 전 새로 들어온 막내 작가를 바라봤다.

"무서운 분이세요?"

"아니, 진짜 좋은 사람."

"첫 프로그램을 그런 사람과 함께한다는 건 행운이지. 암, 그렇고말고."

"비타민 씨 같은 남자라고나 할까?"

"웃음은 봄이요, 눈빛은 여름이니."

"훈훈한 외모보다 빛나는 것은 그의 매너로다."

두 사람의 평소 같지 않은 모습에 기겁했지만, 막내 작가는 티 내지 않으려고 커피 빨대만 쪽쪽 빨았다.

"그뿐이야? 최고남은 회의 때면 한 번도 빈손으로 온 적이 없어."

"커피든 케이크든, 혹은 둘 다이든 꼭 한 보따리 들고 왔죠."

"그뿐이야? 영화 티켓이나 뮤지컬 티켓 같은 소소한 선물도 슬쩍 놓고 가곤 했잖아."

"맞아요, 맞아. 그리고 플레이리스트 방송된 날……."

"꽃다발까지 보내왔고."

아름드리 꽃다발을 안은 것처럼 두 사람이 제 몸을 감싸 안는다.

"궁금하지 않아? 어떻게 생겼는지."

"아, 잘생기셨다는 얘기는 들었어요. 할리우드 배우 누구 닮았다고 그랬는데."

"잘생겼다 뿐이야? 키도 훤칠하지. 제임스 딘이라니까?"

"에이, 제임스 딘은 아니죠."

"그럼 누구?"

"아, 레오나르도 디카프리오? 브래드 피트?"

엄란 피디와 메인작가는 어느 하나 딱 집기 힘들다면서 머리를 맞대고 고민했다.

진짜 왜 저러나 싶지만, 막내 작가는 관심을 끄고 무심코 카페 입구를 바라봤다.

그런데.

'와.'

영화에서처럼 잘생긴 남자가 카페에 들어오는 것이 아닌가.

그는 카페 안을 찬찬히 둘러보더니 이쪽으로 다가왔다.

당황한 막내 작가가 눈을 슬며시 피했지만 그의 발걸음은 멈추지 않았다.

두근두근…….

구두 굽 소리가 들려야 하는데, 심장소리만 들린다.

그래서 마른침을 꿀꺽 삼키면서 어서 빨리 그가 지나갔으면 싶었다.

어차피 닿지 않을 인연, 그냥 바람처럼 지나가 주기를.

그런데.

"피디님."

"어머, 대표님!"

처음 봤다.

엄란 피디가 그렇게 빨리 자리에서 일어나는 모습은. 고장 난 스프링 같았다.

본부장님이 호출해도 뭉기적거리며 일어나던 사람이었는데.

"대표니임!"

처음 봤다.

메인피디가 비음을 내뿜는 모습은.

항상 짜증, 혹은 신경질, 보편적으로 괄괄한 쇳음만 나오던 구강 구조에서 저런 간드러진 소리가 나올 줄이야.

그러나 처음인 것은 막내 작가도 마찬가지였다.

아침에 대충 자른 앞머리를 서둘러 정리하느라 열 손가락으로 이마를 정신없이 두드리고 나서 고개를 슬며시 들었다.

코앞에서 본 그의 얼굴은······.

'브래드 피트··· 닮았네.'

＊　　　　＊　　　　＊

"브래드 피트요?"

"예, 저희 대표님 브래드 피트 닮으셨어요!"

게스트의 폭탄선언에 라디오 MC 주이래가 다시 물었다.

"연우 씨, 브래드 피트가 누군지는 알죠?"

"알죠!"

"근데 브래드 피트 닮았다고요? 신중하셔야 돼요, 지금 채팅창에 불났어요. 브래드 피트 팬들 오면 저희 감당 못 합니다."

경고했지만, 소연우는 확신에 차서 힘주어 대답했다.

"여러분도 보시면 깜짝 놀라실걸요?"

"도대체 어떤 대표님이시길래… 라고 말씀드리고 싶지만, 저도 사실 릴리시크 소속사 대표님이 누군지 알고 있습니다."

"정말요?"

릴리시크 멤버들이 깜짝 놀라자, 주이래가 빙긋 웃었다.

"제가 보기에 브래드 피트는 아니고… 음, 톰 크루즈?"

어쨌든.

자, 이제 불이 난 채팅창을 진정시켜야 했다.

"도대체 그 대표가 누구냐, 얼마나 무섭길래 릴리시크가 저런 말도 안 되는 소리를 하는 거냐, 이래 언니 시력이 나빠지셨나요 등등… 여러분, 저 시력 좋습니다. 그럼, 계속해서……."

주이래는 빙긋 웃고 멤버들을 바라봤다.

"은혜 씨, 지금 우리 프로그램 보는 라디오 시청자 수가 역대급이라고 합니다. 인기, 실감하세요?"

"잘 모르겠어요."

"에이, 데뷔와 동시에 차트 줄 세운 아이돌이 인기 실감을 못 한다는 게 말이 되나요?"

"아직은 인기를 실감할 만큼의 여유가 없거든요. 매일 스케줄 소화하기도 벅차서요."

"한마디로 일이 너무 많다?"

"예."

박은혜는 수줍게 미소 짓고 고개를 끄덕였다.

"아이디 5894 님께서, 왜 모르냐고, 팬들이 릴리시크 엄청 사랑하고 있다고 하셨고요, 아이디 릴리실화 님께서는 은혜야, 오빠가 격하게 아낀다!! 후후. 그리고… 아휴, 너무 빨리 채팅이 올라와서 읽을 수가 없네. 릴리시크 팬 여러분! 좀 천천히!"

엄살에도 채팅창 글이 올라가는 속도가 무시무시하다.

"해외 팬들도, 와, 정말 많이 오셨네요. 역시 우리 케이팝입니다. 그럼, 은혜 씨는 그렇다 치고 지수 씨는요?"

"아, 지난번에 점심 먹는데 식당 사장님이 저희 팬이시라고 계란프라이 하나씩 더 주셨어요."

"예? 풉! 하하하!"

채팅창에 팬들의 드립이 쏟아진다.

"아이디 시크한남아 님께서, 나라면 계란프라이 세 개 줬는데, 라고 하셨고요, 아이디 로즈89 님께서는 계란프라이? 나는 타조 알 준비해 놨다! 라고 하십니다. 아니, 릴리시크 여러분, 왜 이렇게 귀엽죠?"

주이래는 예쁜 여동생들을 보듯 릴리시크를 눈에 담았다.

매일 새로운 게스트가 라디오 부스를 찾아오지만, 오늘은 특별한 느낌이다.

"연우 씨, 회사 대표님을 처음 봤을 때 품에 안겼다는 얘기가 있는데, 이게 무슨 소리죠?"

"어? 그거 어떻게 아셨어요? 그거 아는 사람 저하고 대표님하고 아라밖에 없는데."

"예, 옆에 계신 아라 씨가 알려주셨어요."

권아라가 카메라를 향해 브이를 그린다.

싱긋 웃고 나서 다시 아무 일 없었다는 듯 손을 내리자, 소연우가 눈을 가늘게 뜨고 마이크 앞에서 입을 모았다.

"그게 말이죠……."

베일에 싸여 있던 그 일.

담벼락에서 까불다가 떨어졌는데 마침 최고남이 아래에 있었다는 얘기가 이어졌다.

"와, 기가 막힌 타이밍이었네요."

"그렇죠? 제가 보기에는 대표님과 저희는 운명이었어요."

"운명이요?"

"예!"

힘껏 고개를 끄덕이는 소연우.

주이래는 그 모습을 보면서 저도 모르게 미소를 지었다.

저 아이들이 말하는 사람이 최고남임을 알고 있으니까.

"운명이라. 굉장히 특별한 단어죠. 지금 채팅창에 팬분들이, 릴리시크와 저희도 운명입니다, 라고 올리시고 계세요."

"저희도 팬 여러분 사랑합니다!"

소연우가 두 손으로 하트를 보낸다.

"그럼, 노래 한 곡 듣고 올 텐데요, 1시간 전에 올라온 기사죠? 가수 성지훈 씨가 은퇴를 선언하셨습니다. 팬 여러분의 사랑을 듬뿍 받았을 때 떠나고 싶으시다면서 미리 작별 인사를 하셨어요. 아쉽지만… 정말 아쉽네요. 제 마음도 이런데 팬들은 오죽할까요. 그럼, 릴리시크의 〈new thing〉과 성지훈 씨의 〈약속〉 들려 드리겠습니다."

*   *   *

[단독] 가수 성지훈, 팬들과 작별한다!
[단독] 성지훈, 마지막 공식 스케줄은 〈음악뱅크 월드 투어〉!
[단독] 성지훈 2억 기부, 팬들 이름으로!
[단독] 현 소속사인 퓨처엔터, 아쉽지만 성지훈의 결정을 응원한다!

세러데이의 기사를 필두로 성지훈 은퇴 소식을 담은 기사들이 줄지어 올라왔다. 단독과 우라까이 기사들이 뒤엉켜서 엉망이었지만, 어쨌든 화제가 되고 있으니 목적은 충분히 이뤘다.

이제 퓨처엔터 전 직원은 성지훈의 남은 스케줄이 차질 없이 진행되는 데 초점을 맞췄다.

물론 릴리시크도 스케줄에 차질이 없도록 만반의 준비를 갖췄다.

그렇게 〈음악뱅크 월드 투어 in 영국 콘서트〉의 출국 일자가 다가왔다.

「인천공항」

"아, 이거 너무 불편한데?"

성지훈이 가죽 재킷이 몸에 낀다고 투덜거린다.

"가만히 좀 있어요. 공항에 기자들 쫙 깔렸는데, 그럼 면티 하나 입고 갈까요?"

"아니, 내가 무슨 공항 패션이냐?"

"스타잖아요."

"스타는 무슨. 기자들이 나 찍겠냐? 아이돌들 찍지?"

"스읍! 가만 안 있을래요?"

차가희의 매서운 눈빛에 조용해진 성지훈이 입술만 꿈틀거린다.

옆에서 지켜보던 나는 피식 웃고 말했다.

"팬들 기다리는데 멋진 모습 보입시다."

"야, 우리 팬들 아침잠 많아. 애들 학교 보내야지, 출근해야지, 얼마나 바쁜데."

"왜요? 팬들 많이 왔을 것 같은데."

성지훈이 고개를 가로젓는다.

"내가 오지 말라고 그랬어. 아이돌 보러 공항에 온 어린 팬들 틈에서 괜히 다칠까 봐. 나이 들면 넘어져도 중상이야."

"하여간 팬 생각은 끔찍하다니까."

성지훈이라는 사람은 팬카페를 수시로 들락거리고, 팬이 다른 가수 좋다고 떠나면 한동안 끙끙 앓는 사람이다.

"그래도 왔을 겁니다."

최소한 몇 명이라도 왔을 거다.

마지막 스케줄을 위해 떠나는 사람인데 오지 않을 리가 있나.

그런데 내 예상은 조금 틀린 것 같다.

몇 명인 줄 알았는데…….

공항 문턱부터 현수막을 든 팬들이 가득했다. 아이돌 팬들이

기를 못 펼 정도로.

"지훈 오빠!"

"오빠, 사랑해요!"

"오빠, 잘 다녀오세요!"

팬들이 힘껏 외쳤지만, 성지훈은 말을 잇지 못했다.

선글라스 틈으로 빨개진 눈동자만 보인다.

"그거 봐요, 내가 뭐랬어?"

나는 성지훈의 어깨를 감싸면서 출국장으로 향했다.

*　　　　　*　　　　　*

"형, 아까 팬한테 뭐 받았어요?"

"노이즈캔슬링 이어폰. 비행기 소음 없애주는 거래."

"와, 대박."

"넌 팬이 선물 안 줘?"

"저희 팬들은 돈이 없어요. 수면 안대 주더라니까요?"

"훗, 이거 너 가져."

"정말요?"

"난 그거 베란다에 쌓여 있어. 공항 올 때마다 팬들이 줘서."

"대박!! 형, 고맙습니다!"

노랑머리가 넙죽 허리를 숙이자, 이어폰을 준 아이돌이 찡긋 웃고 말했다.

"다음부터는 SNS에 은근슬쩍 가지고 싶은 거 올려봐."

"그러지 않아도 지난번에 신발 한정판 가지고 싶다고 올렸다가 매니저 형한테 엄청 혼났어요. 요즘 그런 거 기사 다 뜬다고."

"으이구, 티 나게 하니까 그러지. 해어진 신발 같은 거 슬쩍 찍어서 올리든가. 그런 게 모성 본능 확 건드는 법이거든."

"진짜 그래 볼까요?"

"잘해봐. 팬들을 어떻게 조련하냐에 따라서 조공의 급이 달라지니까."

"옛써!"

노랑머리가 어설픈 경례 자세를 하고 낄낄 웃을 때, 화장실 칸이 덜컹 열렸다.

"이 녀석들아, 팬이 동물이냐. 조련하게?"

굳어버린 두 사람을 보며 성지훈이 인상을 찌푸린다.

한 놈은 10넘버즈 멤버였고, 이어폰을 받은 애는 웍스딘가 하는 그룹 멤버였다.

"팬 소중히 대해라. 너희가 진짜 힘들 때 기댈 수 있는 사람은 팬들밖에 없으니까. 특히 너는 잘 알 거 아니야?"

10넘버즈 멤버의 얼굴이 빨갛게 달아오른다.

성지훈이 자리로 돌아가자, 새빨개진 얼굴에서 불만이 튀어나왔다.

"아, 저 꼰대."

"형이 참아요. 은퇴한다잖아요."

"갈 거면 빨리 가지, 왜 영국까지 따라가."

"그러니까요. 쪽팔려 죽겠어요. 우리 저 아저씨랑 같은 무대서야 하는 거잖아요?"

소근대듯 낮은 목소리들이었지만 밝은 귀는 충분히 들을 수 있는 크기였다.

결국 기내식 서비스를 준비하는 갤리에서 두 사람의 이름이 흘러나왔다.

"아까 걔들 10넘버즈하고 웍스디죠?"

"응, 맞아."

"와, 어떻게 팬한테 대놓고 조련한다는 말을 하냐."

"저런 애들 한두 번 봐? 주위에서 잘한다 잘한다 하니까, 기고 만장한 거지. 그러다 사고 치고."

"10넘버즈는 그렇다 쳐요, 웍스디는 완전 충격이다."

"왜?"

"쟤들 제일 어린 멤버가 고1인가 그럴걸요? 제 동생도 좋아하거든요. 애들 착하고 귀엽다고. 어휴."

승무원은 고개를 절레절레 흔들었다.

"근데, 성지훈은 진짜 사람 괜찮더라. 괜히 롱런하는 게 아니라니까."

"저도 오늘부터 성지훈 팬 할래요."

"은퇴한다던데?"

"아, 그러네요."

"아까 인터넷 보니까, 팬들이 소속사 대표한테 성지훈 붙잡아 달라고 광고까지 냈대."

"성지훈 소속사 대표면, 저 아까 봤는데. 브래드 피트 닮았다는 사람."

"누구? 브래드 뭐? 그게 무슨 말이야?"

"오프 때 심심해서 라디오 듣는데, 릴리시크 멤버가 브래드 피트 닮은 대표님이라고 찬양하고, 주이래는 톰 크루즈 닮았다고 하는 거예요."

"톰 크루즈? 아, 그건 좀."

웃음이 터진 승무원이 재빠르게 입을 가리고 쿡쿡 웃었다.

"근데, 잘 보면 비슷한 부분이 있어요."

"그래? 그럼 이따가 기내식 서비스 할 때 자세히 봐야겠네?"

기내식을 준비하는 승무원의 손길이 빨라졌다.

궁금해서 마음이 조급해진다.

*   *   *

"아후, 아직도 눈이 부시네. 아침부터 눈뽕 제대로 했네요."

화장실에 다녀온 유병재가 몸을 좌석에 붙이며 중얼거린다.

"그러게 카메라 플래시를 왜 네가 받아. 애들한테 양보하지."

"제가 받고 싶어서 받나요, 면적이 넓으니 별수 없이 받는 거지."

유병재는 눈주름을 보이면서 스케줄표를 펼쳤다.

첫날인데, 공항에서 숙소로 이동 후 잠깐 짐 풀고 바로 공연장 리허설이 잡혀 있다. 12시간을 날아가서 몸을 쉴 새도 없이 무대에 올라가야 한다는 얘기다.

"영국 도착하면 오후 3시쯤 되려나요?"

"그쯤 될 거야. 영국은 우리보다 8시간 늦으니까."

"방송국 놈들, 더럽게 빡빡하네."

"어쩌겠어, 방송국하고 척질 수도 없는데. 이왕 하기로 한 거 최대한 협조해야지."

유병재처럼 불만을 내비치는 매니저들이 많다.

방송국에서 주최하는 해외 공연은 아이돌 소속사에게는 달가운 일이 아니기 때문이다.

장시간의 비행 후에 리허설을 바로 해야 하고, 낯선 곳에서 숙식을 해결하기 때문에 여간 불편한 게 아니다.

그렇다고 출연료가 많은 것도 아니다.

대개는 방송국과의 관계 때문에 마지못해 비행기에 오르지만, 이번 공연은 우리에게 나쁘지 않은 선택지였다.

릴리시크의 해외 반응과 인지도를 살필 수 있고, 현지 팬들 눈에 확실하게 눈도장을 찍을 기회도 되니까.

방 국장 부탁이 아니었어도 수락하려고 했는데, 부탁까지 받았으니 영국 다녀와서는 제대로 정산할 생각이다.

뭐부터 받아낼까.

윤환이 드라마 촬영에 들어가면 연예가 소식부터 출연해야겠다. 그리고 또 뭐가 있을까.

실실 웃으며 잠깐 행복 회로를 돌리고 유병재에게 신신당부했다.

"애들 흐트러지지 않게 네가 잘 챙겨."

2박 3일의 일정이기 때문에 언제든 눈에 띄는 실수를 할 수 있다.

특히나 릴리시크는 이번이 첫 해외 공연.

그러니 매니저들이 옆에 찰싹 붙어 다녀야 한다.

"잘 일러뒀으니까 실수하지 않을 겁니다. 은혜 성격 아시잖아요. 딱 부러지는 거."

송지수는 딴짓하지 않고 성실하고, 권아라도 실수와는 거리가 먼 녀석이다.

위험한 놈이 있다면 그건 바로.

"연우 얘기하는 거야."

"그 점은 걱정 안 하셔도 됩니다. 아라가 위기 상황에서 목젖을 탁 쳐서 기절시킨다고 했습니다."

물 마시다가 뿜을 뻔했다.

"목젖까지 쳐야 해?"

나는 고개를 흔들며 웃다가 무심코 옆을 돌아봤다.

왠지 아까부터 얼굴이 따가운 느낌이 들어서 말이지.

"병재야."

"예?"

"이상하게 주위에서 우리를 쳐다보는 느낌이 들지 않냐?"

공항에 도착했을 때부터 아이돌들이 날 힐끗힐끗 쳐다보더니, 비행기에 탑승할 때도 승무원이 날 빤히 쳐다봤었다.

"아, 그거요?"

유병재가 뭘 아는 눈치였다.

"뭔데?"

"연우가 라디오 나가서 대표님 브래드 피트 닮았다고 했잖아요? 주이래는 톰 크루즈 닮았다고 그러고."

그거… 였구나.

어쩐지 사람들이 계속 쳐다보더라니.

"공계에 팬들이 댓글 달았는데, 대표님보고 브래드톰 대표래요. 브래드 피트와 톰 크루즈를 줄여서요."

"그만해라."

오그라든 채로 손발이 굳을 것 같아서 마른세수를 하고 얼굴에서 손을 뗐다.

그런데 멀찍이 떨어진 자리에서 예나가 입을 동그랗게 모은 채 날 쳐다보다가 잽싸게 얼굴을 감춘다.

오랜만에 보는 얼굴이지만 저 녀석을 볼 때마다 등줄기가 서늘해진다.

아무튼 이번 해외 공연 출연진은 걸 그룹이 강세다.

디다(D.DA), 예나, 릴리시크면 음악뱅크 피디가 섭외에 제법 공을 들였다고 봐야 한다.

반면 보이그룹은 10넘버즈를 제외하고는 고만고만하다.

10넘버즈도 사실상 하락세고.

"그런데 지훈 선배는 마음 바꿀 생각 없답니까?"

"없는 것 같다."

"아니, 나이 오십도 안 된 사람이 왜 그렇게 은퇴를 못 해서 안달인지 모르겠네."

"한번 해본 사람이니까."

연예인이든 일반인이든 은퇴라는 건 쉬운 결정이 아니다.

평생을 해온 일을 그만두는 건데, 나이 먹고 새로운 출발선 앞에 서는 것이 어디 쉬울까.

하지만 성지훈은 자의든 타의든 한 번은 은퇴를 경험했다.

그리고 다시 돌아온 가요계에서 그는 현실과 추억을 동시에 느꼈을 거다.

1세대 아이돌과 함께 무대에 올랐던 그가 이제는 3세대 아이돌들과 무대에 오른다.

대선배 앞에서 허리 숙여 인사하기 바쁜 아이돌들을 보면서 성지훈은 무슨 생각을 했을까.

"그래도 아직 팬들 많이 찾잖습니까?"

"그러니까 박수 칠 때 떠나겠다는 거지. 충분히 이해할 수 있어."

"세월이란 게 뭔지. 아쉽네요."

"뭐가 그렇게 아쉬워. 당사자는 속 편히 자고 있는데."

공항을 찾은 팬들 모습에 눈시울을 적셨던 성지훈은 방광을 비운 뒤로 수면 안대를 끼고 곯아떨어졌다.

승무원이 안쓰러웠는지 담요를 가져다 덮어준다.

꼭 늙은 부모님 이불 덮어주는 효녀 같다.

"고마워요."

넌지시 속삭였더니, 승무원이 살짝 웃고 속삭인다.

"진짜 브래드 피트 닮으셨네요."

내가 어색하게 웃는 사이 그녀는 돌아가고 유병재의 낄낄거리는 소리만 남았다.

뭐, 누굴 닮은 게 중요할까.

릴리시크를 위해서라면 광대 노릇이라도 해야지.

브래드톰? 빵 국장보다는 훨씬 낫네.

피식 웃는데, 예나가 또 날 보다가 눈이 마주치자 고개를 숙인다.

쟤는 오늘부터 미어캣이다.

*　　　　*　　　　*

"공항에 팬들 많이 왔다니까, 다치지 않게 조심하세요. 알았죠?"

비행기에서 내려 인원 체크를 하는 동안 제작진이 신신당부했다.

"뛰지 말고 빨리 걸으셔야 합니다. 뛰면 팬들도 같이 뜁니다. 크게 다쳐요."

자꾸만 다친다는 소리가 나오자 릴리시크 멤버들이 잔뜩 얼어붙었다.

"언니들, 조심해요. 아까도 팬들한테 인사하다가 넘어질 뻔했잖아요."

양 갈래로 머리를 땋은 소연우가 머리를 밧줄 흔들듯 돌리며 언니들을 걱정한다.

성지훈이 낄낄 웃으며 말했다.

"얘들아, 국내도 아니고 해외에 너희 팬들이 그렇게 많겠냐. 데뷔한 지 얼마나 됐다고."

"선배님, 진짜 우리 팬 한 명도 없으면 어떻게 하죠?"

"그래도 한 명은 있지 않을까?"

"제 생각에 네 명은 왔을 것 같아요. 공항에 오는데 그 정도는 오지 않았을까요?"

성지훈은 박은혜의 진지한 표정 앞에서 웃음을 참느라 입을 꾹 다물었다가 다시 물었다.

"아라, 너는?"

"전 여덟 명은 된다고 생각합니다. 우리가 넷이니까, 각자 최소 한두 명씩은 팬이 있지 않을까요?"

결국 성지훈은 피식 웃고 말았다.

'얘들은 소심한 건지 겸손한 건지 모르겠네.'

세계적인 감독이 뮤직비디오 연출, 거기에 포워리어즈가 세션까지 해준 걸 그룹인데, 팬이 여덟 명 오면 활동 접어야 하지 않을까 싶다.

심지어 유유가 프로듀싱 하고, 여섯소년들과 윤소림을 만든 미다스의 손이 만든 첫 걸 그룹 아닌가.

그 결과 타이틀곡 뮤직비디오 조회수는 24시간 만에 천만 뷰를 찍었고, 각종 음원사이트의 순위를 하나씩 끌어내렸다.

담담히 얘기하기에는 릴리시크의 데뷔 임팩트는 엄청났다.

대체 최고남은 이렇게 소심한 애들을 데리고 어떤 마법을 부린 거야.

문득 궁금해서 고개를 들어보니, 최고남이 진지한 얼굴로 유병재와 대화를 나누고 있었다.

분명 공연에 대한 얘기일 것이다.

저 녀석은 항상 생각하니까.

제 손으로 만든 스타가 가장 멋있게 등장하는 순간을.

"이동하겠습니다!"

마침내 인원 체크가 끝나고 이동이 시작됐다.

영국에서 KPOP을 빛낼 아이돌들이 보안 요원들을 따라서 줄지어 나간다.

성지훈도 릴리시크의 뒤를 따라서 이동했다.

벌써부터 들려오는 팬들의 환호성.

환호는 점점 커져서 게이트를 빠져나왔을 때는 귀가 먹먹할 정도였다.

성지훈의 심장은 거친 파도처럼 두근거렸다.

팬들 역시 아이돌들을 보며 심장이 두근거릴 것이다.

좋아하는 가수의 이름을 외치면서 옷깃이라도 스치려고 팔을 뻗는 팬들과 현지 기자들까지 가세하면서 환영 인파는 급속도로 불어났다.

─릴리시크!

─박은혜! 송지수! 소연우! 권아라!

금발 머리 여자애들이 한국인보다 찰진 발음으로 멤버들 이름을 외친다.

'여덟 명이라고? 훗.'

처음부터 말도 안 되는 소리였지만, 그래도 조금 걱정하긴 했는데 역시나 기우였다.

다양한 머리색, 다양한 피부색의 팬들이 릴리시크를 반긴다.

그 모습에 흐뭇해서 보던 성지훈은 문득 고개를 돌리다가 당황했다.

하지만 곧이어 미소가 흘러나왔다.

[성지훈 오빠! 영국에 오신 걸 환영합니다!]

*　　　　　*　　　　　*

"피디님, 아니, 형님, 그래도 웍스디가 릴리시크보다 선밴데, 저희가 뒷순서는 좀 아니잖아요?"

웍스디 매니저는 음악뱅크 피디를 찾아와서 하소연했다.

숙소에 도착하자마자 조연출이 리허설 순서를 알려줬는데, 다들 빨리 끝내고 휴식을 취하고 싶은 상황에서 릴리시크가 웍스디보다 앞순서였기 때문이다.

"이번만 그렇게 해. 성지훈이 마지막에 하는 대신에 릴리시크를 앞순서로 당긴 거니까."

"아, 그래요? 근데 성지훈이야 그렇다 치는데, 그래도 보기 안 좋으니까 그러죠. 피디님도 아시잖아요? 이것도 애들 자존심 걸린 일인데."

"그럼, 뭐 어떻게 하라고?"

"그러면… 이건 뭐예요? 릴리시크 다음 순서가 잠깐 비던데."

웍스디 매니저는 리허설 순서가 적힌 큐시트에서 공란을 가리켰다.

"그건 장비 테스트 하는 시간이야."

"여기 현지 업체에서 무대 세팅 끝났다면서요?"

"이따 테스트하는 건 최고남 대표가 있어야 가능한 거거든."

"예? 그게 무슨 소리세요?"

뜬금없는 소리에 웍스디 매니저가 눈썹을 추켜올렸다.

피디가 머뭇거리다가 다시 말했다.

"화상 연결 장비 테스트."

"화상 연결이요? 우리 공연 인터넷 생중계 해요?"

재차 묻자, 피디는 주위를 둘러보며 속삭이듯 말했다.

"너 이거 기자들한테 얘기하지 마."

신신당부하고.

"미국하고 연결하는 거야."

"미국이면… 미국에 누가 있는데요?"

이어진 얘기에 웍스디 매니저는 입을 벌렸다.

파리가 들락거릴 정도로 커진 입을 보면서 피디가 피식 웃는다.

"이제 알았지? 왜 최고남이 있어야만 할 수 있는지."

*   *   *

「New York, 시티필드 스타디움」

수용 인원 4만 명을 자랑하는 뉴욕매츠의 홈구장이 공연장으로 탈바꿈하고 있었다.

스태프들이 저마다 들고 다니는 무대 구성 기획안에 〈포워리어즈&유유〉라는 문구가 선명하다.

레전드와 톱 아이돌이 만남.

벌써부터 공연장 앞을 차지한 KPOP 팬들과 그들을 앞다퉈 취재하는 미디어의 열기로 6월의 뉴욕이 후끈 달아오르는 가운데, 주인공인 유유는 잔뜩 날카로워져 있었다.

항상 깔끔떨던 그의 턱이 까맣다.

탈색 머리도 오늘따라 지저분해 보였다.

하지만 다이아몬드에 먼지 좀 묻는다고 가치가 하락하진 않는 법.

"리프트 반자동이에요?"

"스크류 타입이라서 자동으로 올라갈 거예요."

"너무 빠르면 안 돼요. 아셨죠?"

"예."

"아, 그리고 사이드에서 소리가 약간 퍼지는 것 같은데."

"그쪽 스피커 문제 있어서 교체할 예정입니다."

"교체하고 저 불러주세요. 테스트하게. 그리고 또……"

유유는 이마를 긁적이며 무대를 둘러봤다.

이때, 옆에서 카메라를 든 VJ가 질문을 던졌다.

"무대는 항상 직접 챙겨요?"

유유는 굳이 돌아보지 않았다.

앞으로 한 달, 넷플렉스 촬영팀은 투어 일정을 함께하며 모든 순간을 카메라에 담는다.

완성된 영상은 넷플렉스 오리지널에서 팬들에게 공개될 예정.

"전문가들이 알아서 하겠지만 가만히 있을 수가 없네요."

"왜요?"

"뭐랄까. 가슴이 괜히 버석거리고 어딘지 불안해요."

"콘서트가 처음은 아니잖아요?"

"그러게요. 처음도 아닌데."

유유는 피식 웃으며 무대에서 보이는 관중석을 눈에 담았다. 탁 트인 하늘이 손에 닿을 것처럼 가까이 있었다.

"화상 연결 준비됐습니다!"

엔지니어의 외침에 유유와 카메라는 무대 전광판 쪽으로 자리를 옮겼다.

연결 과정에 대한 설명이 간략하게 이어졌다.

이제 화상 연결은 과거처럼 복잡한 시스템이 아니다.

화상으로 콘서트도 할 수 있을 만큼 기술이 발달한 세상이었다.

"지금 런던은 몇 시예요?"

"그쪽은 5시간 빠르니까 저녁 6시쯤 됐을 거예요."

엔지니어의 대답에 이어 VJ가 질문했다.

"음악뱅크 영국 공연하고 연결하는 거죠?"

"예. 잠깐 게스트로 출연해서 영국 팬들 만나려고요."

"영국 팬들 좋아하겠네요."

"그랬으면 좋겠는데."

설핏 미소를 짓고, 볼을 붉적이는 유유의 모습이 카메라에 담긴다.

VJ는 이번에는 조금 어려운 질문을 꺼냈다.

"그 사건 이후 국내 활동을 중단했잖아요?"

N탑과 유유는 단톡방 사건 이후로 국내 활동을 잠정 중단 한 상태다.

단톡방 스캔들은 단순한 연예 가십이 아니었기 때문에, 대중의 반응을 예측할 수가 없는 상황이었다.

국내에 목을 맬 이유도 없으니 유유가 국내 복귀를 강행할 이유도 없었다.

월드 투어를 택한 것은 그런 이유였다.

"팬들에게 오랜만에 인사하는 건데, 기분이 어때요?"

"설레죠. 팬들 만나는데."

"그럼 화상 연결은 유유의 아이디어예요?"

"아니요."

이번 화상 연결로 N탑은 유유가 직접 무대에 서지 않아도 국내 반응을 살필 수 있고, 음악뱅크는 유유라는 깜짝게스트로 화제를 낳을 수 있으니 누이 좋고 매부 좋은 일이었다.

하지만 아이디어를 떠올리고 추진한 사람은 N탑도 음악뱅크도 아니었다.

그 사람을 떠올리며, 유유는 카메라를 바라봤다.

VJ의 눈썹이 살짝 올라갔다.

오늘 처음으로 유유가 환하게 웃고 있었기 때문이다.

"연결됐습니다!"

시티필드 스타디움 무대 전광판에 음악뱅크 영국 콘서트가 열릴 예정인 '맨체스터 아레나 공연장'이 나타났다.

저쪽도 스태프들로 꽉 차서 정신없어 보이긴 마찬가지였는데, 화면이 잠깐 흔들리더니 최고남이 손을 흔들며 나타났다.

―잘 나오냐?

"잘 나와요. 그쪽은요?"

―화면도 목소리도 잘 들려. 너는 내 목소리 잘 들려?

"예."

―오케이, 피디님한테 마이크 넘길게.

최고남이 마이크를 피디에게 건네려고 하자, 유유는 입술을 머뭇거렸다.

"형!"

―왜? 할 말 있어?

"그게… 고……."

고맙다는 말을 하려고 했는데, 막상 하려니 입이 떨어지질 않는다.

―뭐? 어서 말해.

"그러니까, 고마……."

―뭐라는 거야? 야, 빨리 끝내고 성지훈 리허설 해야 해.

최고남이 재촉한다.

결국 유유는 눈을 질끈 감고 외쳤다.

"고구마가 감자보다 GI지수가 낮대요!"

잠시 뒤, 넷플렉스 촬영팀 카메라에는 눈을 가늘게 뜬 최고남의 얼굴로 꽉 찬 시티필드 스타디움 무대 전광판이 담겼다.

이어진 욕설은 삐 처리 될 예정이다.

*　　　　*　　　　*

「런던, 맨체스터 아레나 공연장」

작년 겨울, 함박눈이 내리던 날씨에 결혼한 송희 씨는 며칠 전 남편에게 특별한 선물을 받았다.

성지훈의 은퇴 소식으로 무기력증에 빠졌는데, 남편이 음악뱅크 영국 공연 티켓과 비행기 티켓을 식탁 위에 툭 던지면서 한마디를 한 것이다.

'심심하면 다녀오든가.'

무뚝뚝한 사람이 살뜰하게 숙소까지 잡아준 덕분에 송희 씨는 짐을 풀자마자 친구와 함께 공연장으로 달려왔다.

"와, 사람들 많다."

자정이 가까운 시각인데도 아레나 공연장 앞은 KPOP 팬들로 북적였다.

그중에는 음악을 틀어놓고 춤을 추는 팬들도 있었다.

"역시, 10대는 대단하네."

"그러게. 우리는 저렇게 못 하지. 무릎 나간다."

송희 씨와 친구는 아이돌의 격렬한 춤을 소화하는 팬들의 모습을 보면서 혀를 내둘렀다.

"경호원들 되게 많다. 공연장 안에 누가 있는 건가?"

"물어볼까?"

"그러자."

"Um… Excuse me, who's in the venue?"

송희 씨는 모여 있는 외국인 팬들에게 서툰 영어로 공연장에 안에 누가 있는지 질문을 했다.

그러자 레게 머리를 한 팬이 어깨를 으쓱하며 대답했다.

"Seong Ji—hoon is rehearsing inside."

"뭐래?"

"성지훈이 안에 있대!"

"정말?"

너무 놀라서, 송희 씨는 제 입을 가리고 꺅 소리를 삼켜야 했다. 그 모습을 보던 외국인 팬이 눈을 크게 뜨고 물었다.

"한국 분이세요?"

"어? 한국말 할 줄 알아요?"

"예, 당근이죠!"

송희 씨는 한국말을 유창하게 하는 외국인 팬의 모습에 다시 한번 놀랐다.

아무래도 가슴을 진정시킬 필요가 있었다.

그래서 숨을 고르고, 다시 물었다.

"저기, 안에 성지훈 있는 거 맞아요?"

"지금 공연장 안에 성지훈하고 퓨처엔터 식구들만 있어요. 성지훈을 제외하고 다들 리허설 마쳤거든요."

내일이면 볼 수 있겠지만, 보름달처럼 커진 송희 씨의 심장은 제어할 수 없을 정도로 뛰기 시작했다.

"아, 오빠 목소리 듣고 싶다."

"참아, 이것아."

"우리 오빠 저 안에 혼자 있다고 생각하니까 눈물 나서 그러지."

"퓨처엔터 식구들이랑 같이 있다잖아."

"그래도. 우리 오빠 외로움 많이 탄단 말이야."

송희 씨는 괜스레 발을 동동 굴렀다.

오빠, 하고 외쳐서 성지훈한테 왔다고 알리고 싶었다.

얼마나 가슴이 벅찬지 눈물까지 찔끔 나온다.

그런데 이때, 외국인 팬이 씨익 웃으며 말했다.

"저쪽으로 가면 리허설 하는 소리 선명하게 들을 수 있어요. 스태프들 지나가는 통로거든요."

일 초의 망설임도 없이 송희 씨는 친구의 손을 잡고 팬이 알려준 장소로 달려갔다.

비행기를 12시간 타느라 이미 오래전에 방전된 체력이었지만, 오빠를 향해 달려가는 이 순간 아랫배에 자리 잡은 지방 덩어리가 타오르면서 무한 에너지가 생성되고 있었다.

보고 싶어서 또다시 그대 사진을 꺼내요
그대는 날 참 많이 사랑했는데
나는 이제야 그 사랑을 알 것 같네요

오빠 목소리!

노랫말 한 소절에 송희 씨의 눈시울이 붉어졌다.

그래서 조금만 더 가까이, 한 발만 더 가까이 가려고 발을 뻗는데.

"Hey!"

날카로운 소리가 송희 씨의 구두코를 멈춰 세웠다.

옆을 보니 키가 큰 외국인 여자가 인상을 쓰며 다가온다.

포니테일로 높게 묶은 머리며, 벌어진 어깨며, 제복을 입은 모습이며 딱 봐도 보안 요원이었다.

"Get out of here!"

여자는 찌푸려진 인상과 한 톤 높은 목소리로 송희 씨와 친구에게 물러날 것을 지시했다.

"아, 쏘리! 마이 미스테이크!"

겁을 덜컥 먹은 두 사람은 뒤로 주춤 물러났지만, 여자는 그치지 않았다.

빠른 영국식 영어 발음을 송희 씨가 제대로 알아들을 수는 없었다.

단지 오빠를 가까이에서 보고 싶었을 뿐인데.

그래서 12시간을 날아온 건데.

잘못은 했지만 이게 그렇게까지 혼날 일인가 싶어서 서러움이 올라올 뿐이었다.

조금만 더 들었으면 분명 닭똥 같은 눈물이 뚝뚝 흐를 것 같았다. 아주 뚝뚝……

"그만해요, 팬들이니까."

휙 뒤돌아본 송희 씨의 눈에 들어온 사람은……

"우릴 위해 밤까지 고생해 주시는 거 고맙습니다. 그런데, 팬들에게 너무 큰소리치지 마세요. 윽박지르지도 말고. 다들 즐기려고 오는 거잖아요. 안 그래요?"

최고남이 빙긋 웃어 보이자, 보안 요원의 하얀 얼굴이 붉어진다.

"어디서 오셨어요?"

그렇게 묻는 얼굴을 보면서 송희 씨는 코를 훌쩍거리더니 닭똥 같은 눈물을 흘리기 시작했다.

서러움의 눈물이 아니었다. 반가움의 눈물이었다.

송희 씨는 두 팔을 벌려 그에게 달려갔다.

"브래드톰 대표님!"

최고남이 인상을 찌푸린다.

*   *   *

"브래드톰이구나."

예나는 팬에게 안겨 있는 최고남을 유심히 지켜보고 있었다.

한참 전에 리허설을 마쳤지만 공연장에 남아서 인스터 라이브 방송을 하는 중이었다.

성지훈의 리허설이 한창이라서 시끄러웠지만, 뭐, 늘 그렇듯 제 할 말만 실컷 하고 있었다.

"성지훈 오빠 멋있다!"

"성지훈 짱이다!"

"성지훈 선배님 최고!"

"성지훈! 성지훈!"

릴리시크와 퓨처엔터 식구들이 열렬한 응원을 보내고 있다.

리허설인데 왜 저렇게 오버하는 걸까.

'부문장님한테 하는 거면 또 모를까.'

예나는 콧잔등을 살짝 찌푸리고 다시 최고남을 바라봤다.

보고 있는 것만으로 미소가 나온다.

앗차, 라방 중이었지.

@only_lo_ve : 앗싸! 라방 들어왔다!

@big놈 : 누나 몸 다치지 마시고! 잘 다녀오세요!

@혼밥_인생 : 성지훈 리허설 하는 중이에요?

@여의도맛집 : 예나야, 밥 먹고 해! 영국 음식 최악이라는데 걱정된다

예나는 두 손에 턱을 받치고 빠르게 올라가는 댓글을 바라봤다.

눈동자에 비치는 수많은 댓글, 그중 하나에 눈길이 멈췄다.

@yes_guy : 언니, 현지 팬들 많이 왔어요?

"어, 엄청 많이 왔어."

지금도 많은 팬들이 밖에서 서성이고 있을 정도니까.

그래서 기분이 좋다.

팬들의 환호를 들으면 응원을 가득 받는 기분이니까.

@ex_퇴장합니다 : 근데 누나, 누나도 좋아하는 가수나 배우 있었어요?

"있었지. 아니, 현재진행형!"

@aut바크 : 진짜요? 누군데요?
@여름매미 : 이거, 내일 연예면 톱 이슈 각인데?
@딸기꿍치찜 : 예나야 말조심해야 해! 여기 네 팬만 있는 거 아니야!!
@우르사태새전환 : 괜찮아! 이성만 아니면 돼!

혹여 스캔들이 터질까 봐 걱정하는 팬들.
예나는 씩 웃고 핸드폰에서 눈을 떼고 공연장을 둘러봤다.
그런데, 미소가 사라지고 눈이 커졌다.
"어? 어디 갔지?"
어디 간 거야, 브래드톰!
최고남이 보이지 않자, 예나의 눈동자가 흔들리기 시작했다.
재작년 어느 날, 숙소 침대 밑에 가득 쌓아둔 쓰레기 더미를 최고남에게 들켰을 때처럼.

제4장

—

왕이 될 상인가

"브래드톰!"

그 이름을 목 놓아 불렀을 때, 불안하게 흔들리던 예나의 동공에 과거의 하루가 선명하게 비쳤다.

「2017년 여름, N탑」

밖은 무서울 정도로 매미 울음소리로 가득 찼지만 회의실 안은 아무 소리도 들리지 않았다.

예나의 귀를 사로잡는 것은 오직 에어컨 바람 소리뿐.

며칠 전 회사에서 연습생들 숙소를 긴급 점검 했는데, 그랬는데… 예나의 침대 밑에서 온갖 쓰레기들이 발견됐다.

심지어 구더기까지 기어 나와서 난리도 그런 난리가.

으, 구더기라니.

가끔 밤에 팔이 간지러울 때가 있었는데.

그러고 보니 전에 단백질 덩어리를 먹는 꿈을 꾼 적이 있었는데. 설마⋯⋯.

아무튼, 오늘 예나가 회의실에 앉아 있는 것은 그 일로 부문장과 면담이 잡혔기 때문이다.

"예나, 너 사고 쳤다며?"

회의실에 앉아 있는 그녀를 본 사람들은 지나갈 때마다 들러서 잔소리를 늘어놓았다.

"너 요즘 월말 평가 성적도 안 좋던데, 왜 그러냐."

"쯧쯧, 네가 너 이럴 줄 알았어. 이래서 데뷔는 할 수 있겠니?"

"예나야, 예나야, 우리 정신 좀 차리자!"

왜 하필 회의실이 통유리일까. 동물원도 아니고.

'어휴⋯⋯.'

잔소리에 짓눌린 어깨가 책상과 맞닿을 즈음, 회의실 문이 활짝 열렸다.

놀란 예나는 벌떡 일어났다.

무서운 부문장님 앞에서 운동화 속 발가락이 제멋대로 움직인다. 그런데, 부문장이 뭔가를 슥 내밀었다.

"아이스크림 먹을래?"

달달한 걸로 일단 안심시킨 다음에 공격하려는 모양이다.

예나는 아이스크림 하나를 건네받아서 포장지를 벗기고 한 입 조심히 깨물며 눈치를 살폈다.

"날이 더울 때는 아이스크림이 최고야, 그렇지 않냐?"

부문장님도 제 입에 아이스크림을 쏘옥 밀어 넣었다.

"여름에 숙소하고 연습실 오가기 힘들지?"

"……."

"그래도 지금은 진짜 좋아진 거래. 예전에 우리 회사에 에어컨도 없어서 초창기에는 대충 만든 연습실에서 선풍기 몇 대 가져다 놓고 땀 뻘뻘 흘리면서 연습했다더라."

"정말… 요?"

"대표님이 회식 자리에서 맨날 이 얘기 하거든. 나 때는, 나 때는… 근데, 뭐 어쩌라고?"

부문장이 어깨를 으쓱하고 피식 웃는 바람에 예나 역시 쿡 하고, 웃을 뻔했다.

'아니야! 이건 함정이야! 웃으면 왜 웃냐고 할걸? 으, 소름.'

두 얼굴의 부문장님을 떠올린 예나는 저도 모르게 어깨를 부르르 떨었다.

"추워? 에어컨 끌까?"

"아, 아니요."

고개를 가로젓자, 부문장이 에어컨 리모컨을 도로 내려놓았다.

그렇게 둘은 잠시 아이스크림에 집중했다.

예나는 계속 눈치를 보며 부문장님을 관찰했다. 그가 입안에서 아이스크림을 빙그르 돌리면서 호로록 소리를 내더니, 예나를 힐끗 바라봤다.

"너 월말 평가 성적 잘 나왔더라?"

아닌데.

지난번 월말 평가에서 보컬 선생님한테 지적받았는데.

'이건 그 유명한… 돌려 까기?'

역시나, 괜히 아이스크림을 준 게 아니었어!

"우리 예나는 늘 기대에 부흥하는 연습생이란 말이야."

부문장이 미소 짓는 바람에 예나는 마른침을 꿀꺽 삼켰다.

'해석을 해야 해, 해석!'

말에 담긴 의미를 해석해야 한다는 압박이 예나를 짓누르는 순간, 머릿속에서 띠리리 소리와 함께 자동 번역이 시작됐다.

[기대에 부흥 —> 역시 넌, 내 예상대로 엉망이야.]

'헐, 최악이잖아?'

큰일이다.

부문장님 눈에 못 들면 데뷔 못 하는데.

"부상도 한번 없었지? 몸 관리 잘하는 것도 마음에 들고."

띠리리리!

[부상도 한번 없었지? —> 그만큼 대충대충 연습한 거네.]

그, 그건 아닌데! 그래도 열심히 했는데!

연습량 톱이라는 소림 언니에 비할 바는 아니지만, 그래도 되게 노력했는데… 부문장님은 성에 차지 않았던 걸까.

"이대로 가면 머지않아 데뷔할 수 있겠다. 그치?"

띠리리리!

[머지않아 —> 적절한 시기 —> 대략적으로 10년 혹은 20년 뒤?]

'아, 안 돼!'

대한민국 아이돌 최초로 30대에 데뷔하는 자신의 모습을 떠올린 순간, 입에 문 아이스크림 막대기가 부러졌다.

툭, 소리에 놀란 예나는 벌떡 일어나서 허리를 숙였다.

"잘못했습니다!"

"너 왜 그래?"

"정말, 잘못했습니다! 잘하겠습니다! 더 열심히 하겠습니다!"

"알았어, 알았어. 앉아."

띠리리리!

[알았어, 알았어, 앉아 —> 그걸 이제 알았어? 앉기만 해봐!]

"잘못했어요, 부문장님! 다시는 구더기 같은 거 안 키울게요!"

아차.

"아, 키운 건 아니고요······."

서둘러 말을 정정했더니, 부문장님이 어깨를 들썩거리며 웃기 시작했다.

어찌나 크게 웃는지 밖에 있던 사람들이 쳐다본다.

눈가에 눈물까지 찔끔 나올 정도로 웃고 나서 그가 일어났다.

"그래. 알았어."

띠리리리!

또다시 머릿속에서 자동 번역 기능이 동작되려 하는 이때, 그가 손바닥을 내밀었다.

"아이스크림값 500원."

예나가 눈을 깜빡이자, 그가 피식 웃는다.

"오늘은 외상 처리 해줄게. 나중에 스타 되면 갚아."

이게 끝인가?

예나는 머뭇거리다가 입을 열었다.

"저… 끝이에요?"

"그럼 뭐가 더 있어?"

"더, 안 혼나요?"

아니면 연습생 평가에 반영하려는 걸지도.

그렇게 되느니 차라리 지금 혼나는 게 백번 낫다.

"안 혼내. 연습생 평가에 반영하지도 않을 거고."

"정말요?"

부문장님은 고개를 추켜든 예나를 내려다보며 미소 짓고 말했다.

"대신 조금씩 노력해 보자. 너는 물건을 조금 더 노력해서 버리고, 나는 널 조금 더 지켜보고. 괜찮지?"

예나는 눈만 동그랗게 뜨고 최고남을 바라봤다. 그러자 그가 예나의 볼을 검지로 툭 치고 웃는다.

"근데, 구더기는 좀 징그럽긴 하더라."

.

.

.

"아마, 그 순간부터였던 것 같아요. 제가 그 사람의 팬이 된 순간이."

그때를 떠올린 예나의 입가에 잔잔한 미소가 새겨지자, 라방 채팅창은 또다시 난리가 났다.

@big놈 : 누나, 대체 그 사람이 누구예요?

@ex_퇴장합니다 : 아, 내일 연예면에 이거 백방 올라오겠네요

@혼밥_인생 : 그것은… 사랑인가요?

@여의도맛집 : 다들 진정해요! 옛날얘기잖아요, 옛날!

@여름매미 : 그럴 때가 있지, 한순간에 푹 빠져 버리는 마법 같은 순간

@only_lo_ve : 충격!

＊　　　　＊　　　　＊

리허설을 성공적으로 마친 음악뱅크 제작진과 아이돌들은 숙소에서 휴식을 취했다.

다음 날이 본 공연이기 때문에 관광은 꿈도 꿀 수 없었다.

그저 각자 방에 틀어박혀 있거나, 호텔 안을 서성일 뿐이었다.

저승사자라고 다를까.

최고남은 방에서 엄란 피디와 성지훈 다큐와 관련해서 계속 얘기를 나누는 중이지, 낯선 나라 돌아다니다가 길 잃어버릴까 봐 밖에 나가지도 못하지.

아무튼 최악이라서, 저승사자는 무료함을 달래려고 망자의 명부를 뒤적거리는 중이었다.

[그러니까, 저장강박증의 주원인이 불안심리와 마음속 허전함 때문이다? 그래서 혼내는 대신에 칭찬을 했다?]

연습생들은 주로 월말 평가에 대한 부담, 체중에 대한 걱정, 숙소 생활의 불편함, 미래에 대한 불안 같은 것들을 안고 산다.

거기에 개개인의 사생활까지 겹치면서 몸과 마음이 방전되는 케이스가 발생한다.

주예나는 부모님의 이혼이 원인이었는데, 구더기 사건이 발생

하자 최고남은 정신의학과 상담의와 만나서 연습생 매뉴얼을 새로 만들었다.

허전함과 불안심리로 증상이 유발되는 경우가 많으니까, 그 두 가지를 중점으로 케어하는 방식으로.

예를 들어 아이스크림도 사주고, 혼내는 대신에 칭찬을 한다거나, 지나가다 반갑게 인사도 하고. 뭐 그런 것들 말이다.

[그러면 그렇지, 망자가 누군데 이유 없이 잘해주겠어.]

그것도 모르고 예나는 망자에게 흠뻑 빠졌으니.

어찌 됐든 그 결과가 망자의 덕으로 인정이 됐다는 스토리가 명부에 적혀 있었다.

[하여간 운도 좋아.]

저승사자는 최고남의 뒷모습을 힐끗 쳐다보며 중얼거렸다.

널찍한 등이 보인다. 그 옆에는 엄란 피다가, 그녀로 말하자면 최고남과 함께 있으면 갑자기 목소리 톤이 바뀌는 여자인데, 성지훈 다큐 찍으러 영국까지 따라왔지만 실상은 최고남에게 잘 보이려고 무진장 노력하는 중이다.

그런다고 최고남이 넘어갈지는 모르겠지만 말이다.

[에이, 심심해.]

명부에 흥미를 잃은 저승사자는 뒷짐을 지고 방을 빠져나왔다. 그렇게 호텔 복도를 어슬렁어슬렁 걷는 중에.

[어라, 누가 망자를 씹네?]

한달음에 달려간 방에는 매니저들이 모여서 마른안주를 씹으며 맥주를 마시고 있었다.

"아니, 릴리시크는 두 곡이나 부르는 것도 모자라서 무대연출까지 아주 세심하게 신경 써주던데, 이 정도면 특혜 아니에요?"

"특혜죠, 특혜. 아까 유유 화상 연결 한 거 봤죠? 최고남이 중간에 다리 놓은 거라던데, 피디가 아주 좋아 죽더만. 얼굴이 아주 하회탈이야."

"최고남 그 사람 너무 나대네."

"그러니까요. 솔직히 릴리시크 데뷔도 편법이지, 고만고만한 애들 어그로만 잔뜩 끌어서 이목 끌게 만든 거잖아요? 이거 연매협에 제소해야 하는 거 아닙니까?"

"원래 수단 방법 안 가리는 인간으로 정평이 나 있어."

"그나저나 공연 중간에 유유가 튀어나오면 어쩌라는 거예요? 갑툭튀도 이런 갑툭튀가 없지. 이러면 우리는 완전히 들러리잖아요?"

"그나마 우리는 좀 낫지. 10넘버즈는 아주 작살난 거잖아? 문제아 차강준이 빠진 10넘버즈와 피해자였던 유유가 동시에 무대에 나오면, 이건 뭐."

매니저들은 쑥덕거리며 빈자리를 바라봤다.

방금 전 화장실에 간 10넘버즈 매니저의 자리였다.

"근데, 10넘버즈 실장님은 영국에 왜 안 따라온 거예요?"

"아까 슬쩍 물어보니까, 어디가 아프다던데요? 몸살이라고 했나."

"그 양반 신내림 받는 거 아니야?"

"그게 무슨 소리예요?"

"그 양반 어머님이 강남에서 유명한 무당이잖아."

"정말요?"

"선거철 되면 여의도에서 온 차들로 점집 앞 도로가 마비된다잖아. 강남에 빌딩이 몇 채나 있고."

"와, 그런데 왜 매니저 일을 해요? 집에 돈이 그렇게 많은데."

"걔 말로는 기가 센 곳에서 일하지 않으면 신내림 받을 팔자라서 그렇다고 하더라고. 원래 연예계가 기가 센 인간들이 많잖아."

"와, 대박이네."

소름 돋은 웍스디 매니저가 제 팔뚝을 긁적이고 있을 때, 10넘버즈 매니저가 화장실에서 돌아왔다.

"무슨 얘기들 하고 계셨어요?"

"어? 아, 내일 공연 얘기 하고 있었지."

"공연이야 뭐 알아서 잘 돌아가겠죠."

웃으며 제자리에 앉은 매니저가 방 안을 둘러보며 팔뚝의 문신을 긁적거린다.

"좀 춥지 않아요?"

"그러게, 좀 쌀쌀하네. 프런트에 얘기해야겠다. 여기 룸 번호가 몇 번이지?"

"1408호요."

"어?"

신내림을 운운하던 매니저가 눈썹을 끔뻑 올렸다.

"왜요?"

"아니, 공포영화 그거 있잖아. 호텔 1408호에 묵으면 죽는다는… 귀신 들린 방 말이야."

"영화를 너무 보셨어."

10넘버즈 매니저가 피식 웃으며 자리에서 일어난다.

프런트에 전화하려고 수화기를 들었는데…….

뚜뚜. 뚜뚜.

"전화기가 왜 이래? 고장 났나? 제가 내려갔다 올게요."

문고리를 잡은 10넘버즈 매니저.

그런데.

"어?"

"왜 그래?"

"문이, 문이 안 열리는데요?"

"무슨 소리야?"

"문이 안 열린다고요!"

"나와봐!"

*   *   *

[호호.]

저승사자는 얼굴이 하얗게 질린 남자들이 앞다퉈 문고리를 잡는 모습을 뒤로하고 다시 어슬렁어슬렁 호텔을 돌아다녔다.

[심심하네. 심심해.]

그래서 망자와 관련된 타인의 기억이나 들여다볼까 생각할 때였다.

[웅? 성지훈이잖아?]

옷차림이 가벼운 걸 보니 바람 쐬러 나온 것 같았다.

아니면 출출해서 나왔는지도.

[아싸, 저 아저씨 술 엄청 좋아하는데.]

오랜만에 술맛 좀 보나 싶어 신이 난 저승사자는 성지훈의 뒤를 바싹 쫓았다.

하지만 성지훈이 슬리퍼를 찍찍 끌고 향한 곳은 호텔 로비의 책장 앞.

아무렇게나 놓인 책장을 멍하니 쳐다본다.

[뭐야? 책 보려고 온 거야? 되게 안 어울리네.]

실망한 저승사자는 고개를 절레절레 흔들고 뒤돌았다.

그런데 그때, 성지훈의 목소리가 들렸다.

"괜찮습니다, 괜찮아요."

뒤돌아보니 한 노인이 성지훈 앞에서 허리를 숙이고 있었다.

"정말 죄송합니다."

"괜찮다니까요, 발에 물이 좀 묻은 것뿐인데요."

성지훈의 발이 젖어 있었다.

청소하던 사람이 물걸레질을 하다 실수로 친 모양이었다.

몇 번이나 사과가 이어졌지만, 성지훈은 계속 괜찮다면서 노인을 안심시켰다.

그 모습을 유심히 지켜보던 저승사자는 노인과 성지훈을 둘러싼 심상찮은 기운을 느꼈다.

[이 느낌은… 운명의 변곡점?]

저승사자는 성지훈의 운명에 무슨 일이 벌어지려 하고 있다는 것을 직감했다. 그래서 왼쪽 눈을 슬며시 가렸는데.

『성지훈 : 계축(癸丑)년 기미(己未)월 계묘(癸卯)일 출생』

『운명 : A』

『현생 : S』

여기까지는 망자 최고남이 보던 것과 다르지 않다.

하지만 저승사자가 볼 수 있는 생의 계획은 그보다 한 차원 높은데.

『현생부(現生簿) 요약 : 1997년 데뷔해서 절정의 인기를 누림… 2000년에 혜성처럼 등장한 이시현에게 밀려서 슬럼프에 빠지게 되고… 이후 어렵사리 재기에 성공하게 되나, 표절 논란으로 은퇴… 최고남의 노력으로 2018년 10월 컴백했지만 현재는 은퇴를 준비 중… 그리고』

[응?!]
순간 저승사자는 눈을 부릅떴다.

전생부와 달리 현생이 기록되는 현생부에는 가까운 시일 내 일어날 일이 예고편처럼 기록된다. 그래서 매번 현생부의 끝자락 내용이 바뀌는데, 지난번에는 화려한 컴백을 예고하고 있었고 지금은……

『그리고 그의 다음 운명은 貴族이다.』

[귀족?]
낯선 단어에 저승사자는 눈만 깜빡였다.
그러다가 생각했다.
[저 인간… 왕이 될 상인가?]

「음악뱅크 월드 투어 in 영국 콘서트」

"드디어 결전의 날이군."

"아주 바글바글하네."

입장을 앞둔 맨체스터 아레나 공연장 앞은 케이팝 팬들로 가득했다.

"젠장, 케이팝이 뭐라고."

"어제 근무 중에 트러블 있었다며?"

"말도 마, 눈 찢어진 애들이 서성거리길래 경고했더니 가수 매니저가 나타나서 경고하더라고. 팬한테 그러지 말라고."

"제대로 쪽팔렸겠네. 오늘은 최대한 친절하게 해보라고, 크크."

"헛소리! 테러범한테 친절하게 구는 거 봤어? 나는 내가 해야 할 일을 할 거야!"

보안 요원은 인상을 팍 찌푸리며 못마땅한 시선으로 케이팝 팬들을 노려봤다.

젊음의 열기는 늘 사고를 부르기 때문이다.

"관객 입장 합니다!"

*   *   *

"악! 대표님, 저한테 기 좀 나눠주세요! 제발요!"

소연우가 방방 뛰면서 내 두 손을 꽉 잡는다.

"오히려 나한테 기 빼앗기면 어떻게 하나?"

"아니에요, 제가 보기에 대표님은 기가 엄청나요."

아니야, 연우 네가 모르나 본데. 너하고 10분 얘기하면 내가 소파에 드러눕는단다.

"대표님, 격려와 응원의 말씀 부탁드립니다!"

누가 보면 전쟁터에 나가는 줄 알겠네.

특별 MC 한번 하는 거 가지고 뭘 이렇게까지 난리인지 모르겠다만.

"실수하면 죽는다."

"딴 거요, 딴 거."

"좋은 기회니까 열심히 해."

"하나만 더요!"

소연우가 작은 입을 오므리고 눈을 질끈 감았다.

녀석의 맨들맨들한 이마에 내 얼굴이 비치는 기분이다.

어떤 좋은 말을 해줄까 고민하다가, 입맛 한 번 다시고 말했다.

"연우야, 데뷔라는 판을 깔아줬으면 알아서 열심히 해야 하는 거야. 잘나가는 멤버 옆에서 박수만 치다가 은퇴할 거 아니지? 열심히 해서 네 밥그릇 챙기려무나."

소연우가 눈을 스윽 뜬 순간.

좀 전까지 불안하게 흔들리던 동공에서 광채가 빛난다.

"밥그릇 챙기러 다녀오겠습니다!"

드레스 입고 할 말은 아닌 것 같다만.

옆에서 지켜보던 피디가 입술을 푸르르 떤다.

"최 대표님, 심심하지는 않으시겠네요?"

나는 고개를 끄덕였다.

진짜 퓨처엔터에는 심심할 날이 없으니까.

근데, 음악뱅크 피디도 이제 심심하진 않을 것 같아 보인다. 웍스디 매니저가 숨을 헐떡거리며 달려오고 있거든. 아니나 다를까, 피디의 양어깨를 꽉 잡고 뭔가를 속삭거린다.

"뭐어? 귀신?"

피디가 학을 떼며 되묻는다.

"예에, 진짜 호텔에 귀신 있다니까요?"

"세상에 귀신이 어디 있어?"

"피디님, 진짜라고요. 진짜 어젯밤에……."

"아, 정말! 그만 안 해?"

"정말인데……."

"쓸데없는 소리 그만하고, 가서 당신 애들 신경이나 써! 무대 안 올라갈래?"

화가 난 피디가 목청을 높일 때, 저승이가 내게 슬쩍 다가와 속삭였다.

[어제 매니저들이 모여서 술 한잔 마셨는데, 방문이 잠겨서 안에 갇혔대요.]

'그래?'

[예, 전화도 안 돼서 새벽까지 난리 법석을 피웠답니다.]

'신기하네.'

[안에서 그렇게 난리를 쳤는데 밖에서는 아무도 몰랐다네요. 더 신기한 건, 갑자기 문이 탁 하고 열렸다나 뭐라나.]

'근데 너는 어떻게 그걸 알아?'

[제가 했으니까요 흐흐.]

그러면 그렇지.

아무튼 소연우가 무대로 올라가고, 관객들의 함성이 케이팝의 영국 상륙을 알린다.

무려 2만여 명의 관객.

케이팝을 함께 듣고, 케이팝을 함께 부르고, 케이팝을 따라서 춤을 추는 축제가 아이돌 MC들의 활기찬 목소리와 함께 시작된 것이다.

―안녕하세요, 음악뱅크 시청자 여러분!

―Hello, British K―Pop fans, we are here!

함성은, 더 큰 함성을 부른다.

―연우 씨, 오늘이 6·25 전쟁 제69주년 기념일이잖아요?

―예!

―그 당시 수많은 나라가 한국을 도와주기 위해 참전한 사실도 아시나요?

―물론이죠! 그건 상식 아닌가요?

―그럼 영국에서도 5만 6천 명의 군인이 한국을 돕기 위해 바다를 건넜다는 것도 아시나요?

―당연히, 잘 알고 있습니다! 무려 5만 6천 명의 젊은 군인들이 생면부지의 타국의 국민들을 위해서 위험한 전쟁에 참전했다고 하죠?

―예, 맞아요. 물론 영국뿐 아니라 많은 참전국이 한국을 도왔지만 영국은 미국에 이어서 두 번째로 많은 참전 인원이라고 합니다.

―그분들의 희생이 없었다면 케이팝이 없었을 수도 있었겠네요?

나는 무대 뒤에서 스태프들 틈에 껴서 무대를 모니터링했다.

소연우가 실수 없이, 그러나 아주 기계 같은 목소리로 마이크를 소화하고 있었다.

"역시 연우네. 저 정도면 처음치고 잘하는 거지."

성지훈이 팔짱을 낀 채 흐뭇해한다. 메이크업을 진작 마친 그는 TVX 카메라 앞에서 다큐에 필요한 모든 것을 찍고 있었다.

혼잣말, 인터뷰, 좋은 선배의 모습 같은 거 말이다.

"오늘 왜 이렇게 기분이 들떴어요?"

"내가 어제 영국 팬을 만났거든."

성지훈한테 영국 팬이라니.

아무리 글로벌 시대라지만 아이돌도 아니고.

"어제 술을 얼마나 마신 거예요?"

눈을 흘기며 물었더니, 성지훈이 기가 찬 듯 헛웃음을 흘린다.

"진짜거든? 손녀가 케이팝 좋아해서 자기도 찾아 듣다가 내 노래 듣고 팬이 되셨다는 거 아니냐."

"예예."

"진짜라고!"

성지훈이 내 멱살을 잡고 흔든다.

"형님, 카메라, 카메라."

"편집할 거거든? 그렇죠, 엄 피디?"

엄란 피디가 웃음을 꾹 참고 고개를 끄덕거린다.

하여간, 세상에 믿을 사람 없어요.

대충 흔들려 주고 정신 차렸더니, 언제 왔는지 머릿기름 자글자글한 곱슬머리가 우리 옆에 있었다.

KIS 박상훈 씨피였다.

성지훈 다큐에 한 다리 걸치려는 게 분명하다.

맘씨 좋은 방송국 사람들 뭐 그런 이미지로.

"지훈 씨! 오늘 무대 기대하겠습니다! 파이팅!"

박 씨피가 어울리지 않게 주먹을 불끈 쥐고 외친다.

"하하, 열심히 할게요, 근데 내가 평균연령 확 올려서 어쩌죠? 괜히 미안하네."

"미안하긴요. 지훈 씨 마지막 무대 우리와 함께해 줘서 저희가 고맙지."

"여러모로 신경 써줘서 고마워요. 영국 콘서트에 TVX 팀까지 합류하게 해주고."

"지훈 씨 다큐 찍는데 그 정도 양해는 해줘야죠. 안 그래요?"

박 씨피가 날 향해 왼쪽 눈을 찡긋한다.

왜 저래, 마그네슘이 부족한가?

"고맙습니다, 제가 서울 가면 제대로 한턱내겠습니다."

"뭘 그런 거 가지고. 우리야 또 프로그램에서 만날 텐데. 빠른 시일 내에."

동그란 눈에서 흘러나오는 이글거리는 탐욕을 애써 모른 척하고 성지훈과 함께 대기실로 이동했다.

엄란 피디와 카메라도 쉴 틈 없이 옆에 붙었다.

대기실에서는 TVX B팀 카메라가 오성식 매니저와 인터뷰 중이었다.

"우리 지훈이는요, 원래 싸가지가 없었어요."

오성식 매니저의 담담한 고백.

성지훈이 그걸 보며 한숨 쉰다. 쪽팔린다면서.

"스타병도 엄청 심했죠."

잠깐만, 그런 얘기는 나중에.

"그래서 가끔 지랄하면 그냥 받아주는 척만 하고 그랬어요."

저런 얘기를 하면서 눈물을 흘리는 오성식 매니저는 대체 어떤 사람인가.

"옛날부터 칭찬을 또 엄청 좋아했어요. 애가 소심해서, 아니, 세심한 편이라서 말 한마디에 상처받고 들뜨는 놈이었거든요, 흐흑."

오성식 매니저가 눈물을 훔친다.

성지훈은 고개를 절레절레 흔들었고, 나는 그 모습을 웃으며 지켜봤다.

정 이상하면 날리면 되니까.

"그랬던 놈이 어느 순간부터 변했어요. 팬들이 항상 우선순위가 되더니, 모든 것이 팬들을 기준으로 변했어요. 사실 표절 논란 때도 팬들이 실망할까 봐 도망쳤던 겁니다. 바보 멍청이."

오성식 매니저가 코를 훌쩍거리면서 휴지를 찾는다.

그래서 성지훈이 다가가 휴지를 건네자, 킁! 하고 코를 푼 꼬질꼬질한 휴지를 도로 건넨다.

성지훈이 일그러진 얼굴로 휴지를 받았다.

TVX 팀의 인터뷰는 계속 이어졌다.

릴리시크를 비롯한 후배 가수들은 성지훈에 대해서 아는 것을 모두 쏟아냈다.

90년대의 아이콘, 좋은 선배님, 가요계의 귀감, 원조 케이팝…….

그 사이 무대의 주인은 여러 번 바뀌었고, 이제 뉴욕과의 화상 연결 시간이 다가왔을 즈음.

내 핸드폰이 부르르 떨었다.

수신자를 확인할 새도 없이 전화를 받았다. 그 녀석일 테니까.

—어디예요?

"바다 건너에서 너 기다리고 있지."

—형, 지난번에요.

"뭐? 고구마?"

—그거 실은…….

"나도 알아."

네가 나한테 고마워하는 거.

물론 나도 너한테 고맙다. 내 업보를 되돌릴 기회를 줘서.

그러니까 유유야.

.

.

.

—오늘 실수하면 확 죽여 버린다.

최고남의 목소리에, 유유는 핸드폰을 손으로 가리고 피식 웃으며 속삭였다

"역시, 부문장님이라니까."

—뭐라고?

들었나?

"아무것도 아니에요."

—싱겁긴.

"형, 그거 알아요?"

—뭐가?

"슈퍼스타 유유가 무대에 오르기 직전까지 통화한 사람이 형인 거."

그러니까 영광인 줄 아시라고.

유유는 핸드폰을 매니저에게 건네고 무대에 올라갔다.

맨체스터 아레나 공연장에 2만 명이 모여 있다면, 여기 뉴욕 시티필드 스타디움에는 4만 명이 모여 있다.

그럼, 런던과 화상 연결을 하면 도합 6만 명인가?

6만 명의 함성은 엄청날 것이다.

.

.

.

대기실까지 함성이 넘어온다.

꼭 지진이 난 것 같다. 대기실 테이블에 놓인 커피 잔이 미세하게 흔들릴 정도다.

이유는 하나.

유유가 등장했기 때문이다.

당장 가서 나도 무대 전광판을 보고 싶지만, 지금은 여기서 내가 할 일이 있다.

내 스타, 릴리시크와 성지훈이 가장 빛날 수 있도록 옆에 있어주는 것.

나는 매니저니까.

"성지훈 씨, 준비해 주세요! 유유 화상 연결 끝나면 바로 올라갑니다!"

대기실 문을 밀치고 들어온 스태프가 목에 두른 무선 인터컴을 덜그렁거리면서 외친다.

나는 마지막 체크를 하는 성지훈과 우리 식구들을 바라봤다.

한 번 더 메이크업을 체크한 성지훈이 날 보며 미소 짓는다.

"그럼, 마지막 밥그릇 챙기러 가볼까?"

농담할 여유가 있는 걸 보니까 걱정은 안 해도 되겠네.

"그냥, 재밌게 놀다 와요. 당장 은퇴하는 것도 아니고 아직 콘서트 일정도 남았는데."

성지훈이 고개를 끄덕인다.

잠시 뒤, 유유의 화상 연결이 끝났다. 성지훈은 리프트를 타고 무대에 올라가기 때문에 나도 함께 무대 뒤편으로 향했다.

스태프들이 분주하게 움직이는 곳에서 말 한마디 붙이려면 목청을 높여야 했다.

"저기 형님!"

리프트에 오르려던 성지훈이 고개를 돌린다.

"왜!?"

"그거 알아요?"

"뭘?"

"슈퍼스타 성지훈과 함께해서 영광이라는 거!"

나는 인상까지 써가며 소리쳤는데, 성지훈의 미소는 꼭 잔잔한 물결처럼 부드럽다.

"헛소리하지 말고, 지켜봐! 쇼타임이니까!"

*   *   *

「성지훈 7집 타이틀곡 — 약속」

애들아, 갑자기 여름이 찾아왔어
그래서 난 오늘부터 새로 시작하게 될 거야
너희는 아마 익숙한 내 모습을 기대했을지도 모르지만
미안한데, 그거 다 잊어줄래?
내게 그 어떤 것도 기대하지 말아줘
그렇다고 너희들을 외면하겠다는 건 아니야
내가 존재하는 유일한 이유를 외면할 리 없잖아
it's just, 너희와 내가 더 좋아하는 것을 찾기 위한 과정이야
because, 나는 이제 진짜 모습으로 너희 앞에 나타날 거니까
애들아, 이번 여름은 특별할 것 같아
사실 난 항상 남들의 이야기에 귀 기울였어
모두가 어쩌면 그걸 당연하게 생각했는지도 몰라
미안한데, 그거 다 잊어줄래?
내게 그 어떤 것도 기대하지 말아줘
이제는 분명하게 말할게, 난 새로 시작할 거야
아무것도 보이지 않는 길에서 오직 너희들만 보고 달려갈 거야
그러니 약속해 줄래?

나와 함께 언제까지 함께해 주기를……

"하아, 하아……."

무대를 뛰어다녔다.

25년을 노래를 불렀다.

그때마다 앞에는 관객이 있었다.

때로는 힘들었지만, 거의 모든 순간이 행복했다.

"하아, 하아……."

성지훈은 마이크를 떼고 거친 숨을 토해냈다.

고장 난 심장소리와 팬들의 함성이 세상에 남은 소리의 전부
인 것 같았다.

지금 이 순간 딱 한 사람만 떠올랐다.

그 얼굴을 떠올리니 미소가 나온다.

방금 전까지 실컷 봤는데도 말이다.

이런 순간을 다시 경험하게 해준 최고남에게 고마울 뿐이었다.

그래서 힘을 내 크게 숨을 들이켜고 마이크를 입에 가져갔다.

마지막 무대의 마지막 곡을 힘껏 외칠 차례니까.

"다음 곡은……."

그런데, 성지훈은 눈살을 찌푸렸다.

무대 아래에 어제 본 노인이, 아니, 팬이 경호원에게 끌려가고
있었다.

그것도 아주 거칠게.

그 모습을 본 순간 머리가 뜨거워졌다.

여기가 어디인 줄도 잊어버릴 정도로. 마이크를 쥔 것조차도.

"야, 그 손 안 놔! 그 사람 내 팬이야!"

다음 순간, 성지훈이 무대에서 사라졌다.

뛰어내린 것이다. 그는 팬을 향해서 달려가고 있었다.

*　　　*　　　*

"가, 가수 어디 갔어?"

돌발 상황이 벌어졌다.

좀 전까지 성지훈이 열정적으로 뛰어다니던 무대에 성지훈은 온데간데없이 사라지고 마이크만 덩그러니 놓여 있었다.

─성지훈 지금 팬한테 달려가고 있습니다!

방황하던 피디는 무선 인터컴에서 들린 목소리에 정신을 차렸다.

모니터링 화면에 다시 성지훈이 잡혔다.

입은 단단히 다물고 오직 팬만 보면서 달려가고 있는 모습이었다.

"지, 지금, 뭐 하는 거야!? 최 대표……."

고개를 돌리던 피디가 눈을 깜빡거린다. 좀 전까지 옆에 있던 최고남이 보이지 않았기 때문이다.

"성지훈에게 달려간 것 같은데요?"

"누가 그걸 몰라?"

음악뱅크 선지혁 피디는 화를 버럭 내지르고 모니터를 노려봤다.

뭔가를 조처하기에는 상황이 너무 빠르게 흐르고 있었다.

성지훈은 순식간에 보안 요원에게 끌려가던 팬 앞에 당도했다.

보안 요원을 밀치더니 팬을 끌어안는다. 때마침 최고남도 화면에 나타났다. 그는 곧장 성지훈에게서 팬을 양도받아 무대 사이드로 빠졌다.

"아주… 호흡이 딱딱 맞네……."

선 피디가 넋 나간 사람처럼 중얼거리는 사이 성지훈은 다시 무대에 올라왔다.

마이크를 잡더니 눈을 지그시 감는다.

가슴이 들썩이는 모습을 보니 호흡을 가다듬는 것 같았다.

다행히 팬들의 환호는 끊기지 않고 있었다.

오히려 좀 전보다 더 크게 그의 이름을 외치고 있었다.

─성지훈! 성지훈! 성지훈!

젠장.

선 피디는 입술을 깨물고 타이밍을 체크했다.

방금 전 상황은 차후 묻고 일단은 무대를 완성시켜야 하니까.

"특수효과팀, 폭죽 대기합니다!"

긴장된 순간, 성지훈이 다시 눈을 뜨고 노래를 이어갔다.

맥없이 흐르던 리듬에 그의 목소리가 일치한 순간, 선 피디의 눈이 커졌다.

"터뜨려!"

화려한 불꽃이 이어졌다.

다행히 앞의 상황을 잊게 만들기에 충분할 만큼 효과적이다.

선 피디는 한숨을 길게 내쉬며 땀이 맺힌 이마를 훔쳤다.

그런 다음 목에 두른 헤드셋을 벗어 던지고 일어났다.

"최 대표 어딨어?"

　　　　*　　　　　*　　　　　*

　노인은 눈처럼 하얀 머리카락을 가지고 있었다. 지금 상황에
당황한 듯 보였지만 눈빛은 차분해 보였다.

　반면 금발의 손녀들은 놀란 듯 계속 같은 말을 했다.

　"갑자기 소지품을 확인한다면서……."

　대충 어떤 상황인지 알겠다.

　보안 요원이 소지품을 확인하는 과정에서 강압적으로 행동한
것 같다.

　아까 얼굴을 보니 어제 나와 입씨름했던 사람이기도 했고.

　어휴.

　뭐 어쩌겠나. 일은 벌어졌고, 성지훈의 매니저는 난데.

　상황이 벌어졌으니 최대한 수습해야 한다.

　생방송이었으면 방송 사고지만, 다행히 녹화방송.

　성지훈이 욱하긴 했어도 보안 요원에게 가해를 입힌 것도 없다.

　그렇지만 두 번째 무대는 통째로 날려야 할 것 같다.

　아마 선 피디도 그 정도 계산은 섰을 거다. 폭죽을 터뜨린 건
분위기 환기용이었을 테고.

　일단은 피디한테 사과부터 해야겠지만, 나는 왠지 지금 상황
이 나쁘지 않다는 생각이 들었다.

　내 가수가, 너무 멋있었거든.

　그리고 우리 퓨처엔터 식구들.

　불안해하는 노인과 손녀들의 곁을 지키고 있다.

　유병재가 물을 떠 오고, 차 팀장이 노인을 안심시킨다.

릴리시크도 손녀들 곁에 모여들었다.

[아저씨.]

저승이가 날 부른다.

[아저씨.]

재차 불러서 고개를 돌렸다.

저승이가 노인을 바라보고 있었다.

뭐가 보이는 걸까?

하지만 나는 아무것도 안 보인다.

눈을 감아봤지만 전생부는 물음표투성이었다.

그러고 보니 환생을 포기한 이후부터 계속 이 상태다.

신의 배려가 끝난 건지도 모르겠다.

전생부를 통해 생과 생의 이어짐을 깨우치고 업을 반성하고 잘못을 뉘우치라고 했던 신이었다.

그러면서 신가영의 미래는 왜 보여줬는지 모르겠지만.

아무튼 지금은 변덕쟁이 신을 탓하고 있을 시간이 없다.

곧 피디가 대기실 문을 벌컥 열 테니까.

'뭐가 보이는 거야?'

저승이는 천천히 노인에게 다가갔다.

묵직한 걸음걸이로, 가로막은 공기를 뚫고 지나가서 노인의 어깨에 손을 댄 다음에 나를 바라본다.

이 순간, 나는 저승이의 눈동자를 통해 볼 수 있었다.

.

.

.

"괜찮다니까요, 발에 물이 좀 묻은 것뿐인데요."

성지훈의 찰진 영어 발음에 정신을 차렸다. 그 앞에는 노인이 당황한 모습으로 서 있었다.

여기는… 숙소구나.

그럼 어젯밤일 테고.

"아휴, 걱정하지 말아요."

성지훈이 재차 말하고 손사래를 치자, 당황하던 노인의 얼굴이 조금 편해졌다. 그런 노인의 모습이 측은했는지 성지훈이 너스레를 떨며 물었다.

"여기서 일하시는 거예요?"

"시니어 인턴으로 일하고 있습니다."

"아, 그렇구나. 실례지만 연세가 어떻게 되시는데요?"

노인이 여덟 손가락을 두 번 흔들었다.

"와, 전혀 그렇게 안 보이시는데요?"

입을 크게 벌리고 놀라는 성지훈의 모습에 노인이 처음으로 미소를 보였다.

그는 성지훈을 빤히 보다가 말했다.

"당신을 알아요. 한국에서 온 가수죠?"

"절 아세요?"

"손녀가 한국 노래를 좋아합니다. 물론 이제는 내가 더 좋아하지만."

노인의 눈가에 잔주름이 깊이 새겨졌다.

성지훈이 크게 웃고 말했다.

"영국에도 제 팬이 있다니, 정말 기쁘네요. 혹시 내일 공연에 오시나요?"

"손녀가 티켓을 구하려고 했지만 못 구했다고 하네요."

"오케이, 잠깐만 기다리세요."

성지훈이 노인에게 당부하고 어디론가로 달려갔다. 아마 내 방일 것이다. 어젯밤에 다짜고짜 들이닥쳐서 티켓을 챙겨 갔으니까.

잠시 뒤 얼굴이 활짝 편 성지훈이 다시 돌아왔다.

노인에게 티켓을 꼭 쥐여주면서.

"제 팬이라니까 드리는 거예요, 저 나올 때 박수 쳐주셔야 해요?"

저러려고 티켓을 뺏어 간 거네.

뭐가 저렇게 좋다고 헤헤 웃는지 모르겠지만.

성지훈이 손을 흔들고 제 방으로 돌아가자 노인은 티켓을 한참 동안 들여다봤다.

그런 그의 어깨에 저승이가 또다시 손을 가져갔다.

.

.

.

이번에는 영국의 가정집이다.

"할아버지, 릴리시크가 리저브 호텔에 묵을 거래요!"

노인은 쓰던 안경을 벗고 방에 들어온 손녀들을 바라봤다.

흥분하고 들뜬 손녀들이 그의 팔에 달라붙었다.

"할아버지, 릴리시크 알아요? 할아버지가 좋아하는 한국에서 활동하는 아이돌이에요."

"할아버지는 알걸? 매일 한국에 대해 검색하시니까."

"하긴, 할아버지는 한국을 무척 사랑하니까. 우리보다 더."

껄껄 웃는 노인을 보며 손녀가 콧잔등을 찌푸린다.

"할아버지, 한국은 어떤 나라였어요?"

"글쎄다. 내가 갔을 때는 사막보다 황량하고, 겨울의 웨일스보다 삭막한 나라였지."

"에이, 한국의 서울은 런던보다 화려하다는데요? 유튜브에서 보면 나무도 울창하고 빌딩도 엄청 많던데. 진짜 가보신 거 맞아요?"

손녀의 말에 노인은 잠깐 허공을 바라봤다.

아주 잠깐, 미소만 지어 보이던 그의 얼굴이 굳은 것처럼 보였다.

"미안한데, 내가 조금 피곤하구나."

손녀들이 방을 나가자, 그는 굽은 허리를 펴고 일어나 책상에서 뭔가를 꺼내 들었다.

아주 오래된 사진이었다.

사진을 보는 그의 눈을 통해 나는 또 다른 시간 여행을 할 수 있었다.

*   *   *

"최 대표, 어떻게 된 거야!"

정신을 차렸을 때, 나는 대기실로 돌아와 있었다.

쾅!

대기실 문이 벌컥 열렸다. 박상훈 씨피가 눈을 부릅뜨고 들어왔다.

"최 대표!"

넋 나간 날 향해 그가 고함을 쳤다.

나는 겨우 한마디 뱉었을 뿐이다.

"죄송합니다."

"이게 죄송하다고 될 일이야? 갑자기 왜 뛰어 내려간 거야?"

박 씨피의 목소리가 쩌렁쩌렁했지만, 나는 그에게서 시선을 떼고 노인에게 다가갔다.

나를 바라보는 노인과 눈높이를 맞추고 최대한 예의를 갖춰 말했다.

"감사합니다. 정말… 감사합니다."

지금 내가 할 수 있는 유일한 말이었다.

                    *   *   *

"음, 음음……."

BBC 기자 로라 파커는 인터넷을 검색하며 콧노래를 흥얼거렸다.

그녀의 현재 관심사는 6.25전쟁.

올해로 69주년을 맞이한 한국전쟁에 관심을 가진 것은 영국이 미국에 이어 두 번째로 큰 병력을 지원한 참전국이었기 때문이다.

세월이 흘러 많은 이들이 잊고 있었지만 누군가는 기억해야 하는 법.

하지만 기사가 나가도 사람들의 관심을 불러일으키긴 힘들 것 같았다.

이런 기사를 누가 좋아하겠는가.

콰쾅!

흐릿한 흑백 영상에서 비행기들이 포탄을 쏟아낸다.

엄청난 굉음과 함께 순식간에 산이 사라지고 검은 연기가 자욱하게 흘렀다.

젊은 군인들은 나무 하나 없는 벌판을 달리면서 총을 쏜다.

탱크가 지나가는 길목마다 먼지가 흩날렸다.

쏘고 또 쏘고, 걷고 또 걷고.

불길과 폭음이 반복되는 영상을 보면서 로라는 저도 모르게 한숨을 길게 내쉬었다.

계속 보다가는 머리가 어떻게 될 것 같았다.

영상을 보는 것만으로도 이 지경인데, 군인들은 오죽했을까.

매일을 두려움에 사로잡혔을 것이다.

"헤이."

키가 큰 동료 기자가 커피로 목을 축이는 그녀에게 다가왔다.

그는 목을 길쭉하게 빼서 모니터를 들여다보더니 그녀를 측은하게 쳐다봤다.

"국장님한테 얘기 못 들었어?"

"들었어."

로라는 볼펜을 입에 물고 마우스를 다시 클릭하며 영상을 틀었다.

하지만 동료 기자가 다시 키보드의 스페이스바를 툭 누르면서 영상이 멈췄다.

"그런데 왜 이런 걸 봐. 시선을 끌 만한 기삿거리를 찾아야지."

영국은 브렉시트(영국의 EU 탈퇴) 국민투표 3주년을 맞았지만 여전히 EU 회원국으로 남아 있는 상태였다.

런던 시민들이 브렉시트 반대를 외치며 대규모 시위를 하고, 총리가 결국 사퇴까지 했지만 앞으로도 상황은 나아질것 같지 않았다.

이대로라면 정치권의 대립이 왕실까지 이어질 것은 불 보듯 뻔한 일.

그것 때문에 윗선에서 눈길을 돌릴 만한 기삿거리를 가져오라고 은근히 압박을 주는 모양새였다.

"마음에 안 들어."

"당연히 마음에 안 들겠지. 로라 기자님."

동료 기자는 빙긋 웃더니 마우스를 대신 손에 쥐었다.

잠시 뒤에 모니터에는 케이팝 영상이 흘러나왔다.

"그래도 가끔은 이런 재밌는 영상을 찾아보라고. 그게 정신 건강에 도움이 되니까."

"하여간 못 말린다니까."

로라는 케이팝에 빠진 동료 기자의 뒷모습을 보며 피식 웃었다.

그래서 잠깐, 커피 잔이 비워질 때까지 영상을 보고 다시 마우스를 향해 손을 뻗으려고 할 때였다.

"응?"

자동으로 이어진 다음 영상의 제목이 눈에 들어왔다.

[내 팬 건들지 마! —맨체스터 아레나에서 벌어진 일—]

무대에서 노래를 부르던 케이팝 가수가 경호원에게 끌려가는 팬을 위해 마이크를 던지고 달려간다.

그 모습에 관객석에서 팬들의 환호성이 터지는 꽤 재밌는 영상인데, 어젯밤 올라온 영상이 조회수가 벌써 백만이 훌쩍 넘었다.

"이런 가수가 다 있네."

아무튼 덕분에 잠깐 머리를 식힐 수 있었다.

다시 마우스를 향해 손을 뻗으려 할 때였다.

로라 기자는 문득 방금 전 팬의 얼굴이 어디서 본 것 같다는 생각이 들었다.

다음 순간 머릿속에서 천둥 번개가 친 것처럼, 그녀의 눈이 번뜩 뜨였다.

"분명 봤는데……."

서랍과 책상을 뒤적인 끝에 그녀가 파일철에서 기사 하나를 찾아냈다.

올해 초, 6.25 참전 용사의 한국 땅에 묻히고 싶다는 생전 뜻에 따라 한국에서 유해봉환식이 진행된 적이 있었는데, 그때 자리에 있던 노인이었다.

참전 용사의 동료였으며, 그 또한 참전 용사.

로라 기자는 사진을 보며 마른침을 꿀꺽 삼켰다.

"그러니까, 이 가수가 달려가서 지킨 팬이 6.25 참전 용사였다는 거잖아?"

로라 기자는 다시 모니터를 바라봤다. 머릿속에서 벌써 기사의 초안이 떠오른다.

그러니까, 영상을 찬찬히 다시 봐야 할 것 같았다.

이건 특종이다.

*　　　*　　　*

리허설과 이틀 연속 본 공연으로 이어진 축제는 성공적으로 끝이 났다. 옥의 티가 있었다면 공연 첫날 성지훈의 돌발 행동이었지만, 전체적으로는 사건 사고 없이 잘 마무리한 공연이었다.

영국에 온 지 4일 차.

음악뱅크팀과 가수들은 이제 한국으로 돌아갈 준비를 하고 있었다.

"박 씨피가 뭐래?"

성지훈이 아침부터 내 방에 들이닥치더니 괜스레 방 여기저기 눈길을 두며 묻는다.

"글쎄요, 저도 잘 모르겠네요."

나는 어깨를 으쓱하고 대답했다.

방송국에서 제일 싫어하는 게 출연자의 돌발 행동인데, 성지훈의 행동은 생방송이었으면 KIS 출연 정지는 각오해야 할 만큼 큰일이었다.

"야, 네가 모르면 어떻게 해?"

"저라고 어떻게 하나부터 열까지 다 알겠습니까?"

"너 미다스의 손이잖아!"

낮간지럽게 왜 이러실까.

"왜요? 쫄려요?"

안달 내던 성지훈이 피식 웃더니 침대에 털썩 주저앉았다.

꺼진 TV에 입꼬리 올라간 그의 모습이 비친다.

"나야 이제 은퇴하는데 뭐 상관있겠냐. 릴리시크나 소림이한테 피해 갈까 봐 그러지."

"그래서 애들한테 잘 말해둘 생각입니다. 너희 선배 때문에 우리가 굶어 죽게 생겼지만, 이해하자고."

"야아!"

흐흐.

"그러게 왜 그런 돌발 행동을 하셨어요?"

"아니, 팬이 끌려가는 거 보니까 머리가 하얘지더라고."

"누가 보면 팬에 살고 팬에 죽는 사람 같네. 형님 20대 때는 안 그러셨잖아요? 팬이야 당연히 있는 거라고 생각하시지 않았어요? 이시현이 나타나지 않았으면, 형님은 여전하셨을걸요?"

2000년대를 화려하게 수놓은 월드 스타는 말 그대로 혜성처럼 등장해서 성지훈이라는 세상을 박살 냈다.

남자 솔로 가수로 독보적이었던 성지훈의 인기는 칼로 도려낸 듯 이시현에게 옮겨졌고, 팬클럽 회원들은 새로운 스타를 쫓아서 이탈했다.

팬클럽 회장까지 성지훈을 팽개치고 떠나 버렸을 정도니까.

그때 얻은 교훈이 없었다면 성지훈의 팬 사랑은 존재하지 않았을 거다.

소 잃고 외양간 고친다는 교훈 말이다.

"그 자식 얘기를 여기서 왜 해!"

"아니, 형님의 역사를 얘기하자면 그분이 빠질 수가 없으니까요."

"빼도 돼, 빼!"

피식 웃고 나서, 나는 다시 말했다.

"별일 없을 거예요, 신경 쓰지 말아요."

"진짜?"

"생방송도 아니었고, 무대야 편집하면 되는 거고. 뭐, 국장님 찾아가서 알랑방귀 좀 뀌어야죠."

알랑방귀뿐인가. 금두꺼비라도 들고 가야겠지.

일이 잘 안 풀린다면 말이다.

하지만 그럴 리는 없을 것 같다.

[어디까지 봤어요?]

창가에서 들린 목소리.

햇살을 등진 저승이의 모습이 보인다. 오늘따라 앞머리의 곱슬기가 더 도드라져 보인다. 그래도 햇살 아래 있으니 조금은 사람 같아 보이네.

아, 그래서 어디까지 봤냐고?

노인의 눈을 통해서 나는 전쟁을 생생하게 목격하고 왔다.

시간 여행을 주제로 하는 영화를 보면서 어떤 기분일까 궁금한 적이 있었는데, 내가 죽어서 시간 여행을 할 줄은 몰랐다.

여행의 끝은 노인의 시선으로 본 미래의 어느 날이었다.

거기서 성지훈은…….

생각했더니 팔뚝에 소름이 돋는다. 저승이가 씨익 웃는다.

"아무튼 미안하게 됐다. 막판에 내가 큰 실수 했다."

성지훈이 리모컨을 찾아 들며 한숨 쉬듯 말했다.

"미안하게 됐으면 은퇴를 연기할까요?"

"그건 아니지."

"혹시 알아요? 형님이 월드 스타가 될지."

"뭐? 푸하하!"

성지훈이 웃음을 터뜨렸다.

"그뿐인가. 엘리자베스 여왕님께 귀족 작위를 하사받을지도 모르죠."

이제는 배를 잡고 숨을 헐떡거린다.

"하아… 저 미친 자식. 야, 어떤 시나리오야? 뭘 봤길래 그런 말도 안 되는… 하아, 윤소림이 이번에 들어가는 게 그런 거야? 되게 유치하네."

간신히 허리를 세운 그가 입가에 남은 잔웃음을 털어내고 나를 바라본다.

"고마웠다. 나 다시 찾아와 준 거."

"다 잘될 겁니다."

내 말에 성지훈이 피식 웃으며 중얼거린다.

"자식, 꼭 미래라도 보고 온 것처럼 얘기하네."

성지훈이 TV를 향해 리모컨을 내민다.

화면이 켜지고, BBC 뉴스 화면이 나타났다. 가만히 보던 성지훈이 잠시 뒤에 눈을 동그랗게 뜨고 물었다.

"이거… 몰래카메라냐?"

고개를 가로젓자, 성지훈이 다시 물었다.

"근데 왜… 내가 뉴스에 나와? 그것도 BBC에?"

*   *   *

"거봐요! 제가 뭐라고 그랬습니까? 퓨처엔터 언젠가 사고 칠 거라고 했잖아요?"

"난들 그런 일 생길 줄 알았냐?"

선 피디는 인상을 잔뜩 찌푸리고 엘리베이터에서 내렸다.

바싹 붙어 쫓아온 윅스디 매니저가 신이 나서 떠든다.

"이대로 넘어가실 것 아니죠? 이거 엄청 큰일이잖아요? 예전에 생방 중에 홀라당 옷 벗고 뛰어다니던 놈이랑 다름없잖아요? 무대에서 소리를 지르질 않나, 뛰어 내려가질 않나. 와, 이거 그냥 넘어가면 안 되죠. 씨피님은 뭐래요?"

"상욱이 형도 제대로 빡돌았어."

더 웃긴 건 최고남의 행동이었다.

대기실에 갔더니, 최고남이 노인 앞에서 무릎을 숙이고 감사하다는 말을 하고 있었다. 감사해? 뭐가 감사해?

이해할 수가 없어서, 다들 황당하게 그 모습을 바라봤었다.

"거봐요, 거봐."

"일단 한국 돌아가서 다시 얘기할 거야."

"형님, 이거 그냥 넘어가시면 안 돼요. 본보기 삼아야 합니다. 다들 퓨처엔터 행태 보면서 솔직히 불만이 이만저만 아닌데도 피디님이니까, KIS니까 그러려니 하고 있는 건데, 여기서 또 그냥 넘어가면 형평성 논란 일어납니다."

"모르겠다. 사장님이 워낙 최 대표를 좋게 봐서 말이야."

선 피디는 목을 긁적거리면서 로비를 가로질렀다.

역시나 이번 일은 그냥 넘어가기 곤란하다.

말 그대로 형평성 논란이 일어날 게 뻔하고, 나중에 또 이런 일이 발생하지 않게 하려면 본보기를…….

선 피디가 쭉쭉 뻗던 걸음을 멈췄다. 핸드폰에 전화가 걸려온 것이다.

전화를 받는 그의 모습을 웍스디 매니저가 실실 웃으며 쳐다본다.

'퓨처엔터 이 자식들 한번 엿 돼봐라! 이참에 릴리시크도 우당탕탕 넘어지고 말이야.'

그렇게만 된다면 꿩 먹고 알 먹고, 도랑 치고 가재 잡는 일 아닌가.

매니저들이 뭉쳐서 강하게 어필하면 아주 불가능한 일도 아니다.

생각만으로 통쾌하지만, 웍스디 매니저는 들뜬 얼굴을 티 내지 않으려고 노력했다.

그래서 입술을 꾹 다물고 시선을 돌렸는데, 카메라를 든 사람들이 호텔로 뛰어 들어오는 게 아닌가.

'기자들인가?'

외국 기자들인 것 같았다.

그들이 호텔 프런트 데스크로 우르르 몰려갔다.

'우리 때문에 온 건 아닌 것 같고……'

고개를 갸웃하던 웍스디 매니저가 눈을 번쩍 떴다.

'설마, 테러?'

등골이 오싹해지고 오금이 저리는데, 기자들이 갑자기 이쪽을 바라본다. 근데… 왜 이쪽으로 오는 거야? 심지어 뛰어온다.

"뭐, 뭐야."

당황할 때, 옆에서는 더 놀란 목소리가 튀어나왔다.

"외교부요?"

화들짝 놀란 얼굴의 선 피디가 핸드폰을 다시 붙잡고 되물었다.

"외교부에서 왜요?"

외교부? 뭔 개소리야?

웍스디 매니저가 두 눈을 깜빡거리는 동안 기자들은 흡사 좀 비처럼 달려들고 있었다.

"피디님!"

"왜? 헉!"

눈 깜짝할 새에 코앞에 온 기자들의 모습에 선 피디가 뒤로 주춤한 순간, 기자들은 동시에 물었다.

"Where is Seong Ji—hoon?!"

성지훈이 어디 있냐고?

당황한 선 피디는 마른침을 꿀꺽 삼켰고, 웍스디 매니저는 오른손을 활짝 펴면서 말했다.

"파, 파이브… 5층!"

＊　　　　＊　　　　＊

「KIS 드라마국」

빵 국장은 KIS 김도식 사장과 바둑 한판을 두는 중이었다.

탁!

"아니, 이 수는……."

"흠, 방 국장님, 오버하지 맙시다."

"오버라니요, 이 수는 진짜 상상도 못 했습니다. 적을 막았다고 생각했는데… 이건 뭐, 뒷목에 칼이 드리워진 상황 아닙니까? 이야, 제가 이런 수를 또 보네요. 이거야말로 신의 한 수!"

"하하하! 뭘 또 그렇게까지!"

"아닙니다, 신의 한 수예요! 사장님, 저한테 거짓말하신 것 아닙니까? 이건 아마가 아닌데요? 프로잖습니까!"

칭찬은 고래도 춤추게 하는 법.

김도식 사장이 흡사 무협소설 주인공처럼 껄껄 소리 내 웃는다.

방 국장은 흐뭇하게 웃으며 생각했다.

'신의 한 수는 무슨. 아, 이 양반, 바둑 더럽게 못 두네. 최고남이 자식, 내가 그놈의 자식 때문에 별의별 짓을 다 한다.'

영국에서 퓨처엔터가 사고 쳤다는 소식이 전해졌다.

그래서 방 국장은 사장의 비위를 맞추려고 노력하는 중이었다. 최고남이 징계 안 먹게끔 하려면 이 수밖에 없지 않나.

물론 나중에 대가는 톡톡히 받을 생각이지만. 이자까지 얹어서.

"최 대표 일은… 어떻게… 생각해 보셨습니까?"

"해외에서 일어난 일이고, 크게 문제 되진 않았으니까 경고하는 선에서 마무리하는 게 좋지 않겠습니까?"

"잘 결정하셨습니다."

방 국장은 씰룩거리는 입꼬리를 꾹 누르고 말했다.

그러자 김도식 사장이 바둑알을 만지작거리며 중얼거린다.

"그나저나, 내가 최 대표한테 너무 큰 기대를 했나 봅니다."

"기대요?"

"사람들이 하도 미다스의 손이니, 최고남 매직이니 해서 조금 특별하게 생각했는데, 이런 일은 미다스의 손도 어떻게 할 수 없는 모양인가 봅니다."

"최고남이 자기 사람은 잘 챙기는 편인데… 원숭이도 나무에서 떨어진다더니, 이번에는 제대로 실수한 것 같습니다."

"아니아니."

김도식 사장이 손사래를 치더니 잠깐 바둑판에서 시선을 뗐다.

방 국장이 쳐다보자, 그는 보일 듯 말 듯 한 미소를 짓고 얘기를 이었다.

"내 말은, 그러니까 그런 일이 벌어지면 말입니다. 왜, 돌발 상황이야 항상 일어나는 거니까. 그래서 난 최 대표라면 어떻게 상황을 수습하고 정리를 할까 궁금했거든요. 아니면, 반전이라도 있을까 싶었는데……."

김도식 사장이 피식 웃는다.

"역시, 최 대표도 사람이네요."

"그렇죠 뭐."

방 국장은 어색하게 웃었다.

어쩌면 그 말이 당연한 건지 모르겠지만, 최고남의 주변에서는 놀라운 일들이 끊이질 않았었다.

그래서 이번에 일이 벌어졌다고 했을 때도, 왠지 모를 기대를 했었다.

물론 거기서 기대할 게 뭐가 있겠냐마는, 그래도.

"아무튼 그냥 넘어가는 대신, 이번에 톡톡히 받아내세요. 알겠죠?"

"아휴, 당연하죠. 윤소림 차기작까지 가져오겠습니다."

"그건 과한 거 아닐까요? 하하하!"

국장실이 다시 웃음으로 가득 찼다.

그런데, 노크 소리가 거칠게 들린다.

"뭐야?"

다급하게 들어온 비서는 태블릿을 불쑥 내밀었다.

"사장님, 이것 좀 보십시오! BBC 뉴습니다!"

"BBC?"

무대에서 뛰어내려 팬에게 달려가는 성지훈의 모습.

그 영상이 BBC 뉴스에 나오고 있었다.

"이게 뭐예요?"

"그날 일이 BBC 뉴스에 나온 겁니다!"

"왜요?"

"세상에, 성지훈이 달려가서 보호한 팬이 6.25 참전 용사였다고 합니다!"

김도식 사장의 눈이 번뜩 뜨였다. 방 국장도 뒤통수가 얼떨떨했다.

"유튜브에서 이 영상 조회수가 벌써 천만이고요, 영국 현지에서 관련 기사들이 쏟아지고 있습니다!"

"그래서, 그쪽 반응이 어떤데요?"

"아름다운 장면이라고 찬사가 쏟아지고 있습니다! 지금도 SNS에서 계속 퍼지고 있습니다!"

숨이 넘어갈 듯한 비서의 말에 김도식 사장과 방 국장은 두 눈을 깜빡이며 서로를 바라봤다. 그런 둘에게 비서가 한마디를 덧붙였다.

"그리고, 주 영국 대사관에서 선 피디하고 성지훈 씨를 초청하고 싶다고 연락이 왔습니다!"

"오늘이 귀국인가요?"

"예!"

"그럼 선 피디한테 빨리 연락해요, 거기 더 있으라고!"

김도식 사장이 바둑알을 내려놓고 벌떡 일어났다.

그런데 비서가 움직이지 않는다.

"뭐 해요? 어서 연락하지 않고."

"이미 귀국 못 할 것 같다고 연락이 왔습니다!"

비서는 크게 숨을 고르고 다시 말했다.

"현지에서, 인터뷰 요청이 쇄도하는 중이라서요."

김도식 사장은 태블릿을 손에 쥐고 뉴스 영상을 다시 살폈다.

몇 번을 보고 나서 방 국장에게 물었다.

"이게 그겁니까?"

방 국장이 미소를 지으며 고개를 끄덕인다.

"예, 이게 그겁니다. 최고남 매직이요."

오후가 되자 한국에도 소식이 전해졌다. 그리고 어김없이, 기사가 쏟아지기 시작했다.

[단독] 성지훈의 팬 사랑, 영국에서도 통했다!

[단독] 또 퓨처엔터!

[단독] 강제 컴백 한 성지훈! 은퇴… 가능할까?

＊　　　　＊　　　　＊

[종합] 영국은 지금 성지훈에게 푹 빠졌다

[단독] 성지훈, 외교부 행사에 초청받았다!!

[단독] 영국 참전 용사 '헤리 영'과 성지훈 다시 만난다!

[투데이IS] 바람 잘 날 없는 퓨처엔터, 그러나 이런 바람은 대환영!

[부제] 그날 성지훈은 무대를 뛰어 내려갔다. 팬을 위해서.

[기자의 수다] 성지훈은 은퇴할 수 없다.

─성지훈이 국내외 안팎으로 화제인 가운데, 얼마 전 그가 선언한 은퇴에 관심이 집중되고 있다. 음악뱅크를 마지막으로 모든 방송 활동을 마칠 예정이었던 그는 지금 은퇴는커녕 국내에 귀국도 못 하고 있다. 하여 팬들뿐 아니라 네티즌들은 성지훈의 상황을 두고 〈강제 은퇴 번복 상황〉이라며 재밌게 지켜보는 중이다.

[와, 기사들 장난 아니네.]

저승이가 오만상을 찌푸리고 핸드폰을 들여다본다.

아직 한국에는 이곳 상황이 정확하게 전달되지 않아서인지 기사들이 중구난방이다. 심지어 유튜브 댓글을 퍼다 나른 기사도 있을 정도니까.

[성지훈은 아주 얼이 빠졌는데요?]

메이크업 중인 성지훈은 여전히 넋이 반쯤 나간 얼굴이다.

인터뷰 요청이 쇄도하고, 외교부에서 주최하는 행사에 초청하고 싶다는 연락까지 받은 이 상황이 말이다.

취재 열기는 영국도 한국 못지않다.

현지 방송국에서 호텔에 불시에 찾아와 카메라를 들이밀기도 했다.

오프라인이 이 정도인데, 온라인은 오죽할까.

SNS에서 성지훈 관련한 해시태그는 쉽게 찾을 수 있었다.

유튜브 영상에는 외국 팬들이 성지훈의 행동을 찬사하는 댓글이 지금도 실시간으로 달라붙고 있다.

이건 파도다.

물살이 너무 세서 나조차도 중심을 잡을 수가 없는 파도.

'인터뷰 일정이 많아. 다 소화하려면 체류 기간을 더 늘려야겠는데?'

나는 스케줄이 적힌 수첩을 넘겨보며 고민했다.

저승이가 혀를 내두른다.

[설마, 영국에서 활동이라도 할 거예요?]

'당연하지.'

이건 그냥 파도가 아니다.

성지훈이 만든 예기치 못한 기회다.

내가 할 일은 이 흐름에서 최선의 선택과 빠른 결정으로 템포를 이어가는 거다.

생각해 보면 얼마나 두근거리는 일인가.

어쩌면, 성지훈이 세계로 나갈 수 있을지도 모를 일이다.

내 머릿속에서는 이미 그런 무수한 상상과 그림들이 나뭇가지들처럼 쭉쭉 뻗고 있었다.

[성지훈 은퇴는요?]

'되겠냐?'

이렇게 스케줄이 쏟아지는데?

차라리 악덕 매니저라고 다시 욕을 먹는 한이 있어도 성지훈의 은퇴는 잠시, 아니, 아주 먼 훗날로 미뤄야 한다.

팬들이 저렇게 원하는데 쉰다는 것은 욕심이지.

그러니 계속 굴러야 한다.

"이 또한 지나가리라."

성지훈이 아까부터 저 말을 중얼거린다. 혼잣말도 부쩍 늘었다.

"할 수 있어, 성지훈. 그래, 인터뷰만 잘하고 은퇴하는 거야."

어, 안 된다니까.

고개를 휘휘 젓는데, 대기실 문이 열리고 금발의 여자가 밝은 표정으로 들어왔다.

"10분 뒤에 스튜디오 녹화 진행합니다!"

영국에서의 첫 정식 인터뷰.

가만, 그러면 BBC 뉴스에 출연하는 한국 연예인은 성지훈이 최초인가?

아무튼 이 인터뷰가 끝나고 대사관에도 가야 한다.

거기서 노인, 아니, 참전 용사를 만날 예정이다.

"다 끝났습니다!"

메이크업이 끝나고 성지훈이 눈을 떴다.

일어나 심호흡하는 그에게 가까이 갔다.

"고남아."

"예."

"나… 떨고 있냐?"

나는 성지훈의 주먹 쥔 손을 모른 체하고 말했다.

"아니요."

"…진짜?"

"아, 쫌!"

나는 성지훈의 등을 내려치고 스튜디오로 떠밀었다.

*　　　　*　　　　*

「일주일 후, 인천공항」

"대체 퓨처엔터는 뭐 하는 거야? 일주일이나 지났는데, 공식 입장이라도 내야 될 거 아니야?"

인천공항에 모인 기자들은 볼멘소리를 뱉었다.

일주일이나 지났지만 아직 퓨처엔터는 그 어떤 입장 발표도 하지 않고 있었다.

그래서 기자들은 외신을 통해서 기사를 내는 상황이었다.

어제는 브리튼 갓 탤런트에서 성지훈을 초청했다는 기사가, 오늘은 영국의 유명 가수가 성지훈과 듀엣을 하고 싶다는 제안이 기사로 나왔다.

"어이, 황 기자! 뭐 연락 온 거 없어?"

세러데이 황숙회 기자.

퓨처엔터의 파수꾼, 특종 거머리, 치사빤쓰, 최고남 바라기 같은 숱한 별칭이 붙은 그녀를 질투하는 수많은 기자들이 입꼬리를 올리고 비아냥거린다.

"글쎄? 그게 왜 궁금하실까."

"에이, 없나 본데?"

"그렇게 생각하시든가."

"아, 뭐야. 있으면 좀 같이 먹자고."

"아휴, 우리가 언제 밥그릇 나누는 사이라고. 그리고 난 혼밥

할 겁니다!"

황 기자는 후후, 웃으며 여유 있는 모습을 보였다.

하지만 애끓는 속마음은 아무도 모른다.

'아니, 왜 전화를 안 받아!'

최고남 이 인간!

악어새를 위해 입 한 번 쩍 벌리는 것이 그렇게 힘든 일이란 말인가!

아니면 뭐야? 밀당이야?

'설마, 지난번에 삼각김밥으로 때웠다고 아직도 꽁해 있는 거야?'

그게 언제 적 일인데!

아니, 그냥 몇 마디만 해주면 되는 거 아니야, 비하인드 스토리 말이야. 썰 같은 거!

성지훈하고 그 일로 뭔가 얘기를 했을 것 아닌가.

그때의 상황, 혹은 그 이후에 대기실에서 있던 일들!

퓨처엔터는 기사 내서 좋고, 이쪽은 단독 내서 좋고, 누이 좋고 매부 좋은 일이건만 왜 이렇게 사람이 뻣뻣한지.

음성 메시지에 불만, 협박, 하소연, 설득 4종 세트를 남겼음에도 최고남은 감감무소식이다.

'하, 이렇게 나오신다? 이제 퓨처엔터가 잘나간다 이거지?'

사람이 이래서 문제다.

잘나가면 올챙이 적 시절을 기억 못 한다.

한때 한강 변에서, 단둘이 차 안에서 숨죽여 가면서 지남철과 남여울의 밀회 현장을 포착했던 우리가 아닌가.

한채희의 필리핀 원정 도박은 또 어떻고.

심지어 〈플레이리스트〉 촬영 때는 기자 인맥 동원해서 성지훈을 찾아줬지 않나.

그런데 어떻게 이럴 수 있단 말인가.

하지만 그녀 홀로 아무리 불만을 쏟아낸들 공염불일 뿐이다.

"나올 때 됐는데."

기자들은 입국 게이트에서 시선을 떼지 못했다.

이제 곧 음악뱅크 씨피와 피디, 그리고 최고남과 성지훈이 입국한다.

물론 기자들의 관심은 성지훈과 최고남이었다.

그래서 목 놓아 기다리는 중이었고, 황 기자 역시 카메라를 단단히 쥐었다.

"나온다!"

박상욱 씨피와 선 피디가 게이트를 빠져나오기 시작했다.

카메라 플래시가 일제히 터진다. 그런데.

"왜 성지훈하고 최고남은 안 나와?"

기자들이 웅성거리는 가운데 선 피디가 포토 라인에 서서 상황을 전달했다.

"퓨처엔터 최고남 대표님과 성지훈 씨는 스케줄 때문에 현지에 남았음을 알려 드립……."

"장난해!"

"에이씨! 그걸 왜 이제 말해요?"

일부 기자는 고성을 질렀고, 일부 기자들은 분통을 터뜨렸다.

개판 오 분 전의 아수라장을 보면서 황 기자는 씨익 웃었다.

최고남과 성지훈이 영국에 남았을 거라는 그녀의 예상이 적

중했다.

"그래서, 나는 영국행 티켓을 준비했다 이거지."

출국 게이트를 벗어난 황 기자는 열심히 달렸다.

입국 게이트로

오직 특종을 찾아서, 최고남을 찾아서.

비행기에 몸을 싣기 위해서 말이다.

                *   *   *

"땡큐!"

리처드 감독은 테이크아웃 햄버거와 콜라를 손에 쥐고 사람들로 바글바글한 거리를 지나쳤다.

LA의 점심시간은 할리우드의 수많은 인맥이 탄생하는 만남의 장이다.

스태프들은 영화 얘기를 하고, 에이전트와 배우들은 자신을 구원할 사람을 찾는다.

리처드 감독은 이런 곳에서 십수 년이 넘는 세월을 보냈다.

"갑자기 옛날 생각이 나네."

십수 년째 똑같은 햄버거 맛인데, 오늘은 한 입 베어 물자 옛 생각이 난다.

금발의 에이전트가 오디션 결과를 재촉하면서 귀찮게 했던 그때의 기억.

결과적으로 리처드 감독은 그녀가 데려왔던 배우를 걷어찼고, 후회는 지금까지 이어지고 있었다.

이렇듯 선택이란 중요한 것이고, 기회는 예고 없이 찾아왔다 가차 없이 떠난다.

"관두자, 관둬."

리처드 감독은 햄버거를 입에 구겨 넣고 빨대를 입에 물었다.

한 손에는 핸드폰을 들고 유튜브 영상을 재생했다.

곧이어 BBC 뉴스 앵커가 영국식 영어를 구사하며 재밌는 영상을 소개하기 시작했다.

한국의 가수가 콘서트 중에 보안 요원에게 끌려가는 팬을 향해서 달려가는 영상인데, 이게 지금 영국에서 난리란다.

끌려가는 팬이 참전 용사라는 사실까지 밝혀지면서 이 한국 가수는 거의 영웅 취급을 받는 중이었다.

"한국 가수면, 최서준하고 아는 사이일까?"

해소되지 않은 궁금증을 되새기며 리처드 감독은 이번에는 다른 영상을 재생했다.

최서준이 지난번에 소개시켜 준 한국에서 온 여배우의 영상이었다.

산소마스크를 쓰고 촬영에 임하는 영상이었다.

"한국 사람들은 다 이런가."

리처드 감독은 혀를 내둘렀다.

아무튼 오늘은 이 영상 속 여배우에게 씬 하나를 주기로 결정했다.

원래 예정된 배우가 사고가 나서 급하게 제안했는데, 한국에서 온 여배우는 흔쾌히 하겠다고 나섰다.

"안 할 줄 알았는데……."

리처드 감독은 어깨를 으쓱하고 남은 햄버거를 입에 구겨 넣었다.

.

.

.

"액션!"

또다시 오디션에 떨어진 동양인 배우는 지친 걸음으로 거리를 걷는다.

그러던 중 거리에서 전단지를 돌리는 닭을 보게 된다.

빨간 벼슬, 노란 털이 가득한 닭.

닭은 쉴 새 없이 전단지를 돌리고 배우는 그 모습을 물끄러미 바라본다.

비가 쏟아지고.

닭은 전단지를 제 품에 감추고 고스란히 비를 맞는다.

배우 역시 비에 젖어갔다.

비를 피해 뛰어가는 사람들, 속도를 높이는 도로의 차들.

그 속에서 둘만이 정적인 상태로 있었다.

그때, 음악이 흐른다.

닭과 배우는 동시에 서로를 향해 손을 내밀었다.

손이 맞닿고, 둘은 발을 맞춰 블루스를 추기 시작한다.

리처드 감독의 영화 〈라이프 오브 치킨〉의 한 장면이었다.

"오케이!"

컷 소리가 떨어지기 무섭게 카메라 밖에서 대기하던 사람들이 검은 머리를 휘날리며 달려가서 닭 탈을 벗겼다.

그 안에서 나온 여자에게 손 선풍기와 물수건이 달라붙는다.

현장 스태프들의 시선도 자연스럽게 모여들었다.

여자의 얼굴은 온통 땀에 젖어 있었지만, 오히려 그래서 더 눈을 떼기 힘든 외모였다.

"저 여자도 한국에서 온 배우인가?"

"서준이 리처드한테 소개한 배우야. 한국에서 지금 가장 핫한 배우라더군."

"그런데 닭 탈을 쓴 거야?"

스태프들은 혀를 내둘렀다.

"리처드도 별생각 없이 제안한 것 같은데, 해보고 싶다고 한 거야."

"대단한데?"

"대단한 건 NG 한 번 없이 끝냈다는 거지. 우리 지금 원테이크로 끝낸 거라고."

닭 탈을 썼음에도 불구하고 말이다.

스태프들이 신기한 듯 바라보는 동안에 리처드 감독이 그녀에게 다가갔다.

"수고했어요."

"감독님도 수고하셨습니다!"

"언제 한국에 돌아가나요?"

리처드 감독이 물었다.

"이틀 뒤에요."

"그럼 미국에 또 언제 오나요?"

"아직은 잘 모르겠어요."

리처드 감독은 고개를 끄덕이고 여배우를 바라봤다.

땀이 송골송골 맺힌 그녀의 얼굴에서 눈을 떼기가 쉽지 않았다.

"그럼 내가 먼저 연락하죠."

"예?"

"내년에 제작할 작품에 정식으로 오디션을 제안하고 싶거든요."

여배우는 잠깐 이해를 못 한 듯했다. 그런 그녀에게 또 다른 동양인 배우가 다가왔다.

한국의 톱 배우이자, 할리우드의 선택을 받은 스타, 배우 최서준이었다. 그가 태양을 등지고 나타났다.

"소림 씨, 넋 놓고 있으면 어떻게 해요. 빨리 대표님한테 물어 봐야지."

* * *

숙소에 도착한 윤소림과 퓨처엔터 직원들은 조금 흥분 상태였다.

생각지도 못한 리처드 감독의 제안 때문이었다.

물론 아직은 얘기만 오간 것뿐이었지만.

기분이 들뜨기에는 충분했다.

"지훈 선배님하고, 대표님은 그럼 아직 영국에 계신 거예요?"

"스케줄이 줄지를 않나 봐. 참, 신기한 일이지?"

"우리 대표님이잖아요."

"그러게, 우리 대표님이네. 소림아, 들어가서 바로 씻어."

"예."

윤소림은 고개를 끄덕이고 문손잡이를 잡았다.

그런데.

"왜그래?"

백지우 매니저가 돌아본 순간, 윤소림은 갑자기 뛰기 시작했다.

철제 계단을 정신없이 밟고 내려갔고, 주차장을 가로질렀다.

그리고 주위를 두리번거렸다.

"분명… 대표님인데."

익숙한 향수 냄새가 방문 앞에서 미세하게 느껴졌다.

맡자마자 대표님의 모습이 떠올랐는데.

그런데 어디에도 보이지 않는다.

땀에 젖은 앞머리를 쓸어 올리며 두리번거려 봤지만, 대표님은 보이지 않았다.

윤소림은 허탈한 미소를 가로저었다.

"대표님이 여기 계실 리가 없잖아."

영국에 있겠지. 성지훈 선배님과 함께.

그래도 왠지 아쉬워서 고개를 쉽게 들지 못했다.

해가 기우는 시각인지 모든 것들의 그림자가 바닥에 늘어진다.

그때, 그림자 하나가 그녀의 앞에 길게 드리워졌다.

이 그림자는…….

윤소림은 천천히 고개를 들었다. 그리고 환하게 미소 지었다.

제5장
—
나는 당신과 함께 있습니다 Ⅰ

때로 상대방의 얼굴, 말, 사소한 행동이 깊이 들어올 때가 있다.

오랜만에 만난 반가운 사람일수록 더 인상적으로 느껴질 때가 있다.

"다들 왜 이렇게 얼굴이 탔어?"

권하준의 얼굴이 까무잡잡하다.

전에는 눈동자만 흑진주처럼 영롱하게 반짝거렸는데.

"여기 와서 서핑을 배웠는데, 재미 들여서……."

옆에서 백지우 매니저가 어색하게 웃는다. 그녀 얼굴도 치아만 유독 하얗게 도드라져 보였다.

"선크림을 바르고 했어야지."

"바르고 했는데……."

"어휴, 큰일 났다. 하준이 데뷔 미뤄야겠네."

"예?"

"뭘 그렇게 놀라? 그 얼굴로 데뷔하려고?"

당황하는 권하준의 모습을 보는 것도 제법 재밌다.

"연습생도 항상 긴장하고 관리해야 하는 거야. 더구나 넌 데 뷔조라고 말했잖아."

"죄송합니다."

"대표님, 제 잘못입니다! 제가 관리를 했어야 했는데."

"서핑은 어디서 배운 거야?"

두 사람의 시선이 스윽 움직이더니 배서희에게 꽂혔다.

줄무늬 패턴 원피스를 입은 배서희가 먼 산을 바라본다.

"소림이 서포트라고 보냈더니만, 다들 놀고 있었네."

"일 다 끝나고 잠깐씩 했는데……."

"그래? 그럼, 얼마나 일을 잘했나 확인해 볼까?"

백지우 매니저가 서둘러 태블릿을 가져왔다.

"오늘 촬영한 거지?"

"본촬영은 찍으면 안 돼서, 리허설만 모니터링한다고 조금 찍은 겁니다."

영상에는 닭 탈을 쓰는 윤소림의 모습이 나오고 있었다.

오랜만에 보는 최서준이 화면에서 미소 짓고 있다.

"춤은 어떻게 한 거야?"

"안무가가 와서 알려줬는데, 소림 씨가 금방 배워서 안무가가 엄청 놀랐습니다."

소림이야 매일 밥 먹고 하는 일이 춤추고 노래하는 거였으니까.

하지만, 그렇게 연습을 해서 닭 탈을 쓰고 블루스를 출 줄은 몰랐을 거다.

여우주연상까지 받은 여배우가 닭 탈이라니.

최서준이 직접 부탁해 오지 않았으면 거절했을 거다.

아무튼 영상을 보며 잠깐잠깐 피식거렸지만, 꽤 집중해서 살펴봤다.

"괜찮네, 유치할까 봐 걱정했는데."

화면을 넘기자 이번에는 화보 촬영장의 사진이 나왔다.

국내에서 준비해 온 콘셉트별 스타일링을 완벽하게 소화한 윤소림의 모습이 한 장 한 장 눈에 들어온다.

"준비한 대로 잘 나왔네."

"현장 반응도 좋았습니다."

"리처드 감독이 오디션 제안했다는 얘기는 뭐야?"

전화로 듣기는 했지만, 좀 더 자세히 듣고 싶었다.

"리처드 감독이 소림이를 좋게 본 것 같아요. 내년에 직접 제작하는 영화에 오디션을 제안하겠다고 하더라고요."

"오디션일 뿐이야. 나중에 어떻게 된다는 보장도 없고. 그러니까 크게 생각할 것 없어."

"예."

"하준이 너는? LA에 와서 뭐 했어?"

갑자기 날아간 화살에 권하준의 눈이 흠칫 놀란 사슴처럼 동그래졌다.

"아! 유유 선배님 콘서트 봤고요, 소림이 누나와 최서준 선배님 촬영하는 것도 견학했습니다."

"대표님, 하준이 장난 아니었어요. 바다에서도 그렇고 지나갈 때마다 여자들이 전화번호 물어보고 난리도 아니었습니다."

"그래?"

"예, 명함을 준 사람도 있어요. 무슨 제작사라는데, 오디션 한 번 보러 오라고요."

어떤 놈인지 보는 눈은 있네.

하지만 안 될 얘기지. 감히 누구 것을 뺏으려고.

"하준아, 꽤 괜찮은 경험이었지?"

못 알아들었는지, 권하준이 눈만 끔뻑끔뻑한다.

"미국에서의 시간 말이야."

그제야 녀석의 미소를 볼 수 있었다.

그럼 계속해서.

"지우 씨하고 서희는 광고 촬영 때까지는 너무 긴장 풀지 말고."

이틀 후에 LA에서 윤소림의 핸드폰 광고 촬영이 있다.

소림인 이제 여행 중에도 스케줄을 소화해야 할 정도로 스타다.

항상 바쁘고, 바쁜 만큼 돈이 되는 스타.

"대표님, 성지훈 선배님은 어떻게 된 거예요?"

태블릿을 내려놓기 무섭게 백지우 매니저와 배서희의 눈이 초롱초롱 빛난다.

그러니까 그게 어떻게 된 일이냐면…….

길바닥에 행상 펼치듯 스토리를 쫙 펼쳤더니 감탄사를 터뜨린다.

"와, 성지훈 선배님은 진짜 어메이징 하네요. 어떻게 그런 일이."

"그렇게 은퇴 은퇴 노래 부르셨는데… 축하할 일인데 왠지 안타깝네요."

"그러면, 김나영 팀장님도 런던에 가신 거예요?

김나영 팀장뿐인가.

성지훈 때문에 지금 퓨처엔터가 난리가 났는데.

"흠흠!"

헛기침 소리 때문에 고개를 돌렸다.

윤소림이 눈썹을 쫑긋 올리고 날 바라보고 있었다.

"미국에는, 왜 갑자기 오신 거예요?"

"볼일이 생겨서."

나는 웃으며 자리에서 일어났다.

"이만 가봐야겠다."

"벌써요?"

숙소 방문을 열자 탁 트인 전경이 펼쳐졌다. 멀리 바다가 보인다.

"호텔로 가지 그랬어?"

윤소림이 묵고 있는 숙소는 LA 근교의 바닷가에 위치한 2층 짜리 모텔이었다.

철제 계단 하나를 밟을 때마다 탕탕 소리가 울리는 게 귀에 거슬리는 싸구려 모텔.

"여기가 풍경이 좋아서요."

윤소림이 2층 난간에 기대서 탁 트인 풍경을 바라본다.

내 눈에도 바다가 보인다.

바닷바람이 불어와 내 눈을 찌른다.

"대표님."

"왜?"

나는 눈을 깜빡이며 물었다.

"너무 일에만 빠져 있지 마세요. 매일 바쁘시니까, 대표님이 멀리 있는 사람 같아요."

설마…….

"나 너한테 찍힌 거냐?"

"살짝?"

훗.

"근데 어쩌냐. 아직 맘 편히 놀 때 아니야."

"놀라는 얘기는 안 했어요. 전 대표님 그런 모습이 멋있으니까."

"그런 얘기는 많이 들어."

생글거리던 윤소림의 눈이 가늘어졌다. 바닷바람에 머리카락
이 찰랑거린다. 문득 그런 생각이 들었다.

"너는 진짜 머리 금방 자라는구나."

"그래요?"

장산의 여인을 촬영할 때 커트를 많이 했었다.

유복희는 회장의 위치에 있는 인물이었기 때문에 그에 맞는
스타일링을 시도했었다.

그래서 어깨를 덮었던 긴 머리가 하얀 목선이 살짝 보일 정도
로 드러났었는데.

"응."

고개를 끄덕였더니 윤소림이 뒷머리를 매만지며 마주 웃는다.

*　　　　*　　　　*

「영국」

"뭐라고요? 지금 영국에 없고 미국에 갔다고요?"

황 기자는 멍한 얼굴로 유병재를 바라봤다.

영국까지 날아왔건만, 최고남이 뭐? 미국에를 가?

지금은 성지훈을 서포트하기도 바쁠 때 아닌가? 아무리 김나영 팀장이 영국에 왔다고 해도 퓨처엔터 대표가 자리를 비울…….

'…정도의 중대 사안이라는 건가?'

갑자기 특종의 냄새가 확 풍겨온 순간, 황 기자의 머릿속이 빠르게 돌아가기 시작했다.

미국에는 지금 누가 있지?

'윤소림!'

여행이라지만 화보와 광고 촬영이 예정된 일정을 소화하고 있는 여배우.

그런데 갑자기 최고남이 미국에 날아갔다?

'그럼, 윤소림과 관련된 일인가?'

생각에 빠진 황 기자와 달리 마주 앉은 유병재는 부지런히 식사를 하고 있었다.

노릇노릇 구워진 식빵, 계란프라이 여섯 개, 베이컨과 굵은 소시지와 감자튀김이 접시 한가득이다.

'돼지 같은 새끼…….'

잠깐 혀를 내둘렀지만, 황 기자는 다시 생각했다.

'미국에 윤소림만 있는 건 아니잖아? 유유도 있잖아?'

음악뱅크 영국 콘서트에 유유가 화상 연결로 깜짝 등장했다는 것은 이제 모두에게 알려진 사실이다.

그것이 최고남이 성사시킨 일이라는 것도.

'아니야. 유유는 지금 콘서트 중인데, 최고남이 거기서 할 일이 뭐가 있겠어. N탑도 있는데. 그럼 역시 윤소림인가.'

윤소림이 미국 스케줄이 잡혔을 때부터 일각에서는 할리우드 진출설을 계속 언급했었다.

'하지만… 그러기에는 너무 급작스러운데. 그리고, 최고남이 할리우드하고 연결 고리가 있었나? 앗, 최서준!'

황 기자는 최서준이 미국에서 영화 촬영 중이라는 사실을 떠올렸다.

설마, 거기에?

'아니야. 만약 그랬다면 최고남 혼자만 갈 일이 아니지. 아, 아니지! 최고남이 혼자 갔어도 지원해 줄 사람들이 있잖아? 포 워리어즈!'

최고남은 포 워리어즈와 친분이 있다.

그리고 포 워리어즈는 유니버설과 계약된 상태고.

만약 유니버설이 최고남을 지원해 준다면? 영화 관계자들의 미팅부터 계약까지 말이다.

'물어볼까?'

황 기자는 유병재를 쳐다봤다.

겨울 양식을 입안에 구겨 넣은 다람쥐처럼 볼이 빵빵해져 있다.

'에이, 저 인간이 잘도 불겠다.'

그렇다고 최고남에게 전화해서 물어본들 알려주지 않을 테고.

황 기자는 물 한 모금을 마시고 다시 유병재를 바라봤다.

그러고는 태연하게 입을 열었다.

"아휴, 최 대표님 진짜 행동이 너무 빨라. 나한테는 내일에나 미국으로 넘어갈 것처럼 얘기하더니."

"그래요?"

유병재가 길쭉한 소시지를 입에 넣으며 쳐다본다.

"영국 오기 전에 통화했거든요. 혹시 엇갈릴까 봐. 하긴, 미국에서의 일이 중요하긴 하니까."

유병재가 잠깐 입을 멈추더니 황 기자를 쳐다본다.

뭔가 얘기를 하려는 건가 싶었는데, 입을 쩍 벌리더니 소시지를 구겨 넣는다.

'으휴!'

황 기자는 다시 침착하게 낚싯대를 드리웠다.

"최 대표님 참 대단해요. 이거 솔직히 말이 안 되는 거잖아요?"

"말이 안 되긴 하지만, 시도한다는 데 의의를 두는 거니까."

시도?

뭘 시도한다는 얘기지?

"그래도 대표님이라면 가능하지 않을까 싶기도 하고요. 그렇게만 되면 정말 전 세계가 난리가 날 텐데."

전 세계가 난리가 난다고?

황 기자는 입술을 잘근 깨물었다.

'그렇다면 윤소림은 아니야. 할리우드 영화에 출연한들, 세계가 놀랄 이유가 없지. 고작 한국 배우일 뿐인데.'

그렇다면 남은 키워드는 유유, 아니면 포 워리어즈.

"유 팀장님은 어떻게 생각하세요? 포 워리어즈가 움직일 것 같아요?"

．황 기자는 주먹을 꽉 쥐고 승부수를 던졌다. 그랬더니, 유병재가 느릿하게 포크를 내려놓는다.

"포 워리어즈가 은퇴한 지 십수 년이 흘렀지만 아직도 전 세계 팬들이 그들의 컴백을 바라고 있습니다. 하지만 포 워리어즈는 새로운 밴드 보컬을 영입할 생각이 없다고 선언한 상태고요."

그래서 전설이 된 그룹.

유병재의 얘기를 들으면서 황 기자는 주먹 쥔 손이 떨리는 것을 느꼈다.

새로운 밴드 보컬… 설마…….

"성지훈이 새로운 밴드 보컬이 되지 못하리란 법은 없으니까요."

순간, 황 기자의 눈이 번쩍 뜨였다.

'특종이다!'

그것도 엄청난 특종. 성지훈이 포 워리어즈 밴드의 보컬이 된다면, 그는 순식간에 세계적인 스타가 되는 것이다.

국내 팬들이 이 사실을 알게 된다면!

"황 기자님."

"예?"

마른침을 꿀꺽 삼키던 황 기자가 고개를 추켜들었다.

눈살을 찌푸린 유병재가 진지한 표정으로 입을 열었다.

"뻥입니다."

*   *   *

―뻥이라고 했다가 한 대 맞을 뻔했습니다.

유병재의 웃음소리에 귀가 간지럽다.

황 기자가 낚싯대를 드리운 모양인데, 유병재가 냅다 물 피라미는 아니지.

하여간 기자들이란.

아무튼 전화를 끊고 나서 고개를 높이 들었다.

눈을 깜빡였더니, 건물에 붙은 〈장산의 여인〉 포스터가 보인다.

넷플렉스 오리지널 영화 〈장산의 여인〉은 아시아의 인기에 힘입어 오늘부터 미국에서 상영을 시작했다.

온라인과 오프라인, 즉 극장 동시개봉이다.

하지만 흥분할 정도의 일은 아니었다. LA 교민들을 위한 일종의 서비스 측면이 더 강했다. 그래서 개봉관 수가 겨우 10개밖에 안 된다.

[참나, 이걸 보려고 미국까지 날아오다니.]

옆에서 찬 공기가 확 느껴진다.

저승이가 나처럼 하얀 목을 길쭉하게 빼고 포스터를 바라본다.

"겸사겸사 온 거라니까."

뭐 어쨌든.

"소름 돋지 않냐?"

[원래 제가 지나가면 다들 소름 돋아요.]

"아니, 소림이 말이야."

윤소림의 영화가 극장에, 그것도 미국 LA에 걸렸다.

이건 지금까지 존재하지 않던 미래였고 현실이다.

나는 흥분된 마음을 감추고 영화 티켓을 끊었다.

상영관에 들어와 자리를 잡고 팝콘을 입안에 털어 넣었다.

넷플렉스에서 몇 번이나 봤지만, 극장 화면으로 윤소림을 볼 생각을 하니 빨리 보고 싶어서 조바심이 난다.

[근데, 사람이 한 명도 없네. 속상하게.]

사람이 많은 게 더 이상한 일이다.

미국 상영 소식이 아직 기사로도 나지 않았을 거다.

개봉관 수가 적어서 우리도 굳이 기사로 내지 않았다. 신인 배우라면 뭐든 기사로 내겠지만, 윤소림은 이제 기사도 가려가며 내야 한다.

"조용하고 좋은데 뭐."

하지만 내 생각이 틀렸다는 것을 곧 깨달았다.

영화가 시작될 즈음, 누군가 내 등을 톡톡 두드렸다.

"대표님."

소림이었다.

『내 S급 연예인』 9권에 계속…